A Penetra

OBRAS DA AUTORA PUBLICADAS PELA EDITORA RECORD

Como Sophie Kinsella

Amar é relativo
Fiquei com o seu número
Lembra de mim?
A lua de mel
Mas tem que ser mesmo para sempre?
Menina de vinte
Minha vida (não tão) perfeita
Samantha Sweet, executiva do lar
O segredo de Emma Corrigan
Te devo uma

Juvenil
À procura de Audrey

Infantil
Fada Mamãe e eu

Da série Becky Bloom:
Becky Bloom – Delírios de consumo na 5ª Avenida
O chá de bebê de Becky Bloom
Os delírios de consumo de Becky Bloom
A irmã de Becky Bloom
As listas de casamento de Becky Bloom
Mini Becky Bloom
Becky Bloom em Hollywood
Becky Bloom ao resgate
Os delírios de Natal de Becky Bloom

Como Madeleine Wickham

Drinques para três
Louca para casar
Quem vai dormir com quem?
A rainha dos funerais

SOPHIE KINSELLA
A Penetra

Tradução
Juliana Romeiro

1ª edição

EDITORA RECORD
RIO DE JANEIRO • SÃO PAULO
2023

CIP-BRASIL. CATALOGAÇÃO NA PUBLICAÇÃO
SINDICATO NACIONAL DOS EDITORES DE LIVROS, RJ

K64p   Kinsella, Sophie
        A penetra / Sophie Kinsella ; tradução Juliana Romeiro. - 1. ed. -
        Rio de Janeiro : Record, 2023.

        Tradução de: The party crasher
        ISBN 978-65-5587-703-8

        1. Romance inglês. I. Romeiro, Juliana. II. Título.

23-83204   CDD: 823
                        CDU: 82-31(410.1)

Gabriela Faray Ferreira Lopes - Bibliotecária - CRB-7/6643

Copyright © Madhen Media Ltd 2021

Texto revisado segundo o Acordo Ortográfico da Língua Portuguesa de 1990.

Todos os direitos reservados. Proibida a reprodução, no todo ou em parte, através de quaisquer meios. Os direitos morais da autora foram assegurados.

Direitos exclusivos de publicação em língua portuguesa somente para o Brasil adquiridos pela
EDITORA RECORD LTDA.
Rua Argentina, 171 – Rio de Janeiro, RJ – 20921-380 – Tel.: (21) 2585-2000, que se reserva a propriedade literária desta tradução.

Impresso no Brasil

ISBN 978-65-5587-703-8

Seja um leitor preferencial Record.
Cadastre-se no site www.record.com.br e
receba informações sobre nossos lançamentos
e nossas promoções.

Atendimento e venda direta ao leitor:
sac@record.com.br

Em memória de Sharon Propson

UM

Eu sei que vou conseguir, eu *sei*. Não importa o que os outros achem. É só uma questão de persistência.

— Effie, já falei, esse anjo não vai ficar aí — repete minha irmã mais velha, Bean, aproximando-se para me observar, com uma taça de vinho quente na mão. — Não tem como.

— Vai, sim.

Continuo determinada, passando barbante no enfeite prateado tão amado da família e ignorando as folhas pontudas da árvore espetando minha mão.

— Não vai. Desiste! É muito pesado!

— Não vou desistir — retruco. — A gente *sempre* bota esse anjo prateado no topo da árvore de Natal.

— Mas essa árvore deve ter metade do tamanho das que a gente costuma comprar — ressalta Bean. — Não está vendo? É tão magrinha...

Dou uma conferida rápida na árvore, em seu cantinho de sempre, no hall de entrada. É claro que notei que é pequena. Em geral, compramos uma árvore enorme, deslumbrante, bem cheia; esta, no entanto, é bem franzina. Mas não vou esquentar minha cabeça com isso agora.

— Vai ficar, *sim*.

Dou um laço e solto. Então, o galho todo pende, e o anjo vira de cabeça para baixo, com a saia de suas vestes cobrindo a cabeça e as partes de baixo expostas. Droga.

— Ficou bem natalino — comenta Bean, rindo. — Vamos escrever "Feliz Natal" nas partes de baixo?

— *Tá*. — Tiro o anjo e dou um passo para trás. — Vou sustentar o galho com um pedaço de pau ou alguma coisa assim.

— Coloca outra coisa no topo da árvore! — Bean está, ao mesmo tempo, com raiva e achando graça. — Effie, por que você tem que ser tão teimosa?

— Eu não sou teimosa, sou *persistente*.

— Boa, Effie! — interrompe meu pai, passando por nós com um emaranhado de pisca-pisca nas mãos. — Não dê o braço a torcer! Nunca diga nunca!

Seus olhos estão brilhando e suas bochechas, rosadas, e dou um sorriso carinhoso para ele. Meu pai me entende. É uma das pessoas mais obstinadas que conheço. Foi criado pela mãe solteira, num apartamento minúsculo, em Layton-on-Sea, e frequentava uma escola bem barra-pesada. Mas perseverou, entrou na faculdade e começou a trabalhar numa empresa de investimentos. Hoje tem essa vida: aposentado, tranquilo, feliz, tudo ótimo. Ninguém alcança isso desistindo no primeiro obstáculo.

Tudo bem que essa tenacidade, às vezes, se transforma em teimosia irracional. Como quando ele insistiu em terminar uma corrida beneficente de dez quilômetros, mesmo mancando por causa de um músculo estirado na panturrilha. Mas, como meu pai disse depois, ele arrecadou o dinheiro, terminou a corrida e ia sobreviver. Ele passou nossa infância inteira exclamando: "Você vai sobreviver!", o que, às vezes, podia ser animador e funcionar como um incentivo, mas, às vezes, era só irritante. (Tem horas em que você não quer ouvir que vai sobreviver. Quer ficar olhando o joelho esfolado, berrar e ter alguém que diga com carinho: "Viu como você é corajosa?")

Está na cara que meu pai já andou provando o vinho quente antes de eu chegar — e por que não? É fim de ano *e* é o aniversário dele *e* é o dia de decorar a casa. Sempre foi uma tradição nossa enfeitar a árvore no aniversário do papai. Até hoje, mesmo que nós já sejamos adultos, todo ano nos reunimos em Greenoaks, a casa da família em Sussex.

Meu pai volta para a cozinha, e eu me aproximo de Bean e digo, baixinho:

— Por que a Mimi comprou uma árvore tão pequena esse ano?

— Não sei — responde Bean, depois de uma pausa. — Vai ver porque é mais prático? Afinal, a gente não é mais criança.

— Pode ser — digo, insatisfeita com a resposta.

Mimi, nossa madrasta, é uma pessoa artística, criativa e cheia de peculiaridades. Sempre amou enfeites de Natal; quanto maiores, melhor. Por que, de repente, optaria por praticidade? Decido que ano que vem vou às compras com ela. Vou lembrá-la sutilmente de que, em Greenoaks, sempre escolhemos uma árvore enorme, e não temos por que parar com a tradição, muito embora Bean *já* tenha 33 anos, Gus tenha 31, e eu, 26.

— Até que enfim! — Bean interrompe meus pensamentos, olhando para o celular.

— O que foi?

— O Gus acabou de mandar o vídeo. Isso é que é deixar para o último minuto.

Há mais ou menos um mês, meu pai disse que não ia querer presentes este ano. Como se a gente fosse dar ouvidos. Mas, para ser sincera, ele já tem mesmo muitos suéteres, abotoaduras e coisas assim, então resolvemos usar a criatividade. Bean e Gus fizeram um vídeo, que Gus estava terminando de editar, e eu também preparei uma surpresa, que não vejo a hora de mostrar para ele.

— O Gus devia estar muito ocupado com a *Romilly* — comento, com uma piscadinha para Bean, que sorri para mim.

Não faz muito tempo que nosso irmão começou a namorar uma moça maravilhosa, chamada Romilly. O que *não* foi uma surpresa, de jeito *nenhum*, mas... Bem, é o Gus. Sabe como ele é, né? Aéreo. Distraído. Ele tem uma beleza singular, é muito carinhoso, trabalha na área de informática e é muito bom no que faz. Mas não é exatamente o que poderíamos chamar de "macho alfa". E ela é uma daquelas mulheres poderosas, que têm o cabelo perfeito e usam vestidos de alça elegantes. (Vi na internet.)

— Quero dar uma olhada no vídeo. Vamos lá em cima — sugere Bean. Na escada, ela pergunta: — Já embrulhou seu presente?

— Não, ainda não.

— Eu trouxe um papel de presente extra, achei que você poderia precisar. E fita também. Aliás, eu encomendei a cesta da tia Ginny — acrescenta. — Depois te falo quanto você me deve.

— Bean, você é demais — agradeço, com carinho.

E ela é mesmo. Está sempre pensando lá na frente. Sempre resolvendo tudo.

— Ah, outra coisa. — Ela enfia a mão na bolsa, assim que chegamos ao segundo andar. — Estava na promoção, três por dois.

Ela me entrega um spray de vitamina D, e mordo o lábio para segurar o riso. Bean está virando uma defensora da vida saudável. No ano passado, ficava me dando cápsulas de óleo de fígado de bacalhau, e antes disso era chá verde em pó.

— Bean, não precisa comprar vitamina para mim! Mas obrigada — agradeço, por fim.

Entramos no quarto dela e olhamos ao redor com apreço. Continua a mesma coisa de sempre, com os móveis pintados à mão de quando minha irmã tinha cinco anos — duas camas de solteiro de madeira branca, uma cômoda, um armário e uma penteadeira, tudo decorado com o Pedro Coelho. Bean passou nossa infância inteira dizendo que ia trocar por algo mais descolado, mas nunca conseguiu se desfazer dos móveis, então eles ainda estão aqui. Para mim, o Pedro Coelho está tão intimamente associado a ela que não consigo ver o personagem sem me lembrar da minha irmã.

— Você chegou a convidar o Dominic? — pergunta ela, abrindo o iPad, e sinto um frio na barriga ao ouvir o nome dele.

— Não, acho que ainda está cedo para ele conhecer minha família. Só saímos algumas vezes.

— Mas por enquanto está bom, né?

— Está ótimo.

Sorrio, feliz.

— Maravilha. Ok, lá vai...

Ela pousa o iPad na penteadeira, e vemos o título surgir na tela: *O único, o maravilhoso... Tony Talbot!* Em seguida, aparece uma foto do papai no jornal de bairro de Layton-on-Sea, aos onze anos, quando ganhou uma olimpíada de matemática. Depois, uma foto da formatura e uma do casamento com nossa mãe biológica, Alison.

Fito o rosto bonito dela e seus olhos grandes, com aquela sensação estranha de distanciamento que sempre me ocorre toda vez que vejo uma foto dela, desejando sentir algo mais. Eu tinha só oito meses quando minha mãe morreu e três anos quando meu pai se casou com Mimi. É de Mimi que me lembro cantando para mim quando eu ficava doente, fazendo bolo na cozinha, sempre presente. Mimi é a minha mãe. Para Bean e Gus, é diferente — eles têm algumas lembranças da Alison. Já eu não tenho nada além da semelhança física — o que, para ser sincera, tenho de sobra. Todos nós herdamos o rosto largo, as maçãs do rosto marcadas e os olhos bem separados da minha mãe. Eu pareço constantemente assustada, e os olhos azuis imensos de Bean parecem estar sempre questionando tudo. Já Gus, em geral, parece meio distraído, como se não estivesse prestando atenção (porque nunca está mesmo).

Começa então uma sequência de vídeos caseiros antigos, e me aproximo da tela para ver melhor. Papai segurando Bean ainda bebê... um piquenique em família... papai construindo um castelo de areia para um Gus pequenininho... E então um vídeo que nunca vi: meu pai andando até a porta da casa de Greenoaks e a abrindo, num gesto teatral, no dia em que comprou o imóvel. Ele sempre diz que foi um dos momentos mais incríveis da vida dele, comprar uma casa como esta. "Um menino de Layton-on-Sea subiu na vida", como gosta de dizer.

Porque Greenoaks não é uma casa qualquer. É *maravilhosa*. Cheia de charme. Tem uma torre! Tem uma janela de vitral. Geralmente, quem vem aqui comenta como ela é "excêntrica", ou "diferente", ou só exclama: "Uau!"

E, sim, pode até ser que haja umas pessoas maldosas e equivocadas por aí que a chamariam de "feia". Mas elas são *cegas* e não sabem de *nada*. A primeira vez que ouvi Greenoaks sendo descrita como "uma monstruosidade", por uma desconhecida no mercado, fiquei chocada. Meu coraçãozinho de onze anos se encheu de indignação. Nunca havia me deparado com alguém que se achasse especialista em arquitetura; nem sabia que essas pessoas existiam. E amava de paixão tudo a respeito da minha casa; todas as coisas das quais aquela desconhecida maldosa estava zombando. Desde a "alvenaria feia" — que *não é* feia — ao morro. O morro é um montinho aleatório e íngreme que temos no jardim, na lateral da casa. A mulher caçoou dele também, e minha vontade foi gritar: "Pois o morro é perfeito para fazer fogueiras, então toma essa!"

Em vez disso, saí às pressas da loja, lançando um olhar ressentido para a dona, a Sra. McAdam. Em defesa dela, a Sra. McAdam pareceu um pouco chocada e me chamou:

— Effie, querida, está precisando de alguma coisa?

Mas não voltei e nunca soube quem era aquela estranha zombeteira.

Desde esse dia, presto atenção na reação das pessoas a Greenoaks. Já vi gente parar e engolir em seco, olhando a casa e tentando pensar em algum comentário positivo para fazer. Não estou querendo dizer que é um teste de caráter — mas é um teste de caráter. Qualquer pessoa incapaz de dizer uma coisa boa a respeito de Greenoaks é uma esnobe terrível e está morta para mim.

— Effie, olha! É você! — exclama Bean, quando outro vídeo aparece na tela, e me vejo criança, cambaleando no jardim, segurando a mão de Bean, que devia ter uns oito anos.

"Opa, está tudo bem", diz ela, animada, quando tropeço. "Tenta de novo!" Mimi sempre diz que foi Bean que me ensinou a andar. E a andar de bicicleta. E a fazer trança no cabelo.

Sem comentar nada, eu me dou conta de que passamos direto pelo ano horrível da morte da Alison. O vídeo é só sobre os momentos felizes. E por que não? Meu pai não precisa se lembrar disso. Ele encontrou a felicidade com Mimi e é muito feliz desde então.

A campainha toca, e Bean ignora, mas olho para a porta, em alerta. Estou esperando o presente de Natal de Mimi. Agendei a entrega especialmente para o dia de hoje e não quero que ela abra antes da hora.

— Bean — chamo, pausando o vídeo no iPad. — Pode vir comigo até o portão? Acho que a mesa de costura da Mimi chegou e quero receber sem que ninguém veja. Mas é bem grande.

— Lógico — responde Bean, fechando o vídeo. — E aí, o que achou?

— Lindo — digo, enfaticamente. — Nosso pai vai *amar*.

Descemos a escada depressa, e Mimi está enrolando uma guirlanda no corrimão. Ela ergue o olhar e sorri para nós, mas parece um pouco tensa. Talvez esteja precisando de férias.

— Eu atendo a porta — aviso, depressa. — Deve ser alguma entrega.

— Obrigada, querida — responde Mimi, com seu sotaque irlandês suave e agradável.

Ela está com um vestido estampado indiano e o cabelo preso por uma presilha de madeira pintada à mão. Enquanto a observo, ela faz um laço jeitoso com a fita vermelha de veludo, e nem preciso dizer que fica tudo impecável. Naturalmente.

Bean e eu andamos pelo caminho de cascalho até o grande portão de ferro. A noite já estava caindo, e o tempo, esfriando. Lá fora, avistamos uma van branca e um entregador de cabeça raspada segurando uma caixa de papelão.

— Não é a mesa — concluo. — Muito pequena.

— Entrega para a antiga casa paroquial — anuncia o entregador, quando abrimos o portão de pedestres. — Não tem ninguém lá. Vocês podem receber por eles?

— Claro — diz Bean, pegando a caixa.

Ela está prestes a assinar na maquininha do entregador, quando puxo sua mão, interrompendo-a.

— Espera! Não assina ainda. Assinei uma entrega para meu vizinho, e era um vaso de vidro que veio quebrado, e eles não puderam pedir reembolso, porque eu tinha assinado a entrega, e colocaram a culpa em mim. — Paro de falar, ofegante. — Primeiro a gente precisa ver se está tudo certo.

— Está tudo certo — diz o entregador, impaciente, e meu sangue ferve.

— Você não sabe. — Abro a tampa e leio a nota fiscal. — "Escultura de ioga" — leio em voz alta. — "Montagem incluída." — Olho para ele, me sentindo vingada. — Está vendo? Não está nada certo! Você tem que montar.

— Não vou montar nada — retruca o homem, dando uma fungada contrariada.

— Você tem que montar — insisto. — Está escrito aqui. "Montagem incluída."

— Até parece.

— É para montar! — repito. — Não vamos assinar até você terminar.

O cara me olha feio por um momento, coçando a cabeça raspada, então diz:

— Você é um pé no saco, hein! Alguém já te falou isso?

— Já — respondo, cruzando os braços. — Todo mundo.

— É verdade. — Bean assente, sorrindo. — Melhor montar. O que seria uma estátua de *ioga*? — pergunta para mim, e dou de ombros, na dúvida.

— Vou pegar minhas ferramentas — diz o entregador, olhando feio para nós duas agora. — Mas isso é uma palhaçada.

— Isso é ser um bom cidadão — retruco.

Ele volta um minuto depois com as ferramentas, e ficamos observando, curiosas, à medida que ele vai bufando com impaciência e aparafusando as partes de metal a um... Sério, o *que* é isso? Parece uma representação de uma pessoa... Não, duas pessoas, um homem e uma mulher, e eles parecem estar encaixados... O *que* eles estão fazendo?

Espera aí.

Ai, meu Deus. Sinto um embrulho no estômago e olho para Bean, que está sem reação. Será que *escultura de ioga*, na verdade, significa *escultura erótica proibida para menores*?

Ceeeerto. É exatamente isso que significa.

E, francamente, estou chocada! Andrew e Jane Martin são o tipo de casal que usa colete acolchoado combinando. Eles expõem dálias no festival de verão. Como podem ter encomendado *isto*?

— A mão dele vai no peito ou na bunda dela? — pergunta o entregador, olhando para mim. — Não tem manual.

— Hum... não sei. — É tudo que consigo dizer.

— Ai, meu *Deus*. — Bean volta a si no instante em que o entregador tira a última peça da caixa, a parte mais gráfica do corpo masculino. — Não! Isso, não. Pode parar um minutinho? — acrescenta ela, com a voz esganiçada. Então, se vira para mim e afirma, inquieta: — A gente *não* pode entregar isso na casa dos Martin. Nunca mais vou conseguir olhar na cara deles de novo!

— Nem eu!

— A gente não viu isso. Tá legal, Effie? A gente *não* viu isso.

— Combinado — concordo, enfática. — Hum, com licença. — Volto-me para o entregador. — Pequena mudança de planos. Será que você poderia desmontar e colocar de volta na caixa?

— Você *só* pode estar brincando — diz o sujeito, incrédulo.

— Perdão — imploro, num tom humilde. — Não sabíamos o que era.

— Desculpa o transtorno — acrescenta Bean, depressa. — E feliz Natal!

Ela enfia a mão no bolso da calça jeans e pega uma nota de dez amassada, o que amolece o entregador um pouco.

— Inacreditável — murmura ele, desaparafusando tudo abruptamente. — Não sabem o que querem! — Ele olha a figura feminina nua com desdém. — Enfim, se quer saber o que eu acho, ela vai ficar com dor no joelho numa posição dessas. Tem que botar um travesseiro, alguma coisa para proteger as juntas.

Viro para Bean e, então, desvio o olhar.

— Boa ideia — comento.

— Cuidado nunca é demais — acrescenta Bean, com a voz trêmula.

Ele enfia a última peça de metal na caixa, Bean assina na maquininha e ele volta para a van, enquanto nos entreolhamos de novo.

— Dor no joelho — comenta Bean, com a voz esganiçada.

— Os Martin! — Eu me junto à sua histeria. — Ai, meu Deus, Bean. *Como* que a gente vai falar com eles agora?

A van, enfim, se afasta, e caímos na gargalhada.

— Vou passar fita na caixa de novo — diz Bean. — Eles não vão nem desconfiar que a gente abriu.

Ela se abaixa para pegar a caixa, quando vejo algo de canto de olho: uma silhueta a uns dez metros de distância, subindo a rua e vindo em nossa direção. Reconheceria aquela pessoa em qualquer lugar, do cabelo escuro ao queixo desenhado, ao seu jeito de andar com aquelas pernas compridas. Joe Murran. E, só de vê-lo, a crise de riso vai embora. Na mesma hora. Como se nunca tivesse acontecido.

— O que foi? — pergunta Bean, notando minha expressão, e então se vira. — Ah, *não*.

Ele se aproxima, e sinto um aperto no peito. Como se uma sucuri estivesse me abraçando. Não consigo respirar. Estou respirando? Ah, para, Effie. Deixa de ser ridícula. É *claro* que consigo respirar. Fala sério. Sou capaz de ver meu ex-namorado sem bater as botas.

— Você está bem? — pergunta Bean.

— Claro! — respondo depressa.

— Ok. — Ela não parece convencida. — Bem, quer saber? Vou levar essa caixa lá para dentro, e vocês podem... botar o papo em dia.

Ela entra, e dou um passo atrás, para pisar no cascalho do caminho de acesso à casa. Em território seguro. Sinto que preciso do lastro da minha casa, de Greenoaks, do amor da minha família.

— Ah, oi — me cumprimenta Joe, ao se aproximar, com um olhar indecifrável. — Tudo bem?

— Tudo. — Dou de ombros, com indiferença. — E com você?

— Tudo bem.

Ele olha para meu pescoço, e levo a mão ao colar de contas sem pensar — então me xingo mentalmente. Não devia ter reagido. Devia ter ignorado. *Oi? Como? Eu usava uma coisa no pescoço que tinha um significado especial para a gente? Desculpa, não lembro direito.*

17

— Colar bonito — comenta ele.

— É, foi a Bean que me deu — respondo, com desdém. — Então é muito especial para mim. Sabe como é... Valor sentimental. Adoro esse colar. Nunca tiro do pescoço.

Acho que poderia ter parado em "foi a Bean que me deu". Mas ele entendeu o recado. Dá para ver, pelo jeito como olha para mim.

— Tudo bem no trabalho? — pergunta ele por educação, mas acaba ficando forçado.

— Tudo. Obrigada. — Uso o mesmo tom. — Mudei de departamento. Agora basicamente produzo eventos corporativos.

— Legal.

— E você? Ainda quer ser cirurgião cardiovascular? — pergunto, num tom deliberadamente vago, como se não soubesse exatamente em que estágio sua carreira de médico está. Como se um dia não tivesse ficado estudando com ele até as duas da manhã.

— É o meu plano. — Ele assente. — Falta pouco.

— Que bom...

Ficamos em silêncio, e Joe franze o cenho, fazendo uma de suas caras sérias.

— E como está... — começa, enfim. — Você está... saindo com alguém?

As palavras dele são como sal na ferida. O que ele tem a ver com isso? Por que quer saber? Minha vontade é responder: "Você não tem o direito de perguntar da minha vida amorosa, Joe Murran." Mas, assim, eu ia me entregar. Além disso, tenho do que me gabar.

— Na verdade, estou, *sim*, saindo com uma pessoa — respondo, adotando o ar mais apaixonado que consigo. — Ele é ótimo. Maravilhoso. Bonito, bem-sucedido, gentil, *confiável*... — acrescento, com bastante ênfase.

— Não é o Humph, né? — pergunta Joe, receoso, e sinto uma pontada de irritação.

Por que ele tinha de falar no Humph? Saí com Humphrey Pelham-Taylor por três semanas num ato de vingança contra Joe, e, sim, foi medíocre, e, sim, me arrependo. Mas ele realmente acha que Humph e eu teríamos dado em alguma coisa?

— Não, não é o Humph — respondo, com uma paciência exagerada. — O nome dele é Dominic. Ele é engenheiro. A gente se conheceu na internet, e está indo muito bem. A gente combina muito. Sabe quando simplesmente *dá certo*?

— Que bom... — comenta Joe, depois de uma longa pausa. — Isso é... Fico feliz.

Ele não parece feliz. Na verdade, parece meio angustiado. Mas isso não é problema meu, digo a mim mesma com firmeza. E ele nem deve estar angustiado. Eu achava que conhecia Joe Murran, mas a verdade é que não conhecia.

— E *você*, está saindo com alguém? — pergunto educadamente.

— Não — diz ele, sem demora. — Eu... Não.

Ficamos em silêncio mais uma vez, e Joe curva os ombros e enfia as mãos nos bolsos do casaco.

A conversa não está indo bem. Respiro fundo o ar frio do inverno, e me bate uma tristeza. Naquela noite terrível, há dois anos e meio, não perdi só o amor da minha vida. Perdi uma amizade de infância, desde que tínhamos cinco anos. Joe cresceu aqui; a mãe dele ainda é a diretora da escola da cidade. A gente brincava juntos. Começamos a namorar na adolescência. Continuamos na faculdade. Chegamos à vida adulta e já estávamos planejando uma vida juntos.

Mas agora somos... O quê? Nem olhamos um na cara do outro direito.

— Bem — diz ele, enfim. — Feliz Natal.

— Para você também. Feliz Natal.

Eu o observo se afastar, então dou meia-volta e volto pelo caminho de cascalho até a casa, onde encontro Bean, perto da porta.

— Está tudo bem, Effie? — pergunta ela, ansiosa. — Sempre que você vê o Joe, fica meio... nervosa.

— Estou bem. Vamos entrar.

Nunca contei à Bean sobre aquela noite. Tem coisas que não dá para compartilhar com ninguém. Na verdade, tento não pensar naquilo, e ponto final.

Preciso me concentrar no aqui e no agora, digo a mim mesma. Nas coisas boas. Em enfeitar a árvore. O Natal está quase chegando. A família toda reunida em Greenoaks.

Sentindo-me mais leve, entro em casa com Bean, deixando o frio lá fora. Todo ano, aguardo ansiosamente pelo dia de hoje e não vou deixar nada estragar isso. Nem Joe Murran.

Uma hora depois, estou ainda mais animada, o que pode ter alguma coisa a ver com as duas canecas de vinho quente que tomei. Terminamos de arrumar a árvore e agora estamos na cozinha, vendo o vídeo que Bean e Gus fizeram para o papai, no iPad. Estou feliz da vida, sentada no canto, na velha cadeira de vime, abraçando as pernas e me vendo aos quatro anos, com um vestido florido que Mimi fez para mim. É verão no vídeo, e estou sentada numa toalha de piquenique na grama, abrindo minhas bonecas russas, minhas *matryoshkas*, e mostrando todas para meu pai, com muito cuidado.

Olho para ele, para ver se está gostando, e ele sorri da cadeira e ergue a caneca de vinho quente para mim, num brinde. É um gesto carinhoso tão típico do meu pai. A Temi, minha melhor amiga, acha que ele devia ter seguido carreira de ator, e entendo o que ela quer dizer com isso. Ele é bonito, tem presença, e as pessoas gostam dele de graça.

— Efelante, você era uma *gracinha* quando pequena — diz Bean, com carinho.

Quando não me chamam de Effie, todo mundo na minha família me chama de Efelante. Era como eu falava "elefante" quando era criança. Ninguém me chama por meu nome verdadeiro, Euphemia (graças a *Deus*), mas também ninguém chama Bean de "Beatrice" nem Gus de "Augustus".

— É... Uma pena que cresceu e ficou assim — acrescenta Gus.

— Haha — respondo, distraída, sem tirar os olhos da tela.

Estou fascinada com a imagem das minhas bonecas russas imaculadas, recém-saídas da caixa. Ainda as tenho, cinco *matryoshkas* de madeira que se encaixam uma dentro da outra, pintadas à mão, com olhos brilhantes, bochechas coradas e sorrisos serenos. Estão bem velhinhas agora e riscadas de canetinha, mas são a lembrança mais preciosa que tenho da minha infância.

Outras crianças tinham ursinhos de pelúcia, mas eu tinha as minhas bonecas. Eu tirava uma de dentro da outra, as enfileirava, as botava para "conversar" e falava com elas. Às vezes, representavam nossa família: o pai e a mãe grandes e as três crianças pequenas, eu sendo a menor de todas. Às vezes, eram versões diferentes de mim. Ou então eu lhes dava o nome das minhas amiguinhas da escola e encenava as confusões que tinham acontecido durante o dia. Mas, na maioria das vezes, elas serviam mais só para aliviar a ansiedade mesmo. Eu ficava guardando uma dentro da outra e tirando de novo, e o ritual me acalmava. Na verdade, continua me acalmando. Até hoje ficam junto da minha cabeceira, e ainda recorro a elas quando estou estressada.

— Olha só esse *vestido*! — exclama Bean, olhando para a tela. — Quero um pra mim!

— Você pode fazer um — comenta Mimi. — Ainda tenho o molde. Tem uma versão em tamanho de adulto também.

— Sério? — O rosto de Bean se ilumina. — Ah, *com certeza*, vou fazer.

Mais uma vez, fico boba de ver como Bean incorporou o lado criativo de Mimi. As duas costuram, tricotam e cozinham. São capazes de transformar um espaço num mundo mágico, com uma almofada de veludo aqui e um prato de biscoitos de aveia ali. Bean trabalha de casa, na área de marketing, e até o escritório dela é lindo, cheio de vasos de plantas e quadros de arte.

Eu compro minhas almofadas e meus biscoitos de aveia já prontos. Até tentei pendurar um vaso de planta uma vez. Mas nunca fica igual. Não tenho esse olhar. No entanto, tenho outras habilidades. Pelo menos, acho que tenho. (Ser um pé no saco é uma habilidade? Porque é nisso que me saio melhor, aparentemente.)

Nossa cozinha é o maior exemplo da criatividade de Mimi, penso, olhando com carinho ao redor. Não é só uma cozinha, é um patrimônio. Uma obra de arte. Cada porta de armário é um painel intrincado de uma floresta, feita de canetinha ao longo dos anos. Tudo começou com um ratinho que Mimi desenhou para me animar quando cortei o joelho, aos três anos, mais ou menos. Ela rabiscou o camundongo no canto de um armário, piscou para mim e disse:

— Não conta pro papai.

Fiquei olhando para aquilo, encantada, sem conseguir acreditar que ela havia desenhado algo tão incrível, e num *móvel*.

Algumas semanas depois, Gus ficou chateado com alguma coisa, e ela desenhou um sapo engraçado para ele. Então, com o tempo, foi acrescentando um desenho atrás do outro, criando cenas elaboradas numa floresta. Árvores para marcar aniversários; animais no Natal. Ela nos deixou fazer nossas contribuições também. Nós prendíamos a respiração para desenhar, nos sentindo muito importantes. Uma borboleta... uma minhoca... uma nuvem.

Hoje, as portas estão cobertas de desenhos, mas Mimi ainda consegue acrescentar alguns detalhes de vez em quando. A cozinha ficou famosa na cidade, e é a primeira coisa que nossos amigos querem ver quando nos visitam.

"*Ninguém* tem uma cozinha dessas!", lembro-me de Temi exclamando quando a viu pela primeira vez, aos onze anos, e falei na mesma hora, transbordando de orgulho:

— Ninguém tem uma Mimi.

Na tela do iPad, vemos agora uma sequência de fotos do meu pai em várias festas que organizamos ao longo dos anos, e fico nostálgica ao vê-lo vestido de Papai Noel, quando eu tinha oito anos... Meu pai e Mimi com trajes de gala, no aniversário de dezoito anos de Bean... Tantas comemorações felizes em família.

"*Feliz aniversário, Tony Talbot!*" aparece na tela, na última cena, e todos nós batemos palmas, animados.

— Meu Deus! Crianças! — Papai está emocionado, sorrindo para nós na cozinha. Ele tem um lado sensível, e noto que está com os olhos marejados de lágrimas. — Nem sei o que dizer. Que presente maravilhoso! Bean, Gus, Effie... Obrigado.

— Não tenho nada a ver com isso — digo depressa. — Foi tudo coisa da Bean e do Gus. O meu... está aqui.

Subitamente tímida, eu lhe entrego o presente embalado no papel que Bean trouxe. Prendo a respiração, enquanto ele desembrulha o álbum grande e fino e lê o título em voz alta:

— "Um menino de Layton-on-Sea". — Ele me olha, curioso, e começa a folhear as páginas. — Meu Deus...

É um álbum de colagens que montei com imagens de Layton-on-Sea da época em que meu pai era criança, reunindo fotos antigas, cartões-postais, mapas e recortes de jornal. Fiquei tão envolvida na produção que, na verdade, provavelmente conseguiria escrever uma tese sobre Layton-on-Sea.

— O centro comercial! — exclama meu pai, enquanto passa as páginas. — O pub Rose & Crown! St. Christopher, a minha escola... Parece que eu estou lá...

Por fim, ele me olha, comovido.

— Effie, querida, ficou lindo. Estou tão emocionado...

— Não é artístico nem nada — digo, subitamente consciente de que só colei um monte de recortes e de que Bean, no mínimo, teria feito algo supercriativo com eles. Mas Mimi pousa a mão em meu braço.

— Não se diminua, querida. É artístico, *sim*. É uma obra de arte. De história. De amor.

Para minha surpresa, vejo que ela também está com os olhos cheios de lágrimas. Estou habituada ao sentimentalismo do meu pai, mas Mimi não é de chorar. Hoje, no entanto, ela parece mais sensível. Vejo-a pegar a caneca de vinho quente com as mãos trêmulas e olhar de relance para meu pai, que reage com uma expressão sugestiva.

Peraí, tem alguma coisa estranha. Algo está acontecendo. Acabei de pescar os sinais. Mas o que será que é?

Então, de repente, me dou conta. Eles estão tramando alguma coisa. *Agora* tudo faz sentido. Os dois sempre foram o tipo de pais que resolvem as coisas entre si e depois fazem grandes anúncios, em vez de ir dando pistas. Eles têm algum plano e vão contar para a gente, e os dois estão nervosos com isso. Hum, o que será? Não vão adotar um filho, né? Penso, num desvario. Não. Óbvio que não. Mas então o que é? Observo meu pai fechar o álbum e olhar de novo na direção de Mimi, então ele anuncia:

— Certo. Todos vocês. Na verdade, temos... — Ele pigarreia. — Temos uma novidade.

Eu sabia!

Dou um gole no vinho e fico esperando, enquanto Gus baixa o celular e ergue os olhos. Há uma pausa longa e estranha, e olho para Mimi, meio na dúvida. Suas mãos entrelaçadas estão tão tensas que os nós de seus dedos estão brancos, e, pela primeira vez, me sinto insegura. O que está acontecendo?

Uma fração de segundo depois, a resposta mais óbvia e assustadora me vem à mente.

— Vocês estão bem? — pergunto, em pânico, já imaginando as salas de espera, cateteres e médicos gentis com notícias ruins no olhar.

— Estamos! — responde meu pai rápido. — Querida, *por favor*, não se preocupe, estamos bem. Todo mundo com saúde. Não é... isso.

Confusa, olho para meus irmãos, que estão imóveis. Bean parecendo ansiosa, e Gus fitando os joelhos.

— Mas... — Papai solta o ar bem devagar. — Precisamos contar para vocês... uma decisão que tomamos.

DOIS

Um ano e meio depois

Tive exatamente três experiências extracorpóreas na vida.

A primeira foi quando Mimi e papai contaram que estavam se separando. *Bum*, do nada, sem nenhum motivo, até onde eu saiba.

A segunda foi quando meu pai anunciou que tinha uma namorada nova, chamada Krista, uma executiva de vendas de roupas de ginástica que ele conheceu num bar.

A terceira está acontecendo agora.

— Você ouviu? — Escuto o tom de voz ansioso de Bean em meu ouvido. — Effie? Eles venderam Greenoaks.

— Sim — digo, com uma voz estranhamente rouca. — Eu ouvi. Sinto como se estivesse pairando lá no alto, olhando para mim mesma. Olha eu ali, encostada no número 4 da Great Grosvenor Place, em Mayfair, com meu uniforme de garçonete, a cabeça virada para me proteger do sol e os olhos fechados.

Eles venderam. *Venderam*. Greenoaks. Para estranhos.

A casa ficou um ano à venda. Quase cheguei a acreditar que ia ficar à venda para sempre. Escondida num site na internet. E não *ser vendida*.

— Effie? Efelante? Você está bem?

A voz de Bean invade meus pensamentos, e eu volto à realidade. Estou no meu corpo de novo. De pé na calçada, onde não devia estar. A empresa de serviço de bufê Salsa Verde não encoraja os garçons a tirarem um intervalo para falar no celular. Nem para ir ao banheiro. Nem para fazer nada.

— Estou. Claro! É lógico que estou bem. — Ajeito minha postura e expiro devagar. — Quer dizer, fala sério. É uma casa. Não tem nada de mais.

— Bem, na verdade, tem. A gente cresceu lá. Seria compreensível você ficar chateada.

Chateada? Quem disse que eu estou chateada?

— Bean, não tenho tempo para isso agora — digo, abruptamente. — Estou no trabalho. A casa foi vendida. Que seja... Eles que façam o que bem entenderem. Aposto que a Krista já escolheu uma mansão luxuosa em Portugal. Deve vir, no mínimo, com um armário embutido para guardar joias, para todos aqueles pingentes que ela usa nas pulseiras. Desculpa, como é que ela chama mesmo? *Penduricalhos*.

Consigo imaginar minha irmã estremecendo do outro lado da linha. Nós duas temos opiniões diferentes a respeito de muitas coisas, de sutiã meia-taça a creme inglês — mas, sobretudo, quando se trata da Krista. O problema é que Bean é *muito* boazinha. Devia ter sido diplomata. Ela tenta enxergar o que Krista tem de bom. Enquanto eu olho e só enxergo Krista.

Na mesma hora, me vem à cabeça uma imagem da namorada do meu pai: loira, dentes branquíssimos, bronzeado artificial, um cachorro salsicha irritante. Na primeira vez em que a vi, fiquei pasma. Era tão nova! Tão... diferente. Já me espantava que meu pai estivesse namorando. E aí fomos apresentados a ela.

Tentei gostar dela. Ou, pelo menos, ser educada. De verdade. Mas é impossível. Então eu meio que... fui pelo outro caminho.

— Você viu os dois no Instagram hoje? — pergunto, cutucando a ferida.

Bean suspira.

— Já falei que não olho o Instagram deles.

— Ah, mas você devia! — exclamo. — Uma foto linda do papai com a Krista numa banheira de espuma, uma taça de champanhe na mão, #*sexoaossessenta*. Não é fofo? Porque eu estava *mesmo* me perguntando se meu pai ainda transa, claro, e agora sei. Então é uma coisa boa. Ter uma confirmação disso. Mas a Krista não tem quarenta e poucos anos? Então não deveria ter uma hashtag para ela também? Ah, e ele definitivamente fez outra sessão de bronzeamento.

— Eu não olho o Instagram deles — repete Bean, com o tom de voz discreto e decidido. — Mas falei com a Krista. E parece que vai ter uma festa.

— Uma *festa*?

— Uma festa de despedida. Acho que é uma oportunidade de se despedir da casa. Vai ser um festão. Traje de gala, garçons, o pacote completo.

— Traje de gala? — repito, sem conseguir acreditar. — De quem foi a ideia, da Krista? Achei que ia gastar o dinheiro numa casa no exterior, e não numa festa metida a besta. E quando vai ser?

— Bem, aí é que tá — comenta Bean. — Parece que o novo proprietário já fez a oferta há um tempo, só que o papai não tinha comentado nada, por medo de dar errado. Então a venda já está bem adiantada. Vão finalizar na quarta que vem, e a festa é nesse sábado.

— Na *quarta* que vem? — De repente, sinto um grande vazio dentro de mim. — Mas... Isso é...

Em pouco tempo. Em pouquíssimo tempo.

Fecho os olhos de novo e assimilo a notícia em um looping de dor e sofrimento. Não consigo não reviver o dia em que nosso mundo virou de ponta-cabeça. Eu, sentada na cozinha, tomando vinho quente, feliz da vida, sem a menor ideia da bomba que ia nos atingir.

Pensando melhor agora, é claro que os sinais estavam lá. As mãos tensas de Mimi. Os olhos marejados de lágrimas do meu pai. Os olhares cautelosos que os dois ficavam trocando entre si. Até a árvore de Natal pequena parece significativa hoje.

Mas você não olha para uma árvore de Natal mirrada e automaticamente pensa: "Peraí... árvore pequena... aposto que meus pais estão se separando!" Eu não fazia a menor ideia. As pessoas falam o tempo todo: "Você deve ter notado *alguma coisa*." Mas eu não notei.

Até hoje, às vezes acordo e tenho uns breves momentos de felicidade até que... *Bum*, de repente me lembro de tudo. Mimi e meu pai se separaram. Meu pai está namorando Krista. Mimi mora num apartamento em Hammersmith. A vida tal como a conhecíamos acabou.

Então, claro, fico matutando sobre todos os outros elementos catastróficos da minha vida. Não só nossos pais se separaram, como nossa família praticamente acabou. Estou em pé de guerra com Krista. Não falo mais direito com meu pai. Faz quatro meses que fui demitida. Enfim, não estou na minha melhor *fase*. Ando com a cabeça nas nuvens. Às vezes, a sensação que tenho é a de que alguém morreu, mas ninguém mandou flores.

E eu não namorei mais ninguém depois que terminei com Dominic, que se revelou um grandessíssimo duas caras. (Na verdade, se ele tivesse uma "cara" para cada garota que estava pegando escondido, teria cinco, e eu *não acredito* que escrevi todos os cartões de Natal por ele, porque ele falou que eu tinha a letra bonita. Sou uma boba mesmo.)

— Eu sei que está acontecendo tudo muito rápido — ela me consola, com jeitinho, como se a culpa fosse dela. — Não sei o que eles vão fazer com os móveis. Quer dizer, imagino que vão guardar em algum depósito, até comprarem outra casa. Eu, pelo menos, vou pegar as minhas coisas. Até lá, o papai e a Krista vão morar de aluguel. Enfim, a Krista falou que vai mandar os convites por e-mail hoje mais tarde, então... quis te avisar.

Está acontecendo tudo muito rápido mesmo, penso, com um aperto no peito. Divórcio. Namorada. Vender a casa. E agora uma festa. Tipo assim, uma *festa*? Tento me imaginar numa festa em Greenoaks que não tenha sido organizada por Mimi, mas não consigo.

— Acho que não vou — digo, sem pensar.

— Você não *vai*? — Bean fica surpresa.

— Não estou em clima de festa. — Tento parecer blasé. — E acho que já tenho planos para sábado. Então... Divirta-se. E mande um abraço para todo mundo.

— Effie!

— O quê? — pergunto, me fazendo de boba de propósito.

— Acho que você devia ir. É a última festa em Greenoaks para todo o sempre. Vai estar todo mundo lá. É a nossa chance de nos despedirmos da nossa casa... de ser uma família...

— Não é mais a nossa casa — digo, categórica. — Krista acabou com o lugar com aquela pintura "elegante". E não somos mais uma família.

— Somos, sim! — protesta Bean, espantada. — É claro que somos uma família! Não diga uma coisa dessas!

— Tudo bem. Que seja.

Fito o chão, desanimada. Bean pode dizer o que quiser, mas é verdade. Nossa família acabou. Estilhaçou-se como cacos de vidro no chão. E ninguém jamais vai conseguir consertar isso.

— Quando foi a última vez que você falou com o papai?

— Não lembro. — Eu minto. — Ele anda ocupado, eu ando ocupada...

— Mas você falou com ele direito? — pergunta Bean, preocupada. — Fez as pazes desde que...?

Desde a noite em que gritei com a Krista e fui embora da casa num rompante de raiva. É o que ela quer dizer. Só que é muito educada para isso.

— Claro. — Eu minto de novo, porque não quero que Bean se preocupe comigo e com o papai.

— Bem, eu não tenho conseguido falar com ele — comenta ela. — É sempre a Krista que atende.

— Hum.

Tento demonstrar o mínimo de interesse em meu tom de voz, porque a única maneira de aguentar toda essa situação com meu pai é não falando sobre isso. Sobretudo com Bean, que tem a habilidade de acelerar meu coração sempre que acho que consegui acalmá-lo.

— Effie, vá à festa — tenta Bean mais uma vez, com um tom suplicante. — Não pense na Krista. Pense *na gente*.

Minha irmã é tão sensata! Ela se coloca no lugar do outro. Diz coisas como "por outro lado" e "entendo seu ponto de vista" e "sei o que você quis dizer". Eu deveria tentar ser sensata como ela, penso, num momento de autocensura. Ou, pelo menos, devia tentar *parecer* sensata.

Fecho os olhos, respiro fundo e digo:

— Sei o que você quer dizer, Bean. Entendo seu ponto de vista. Vou pensar.

— Ótimo. — Bean fica aliviada. — Porque depois nunca mais vamos voltar a Greenoaks, e aí vai ser tarde demais.

Nunca mais vamos voltar a Greenoaks.

Ok, não consigo lidar com isso agora. Preciso desligar.

— Bean, tenho que ir — digo. — Porque estou no *trabalho*. Um trabalho muito importante, como *garçonete temporária*. Depois a gente conversa. Tchau.

Entro discretamente na imensa cozinha de mármore, e ela está fervilhando de funcionários. Uma florista está fazendo uma entrega, há vários baldes de gelo por todo canto, e vejo o sujeito que eles chamam de "gerente de eventos" repassando cuidadosamente a arrumação das mesas com Damian, o dono da Salsa Verde.

Organizar um almoço elegante como este é como montar um espetáculo, e me sinto mais animada ao ver os chefs cozinhando. Só preciso trabalhar e ocupar a cabeça. É isso. Essa é a resposta.

Foi um susto perder meu emprego como produtora de eventos comerciais. (E *não foi* porque eu era ruim. Ou, se foi, eu não era a única, porque demitiram o departamento inteiro.) Mas estou fazendo de tudo para pensar positivo. Todo dia me candidato para pelo menos uma vaga, e o trabalho de garçonete paga minhas contas. Nunca se sabe quando vai aparecer uma oportunidade. Quem sabe a Salsa Verde não vai ser minha salvação, penso, olhando ao redor. Talvez seja uma forma de voltar para o ramo de produção de eventos. Sabe-se lá o que pode acontecer...

Interrompo meus pensamentos ao notar como a florista, uma mulher grisalha e bonita, está atribulada. Ela repara que estou olhando e pede, na mesma hora:

— Faz um favor? Coloca isso no saguão de entrada? — Ela aponta com a cabeça para um arranjo enorme de rosas brancas num pedestal de metal. — *Preciso* lutar pelas minhas peônias, mas esse arranjo está poluindo o ambiente.

— Claro — digo, segurando o pedestal.

— Para mim? Quanta gentileza! — comenta Elliot, um dos chefs, quando passo por ele, e sorrio.

Elliot é alto, queimado de sol, tem olhos azuis e porte atlético. Conversamos um pouco hoje cedo, enquanto eu dava uma olhadinha discreta em seu bíceps.

— Sei quanto você gosta de rosas brancas — respondo, flertando com um sorriso.

Seria demais pegar uma flor do arranjo e dar para ele?

Sim. Seria. E também: roubo.

— Ei, está tudo bem? — pergunta ele, mais reservadamente. — Te vi lá fora. Você parecia meio tensa.

Ele tem uma expressão tão sincera, parece tão verdadeiramente preocupado, que não consigo não me abrir com ele. Só um pouquinho.

— Ah, está tudo bem, obrigada. Só fiquei sabendo que vão vender a casa da minha família. Meus pais se separaram tem um ano e meio — explico, já que ele não parece entender. — Quer dizer, eu já *superei*. Óbvio. Mas mesmo assim...

— Eu entendo. — Ele assente, sendo empático. — Que pena...

— Pois é. — Assinto também, grata pela compreensão. — É exatamente isso! *É* uma pena. E por *quê*? Foi totalmente do nada. Nossa família era *feliz*, sabe? As pessoas olhavam e falavam: "Uau! Olha só os Talbot! Eles são tão felizes! Qual é o segredo deles?" Aí, de repente, meus pais chegam e: "Olha, quer saber? A gente vai se separar." Parece que *esse* era o segredo deles. E eu ainda não consegui... Sabe... entender — termino, baixinho.

— Uau. Isso... — Elliot fica meio sem reação. — Pelo menos eles esperaram vocês crescerem, né?

É o que a maioria das pessoas fala. E não adianta discordar. Não adianta dizer: "Mas você não entende? Agora eu penso na minha infância e me pergunto se não foi tudo uma mentira."

— Tem razão! — De alguma forma, meu tom de voz sai animado. — Pelo menos isso. E seus pais, estão juntos até hoje?

— Estão.

— Que bom! — Sorrio, com delicadeza. — Muito bom mesmo. Emocionante. Quer dizer, pode não ser para sempre — acrescento, porque o mínimo que posso fazer é alertá-lo.

— É. — Elliot hesita por um instante. — Quer dizer, eles parecem ter um casamento sólido...

— Eles *parecem* ter. — Aponto para ele como se tivesse vencido a discussão, porque ele acertou em cheio. — Exatamente! Eles *parecem* ter. Até que, de repente... *Bum*! Eles estão morando em casas separadas e seu pai arruma uma nova namorada chamada Krista. Enfim, se acontecer, vou estar aqui.

Eu aperto seu braço, me compadecendo como se a situação já tivesse acontecido.

— Obrigado — diz Elliot, com uma voz meio estranha. — Fico muito agradecido.

— Imagina! — Sorrio de novo para ele, com a maior delicadeza. — Melhor eu levar logo essas flores para o lugar certo.

Enquanto carrego o arranjo escada acima até o saguão de entrada, sinto um quentinho no peito. Ele é um cara legal! E *acho* que pode estar interessado. Talvez devesse chamá-lo para tomar uma cervejinha. Como quem não quer nada. Mas deixando minhas intenções bem claras. Como é mesmo a frase que eles usam nas bios de aplicativos? "Em busca de diversão e outras coisinhas."

"Ah, oi, Elliot, topa sair comigo para se divertir e, quem sabe, fazer outras coisinhas?"

Não. Ui. Definitivamente, não.

De qualquer jeito, quando volto para a cozinha, percebo que não é uma boa hora. O lugar está mais movimentado que nunca, e o estresse parece ter aumentado na minha ausência. Damian está discutindo com o gerente de eventos, e Elliot está tentando interromper com alguns comentários, enquanto aplica uma cobertura com saco de confeiteiro numa sobremesa de chocolate. Admiro sua coragem. Até de bom humor, Damian é bem intimidador, que dirá em meio a um acesso de raiva. (Já ouvi uma história de um chef que se escondeu numa geladeira para não ter de dar de cara com Damian, mas isso *só* pode ser mentira.)

— Ei, você! — grita outro chef, diante de uma panela imensa de sopa de ervilha. — Mexe isso aqui para mim. — Ele me passa a colher de pau e se junta à discussão.

Olho, nervosa, para o líquido verde-claro. Sopa está fora da minha alçada. Espero não fazer besteira. Mas dá para estragar uma sopa? Não. Claro que não.

Enquanto mexo a sopa, meu telefone apita, e, atrapalhada, tiro o celular do bolso e continuo mexendo a sopa com a outra mão. É uma mensagem — e, ao ler o nome "Mimi", já consigo ouvir seu sotaque irlandês encantador. Abro e leio:

Querida, acabei de ficar sabendo da casa. Ia acontecer, mais cedo ou mais tarde. Espero que esteja bem. Você tem um bom coração, Efelante, e estará em meus pensamentos. Achei essa foto outro dia, no meio de uma faxina. Lembra disso?
Até mais, meu amor.
Beijos,
Mimi

Clico na foto e, na mesma hora, sou arrebatada por inúmeras lembranças daquela época. É minha festa de aniversário de seis anos — o dia em que Mimi transformou a casa num circo. Ela armou uma barraca na sala de teto abobadado, encheu um milhão de balões e até aprendeu a fazer malabarismo.

Na foto, estou com um tutu de bailarina, de pé no antigo cavalo de balanço. Estou toda descabelada e pareço a criança mais feliz do mundo. Mimi e meu pai estão segurando minhas mãos, um de cada lado, sorrindo um para o outro. Dois pais amorosos.

Engolindo em seco, dou zoom na foto e estudo as feições jovens e felizes de meus pais, passando de um para o outro, como um detetive em busca de pistas. Mimi está radiante, sorrindo para meu pai. O sorriso dele é igualmente carinhoso. E, ao olhar para os dois, sinto como se tivesse levado um soco na boca do estômago. O que aconteceu? Eles *eram* felizes, eles *eram*...

— Ei!

Uma voz interrompe meus pensamentos. Uma voz alta e irritada. Ergo o olhar, e, quando vejo Damian me encarando, meu coração dispara.

Não. Nããããão. Isso é péssimo. Largo o telefone com um baque na bancada e começo a mexer a sopa depressa, determinada. Estou torcendo para que o "ei!" tenha sido dirigido a outra pessoa — mas, de repente, ele está a meio metro de mim, me encarando.

— Você. Sei lá qual é o seu nome. O que aconteceu com seu rosto? Está com febre?

Confusa, levo a mão ao rosto. Está molhado. Por que meu rosto está molhado?

— Peraí. — Ele se aproxima, meio assustado. — Você está *chorando*?

— Não! — Esfrego o rosto depressa e estampo um sorriso animado na cara. — Meu Deus, não! Claro que não!

— Ainda bem — retruca Damian, com um tom ameaçador. — Porque se estivesse...

— Não estou! — afirmo, forçando empolgação.

No mesmo instante, uma gota gorda pousa na superfície verde da sopa. O pânico toma conta de mim. De onde veio isso?

— Você está chorando, *sim*! — explode ele. — Está chorando na merda da sopa!

— Não estou! — insisto, desesperada, e outra lágrima cai com um respingo. — Estou ó... Ótima!

Minha voz falha em meio a um soluço, e, para meu horror, uma lágrima maior ainda cai na sopa.

Ai, meu Deus. Acho que essa não veio do meu olho.

Tremendo, ergo o rosto e encaro Damian, e a expressão dele me faz gelar. Pelo silêncio à nossa volta, sei que todo mundo na cozinha está olhando.

— Fora daqui! — ordena ele. — Fora! Leva suas coisas.

— Fora? — gaguejo.

— Chorando na merda da sopa. — Ele balança a cabeça, enojado. — Vaza.

Engulo em seco várias vezes, me perguntando se existe um jeito de contornar a situação, e decido que não.

— De volta ao trabalho! — exclama ele, de repente, para o restante da equipe, e todos voltam a trabalhar freneticamente.

Tiro o avental, me sentindo meio fora do ar, e caminho na direção da porta, com todo mundo evitando me olhar.

— Tchau — murmuro. — Tchau, gente.

Ao passar por Elliot, minha vontade é de parar, mas estou abalada demais para bancar a indiferente e chamá-lo para sair.

— Tchau — digo para o chão.

— Peraí, Effie — responde ele, com um tom de voz grave. — Peraí.

Enquanto ele lava e seca as mãos e vem andando em minha direção, sinto uma pontinha de esperança. Talvez ele vá me convidar para sair, e vamos nos apaixonar, e isso vai ser a história romântica de como nos conhecemos...

— O que foi? — pergunto, à medida que ele se aproxima.

— Antes de você sair, queria só perguntar — começa ele, mais baixo agora. — Você está saindo com alguém?

Ai, meu Deus! Está acontecendo!

— Não — respondo, tentando parecer descontraída. — Não, não estou saindo com ninguém.

— Bem, então talvez devesse. — Ele me analisa com um ar de pena. — Porque, se quer saber minha opinião, você *não* superou o divórcio dos seus pais.

TRÊS

Chego em casa ainda me sentindo ofendida. Superei o divórcio dos meus pais, *sim, senhor*. É claro que superei. Você pode "superar" uma coisa e continuar falando dela, não pode?

E eu não estava chorando. Agora, pensando melhor, tenho certeza que não. Meus olhos estavam lacrimejando *por causa* da sopa. Da *sopa*.

Abro a porta do apartamento e me arrasto melancolicamente para dentro. A Temi está sentada de pernas cruzadas no chão olhando para a tela do laptop, com seus cabelos trançados.

— Oi — diz, olhando para mim. — O que você está fazendo em casa a essa hora?

— Saí mais cedo — digo, pois não quero explicar a história toda.

(Na verdade, não foi tão ruim quanto eu imaginei. A empresa foi muito tranquila quando falei que Damian me expulsou da cozinha. Disseram que ele faz isso o tempo todo e que eles não iam me botar para trabalhar com ele por uma semana. E aí marcaram dez almoços executivos para mim.)

— Ah, legal. — A Temi não questiona minha resposta. — Bem, estou olhando o anúncio na internet. Aqui diz "vendida". As fotos estão lindas — acrescenta ela.

Mandei uma mensagem para ela hoje mais cedo contando de Greenoaks. A Temi é meio obcecada por imóveis, e eu sabia que ia se interessar. Além disso, ela passou boa parte das férias da época de escola na nossa casa, então tem uma relação com o lugar.

— "Quem visita esta casa gótica vitoriana, nos arredores da bela cidadezinha de Nutworth, em West Sussex, fica impressionado com a grandiosidade da entrada da propriedade" — lê Temi. — É verdade! Eu lembro que, na primeira vez que dormi na sua casa, fiquei assim: "Meu Deus, a Effie mora aqui?"

E então ela continua:

— "Janelas em arco com pinázios de pedra permitem que a casa seja inundada de luz natural." E de correntes de ar — acrescenta ela. — Eles deviam ter dito: "As janelas também permitem que a casa seja inundada de correntes de ar de congelar os ossos. Assim como de inundações *de verdade*. O que é uma vantagem rotineira desta maravilhosa propriedade."

Não consigo conter o riso — sei que ela está tentando me animar —, e Temi dá uma piscadinha para mim. Temi e eu nos conhecemos na escola, na aula de dança — nós fazíamos jazz. Eu voltava para casa todo dia, mas ela ficava na escola, em regime de internato, porque os pais trabalhavam o dia inteiro em banco. Quando ela tinha dois anos, eles se mudaram da Nigéria para a França, onde passaram alguns anos, e então para Londres, onde acabaram ficando. Hoje, Temi também trabalha em banco. Quando as pessoas perguntam "não é muito puxado?", ela sorri e responde "é, por isso que eu gosto".

— Como foi o trabalho hoje? — pergunto, na esperança de mudar de assunto, mas ela continua lendo o anúncio.

— "A casa está situada em terreno e jardim excêntricos, que complementam a arquitetura não convencional."

— "Excêntrico" significa "esquisito" — digo, semicerrando os olhos. — E "não convencional" significa "feio".

— Não, Effie! Amo Greenoaks de paixão, você sabe disso, mas você tem que admitir que é diferente. Especial — acrescenta ela, com muito tato. — "Um hall de entrada espaçoso conduz a uma sala de estar com uma janela com pinázio em um nicho com um banco embutido" — continua ela.

Por um instante, ficamos em silêncio, porque *vivíamos* naquele banco na época da escola. A gente fechava as velhas cortinas pesadas à nossa volta para criar uma espécie de caverna enclausurada, onde líamos revistas e nos maquiávamos. Quando ficamos mais velhas, tomávamos garrafinhas de vodca e falávamos de meninos. Quando a avó da Temi morreu, passamos uma tarde inteira lá, abraçadas em silêncio no nosso cantinho.

Sento no chão ao lado da Temi e fico olhando, enquanto ela passa as fotos do anúncio, acrescentando os próprios comentários engraçados. Mas, quando chega às fotos da cozinha reformada, com armários novos em folha, ela para de passar as imagens e ficamos caladas. Nem Temi consegue pensar em algo engraçado para dizer. O que Krista fez foi pura destruição gratuita e injustificada. Ela pegou a floresta de Mimi — algo bonito e único — e dizimou.

E as pessoas se perguntam por que estou brigada com ela.

Um alarme dispara na cozinha, e Temi se levanta.

— Está na hora de mexer meu ensopado — explica ela. — Quer um chá? Você está com cara de quem está precisando.

— Eu aceito — respondo, agradecida. — Meu dia foi puxado.

Não é só a notícia de que Greenoaks foi vendida, nem ter sido expulsa da cozinha... É tudo. Está tudo uma confusão na minha cabeça.

O que ninguém nunca vai acreditar é que eu tentei dar uma chance para a Krista. De verdade. No dia em que nos conhecemos, em Greenoaks, fui decidida a ser positiva.

Tudo bem, foi esquisito ver uma mulher estranha e glamorosa saltitando na cozinha de Mimi, com calça jeans apertada e salto alto. Deslizando as unhas pintadas nas costas do meu pai. Chamando-o de "Tone" e se aninhando a ele no sofá como uma adolescente, gargalhando de alguma piada interna que, obviamente, tinha a ver com sexo. Mas eu não "desgostei dela logo de cara", que é o que todo mundo parece pensar.

Bean comentou depois que devíamos ter nos encontrado primeiro em território neutro, e acho que ela tinha razão. É óbvio que ia ser difícil ver outra mulher no lugar de Mimi. Na maioria das famílias, é a mãe que fica na casa, mas Mimi ficou falando que a casa já era do meu pai muito antes de ela aparecer na vida dele. Então, insistiu em se mudar, e, depois do que pareceram cinco minutos, Krista foi morar lá.

E isso nunca ia ser fácil. Mas, juro por Deus, eu estava preparada para tolerar Krista e até gostar dela. Foi só na terceira vez em que nos encontramos que comecei a ficar preocupada. E foi nesse dia que as coisas começaram a desandar completamente entre mim e meu pai.

Nossa relação já estava desgastada. Por um tempo, depois do anúncio do divórcio, eu não conseguia ter uma conversa de verdade com meu pai nem com Mimi, porque tudo que eu queria fazer era berrar: "*Por quê?*" ou "Como vocês foram *capazes* de fazer uma coisa dessas?", ou "Vocês cometeram um erro terrível!" E Bean disse que isso não ia ajudar em nada. (Ela também não concordou em participar do meu plano que já nasceu fadado ao fracasso de reconciliar os dois, surpreendendo-os com uma reconstituição do primeiro encontro deles.)

Então foi difícil. E ficamos todos um tanto assustados com o jeito como meu pai mudou. Ele obviamente estava tentando se adequar ao estilo de vida da Krista, comprando roupas novas (uma calça jeans feia), fazendo bronzeamento artificial (que ele nega ter feito, mas está na cara que fez) e comprando caixas de champanhe o tempo inteiro. Era como se ele e Krista só tomassem champanhe, coisa que antes era reservada para ocasiões especiais.

Eles ficavam tirando férias curtas em hotéis de luxo e postando fotos de roupão no Instagram novo do meu pai. E falando que queriam comprar uma casa em Portugal, onde ele nunca nem pisou. Era tudo ideia da Krista. Ele até comprou um colar com um pingente de diamante para o "quarto mesversário" deles, e ela não parava de falar naquilo, se exibindo e brincando com o pingente. "Cuidado com meu diamante! Olha como meu diamante é brilhoso!"

Era como se tivesse surgido um pai novo e completamente diferente. Mas, pelo menos, eu ainda conseguia conversar com ele. Eu ainda achava que ele estava do meu lado. Até aquele dia.

Fui almoçar em Greenoaks — sozinha. Enquanto meu pai estava ao telefone, entrei pela sala e encontrei Krista tirando uma foto da escrivaninha. Então, ela murmurou baixinho para o telefone, como se estivesse ditando:

— Escrivaninha, seis gavetas, puxadores dourados.

Fiquei tão espantada que nem consegui me mexer por um instante, então me afastei na ponta dos pés.

Tentei dar a ela o benefício da dúvida. Passei o almoço inteiro tentando pensar em uma explicação inocente para o que ela estava fazendo. Mas não consegui. Então, chamei meu pai até o escritório para conversar sobre um "assunto de família" e contei tudo.

A conversa não foi só ruim. Foi péssima. Não lembro exatamente o que ele disse, mas lembro que ficou com raiva, na defensiva, dizendo que eu não tinha nada que ficar bisbilhotando, que eu tinha de aceitar que ele estava com a Krista agora e que eu devia ficar feliz por ele, e não caçando problemas, e que eu tinha de prometer que não ia contar aquilo para o Gus nem para a Bean, pois eles ficariam contra a Krista.

Eu me lembro de ficar olhando para a cara dele, sentindo meu rosto esquentar. Fiquei tão surpresa com ele por defender a Krista e ficar contra mim que não consegui nem gaguejar uma resposta e saí de lá o mais rápido que pude.

Nunca contei a Gus nem a Bean sobre aquele dia. Cumpri a promessa que fiz ao meu pai. Mas não prometi não criar uma rixa com a Krista, prometi?

Então foi isso que eu fiz.

O primeiro ataque foi no aniversário dela. Meu pai nos convidou para um almoço pavoroso para "comemorar" o grande dia da Krista. Ela estava completando "quarenta e um aninhos", como ela mesma disse, milhares de vezes.

Nós queríamos "comemorar" o aniversário da Krista? Não. Éramos da família dela? Não. Era só uma oportunidade de ela usar a louça cara, contratar um bufê, abrir garrafas de champanhe e se mostrar? Sim.

Mas Bean disse que a gente tinha de se esforçar e que eu devia parar de falar "comemorar" com tanto sarcasmo, e quem sabe, se tentássemos ficar felizes por ela, poderíamos virar amigas.

Bean me decepciona às vezes.

Então me fiz de boa moça e dei à Krista uma foto num porta-retratos embrulhada em papel de presente. Era uma foto dela com um efeito dourado. Numa moldura dourada. E tinha dois balõezinhos de fala. O primeiro dizia: "Olha meu diamante!!!"; e o segundo: "Dim-dim!!!"

Ok, acho que o "Dim-dim!!!" passou um pouquinho dos limites. Mas não resisti.

Estava pronta para me defender com unhas e dentes e explicar que era uma brincadeira inocente — mas nem precisei. Krista olhou a foto por alguns segundos, com uma expressão tensa, guardou o porta-retratos na bolsa sem que os outros pudessem ver e disse:

— Que legal!

E, então, jogou a bebida dela em mim. A versão oficial é que deixou a taça cair em cima de mim sem querer. Mas ela sabe, e eu sei: não foi sem querer. Ela jogou Kir Royale no meu vestido cor de creme novo e, na mesma hora, bancou a inocente, pegando seu cachorro salsicha, fazendo carinho na cabeça dele e dizendo, com uma vozinha infantil:

— O que foi que a mamãe *fez*, Bambi? Mamãe, sua bobinha, deixou a bebida cair na coitadinha da Effie!

Então esse foi o dia em que eu e ela declaramos guerra tacitamente. E foi uma guerra intensa por um tempo. Nossas armas eram, no geral, e-mails malcriados, elogios duvidosos no Instagram e insultos disfarçados de gentilezas.

Era quase divertido lançar a isca e ficar esperando para ver se ela ia morder. Como um joguinho. Eu continuava indo aos encontros em família, ficando indignada, na minha, e observando Krista com cautela, mas nunca havia nada a que eu realmente pudesse me *opor*. Até uma noite, há dois meses. Nós três chegamos juntos a Greenoaks para jantar — Gus foi dirigindo —, e eu estava até animada. Até meu pai avisar da porta, sem conseguir olhar nos nossos olhos:

— Aliás, a Krista pintou a cozinha. Mas pode deixar que eu tirei foto de tudo, para guardar de lembrança.

Desse jeito. Ainda não consigo acreditar. Que ele tenha deixado Krista fazer isso. Que tenha contado com tanta naturalidade. Que não tenha entendido que ficaríamos arrasados.

Quando entrou na cozinha e viu os armários pintados de branco, Gus tomou um susto. Bean ficou com cara de choro. E eu fiquei em estado de choque. Eu me lembro de ficar parada ali, com uma sensação de que toda minha infância tinha sido apagada.

O pior é que Krista ficou *orgulhosa* da profanação do cômodo. Ela ficava dizendo que a tinta se chamava "Wimborne White" e que a cozinha estava muito mais clara agora. Àquela altura, eu estava tão abalada que nem conseguia falar direito, mas, quando ouvi a expressão "mais clara", não consegui resistir e ironizei:

— Aposto que a *Mona Lisa* também ficaria mais clara se você tacasse tinta nela. Você devia oferecer seus serviços ao Louvre!

O que não caiu muito bem.

Gus e Bean pareceram superar a questão em poucos minutos. Meus irmãos se recompuseram. Aceitaram uma taça de vinho e ficaram batendo papo. Mas eu não consegui. Fiquei muito magoada. Muito abalada. Comecei tentando explicar como estava chateada e fui ficando cada vez mais agitada... até que estava gritando com Krista:

— Quer saber? Não tem lugar nessa casa para a gente e para você, Krista, então a gente vai embora. Tá legal? A gente está indo *embora*. Para *sempre*.

E foi aí que ficou tudo muito constrangedor, porque eu presumi que Bean e Gus viriam comigo, mas eles não vieram. Ficaram sentados no sofá. Eu saí batendo o pé em direção ao hall de entrada, vermelha, bufando, pronta para comemorar com um high-five com meus irmãos — que obviamente ficariam do meu lado —, e percebi que estava sozinha. Fiquei tão atordoada que botei a cara de volta na sala e perguntei:

— Vocês não vêm?

— *Effie*... — respondeu Bean, agoniada, sem se mexer, enquanto Gus só fazia cara de paisagem.

Então tive de sair de novo, tentando manter a cabeça erguida, e juro que ouvi Krista dando uma risadinha.

Fiquei *furiosa*. Por pouco, não perdoei os dois. Bean depois me disse que ficou muito dividida, mas que teve uma sensação terrível de que, se nós três saíssemos, a família acabaria de vez, e que ela estava tentando ser a ponte que conectava todo mundo.

— É, você é *mesmo* uma ponte, porque deixa a Krista pisar em você todinha! — respondi. (Ela fez cara de magoada, e eu me arrependi.)

Então parti para cima de Gus. Ele disse que não tinha entendido que era para sair e que da próxima vez eu devia mandar uma mensagem no WhatsApp.

Minha família não serve para *nada*.

E, desde aquela noite, quase não falei com meu pai. Nem pisei de novo em Greenoaks. Não tenho mais atacado Krista nem ela a mim — mas isso não me deixa mais calma. Parece uma guerra de mentira. Não consigo relaxar, fico sempre preocupada com a próxima bomba.

Agora, enquanto senta ao meu lado e me entrega uma caneca de chá, Temi olha mais uma vez para a cozinha pintada de branco. Ela também amava os desenhos de Mimi, e, numa Páscoa, ela mesma contribuiu com o desenho de um pintinho.

— Vaca — diz, muito sucinta.

— É. Ah, e adivinha? Ela vai dar uma festa — acrescento, pesarosa. — Um superevento para todo mundo se despedir de Greenoaks, e ela poder se mostrar e dar uma de abelha-rainha.

— E que roupa você vai usar?

— Eu não vou — digo. — A festa é da *Krista*.

— E daí? — retruca Temi. — Ela que se dane! Vá se despedir da casa, ver seus amigos e sua família, beber... Se eu fosse você, colocava uma roupa *deslumbrante* e tirava *onda* com a cara daquela mulher.

O olhar da Temi fica distante, e sei que ela está imaginando o que compraria na Net-a-Porter.

Neste instante, meu celular apita, abro o WhatsApp e vejo uma mensagem de Bean:

Acabei de receber o convite. Por e-mail, da Krista. Você recebeu?

Abro meu e-mail — mas não chegou nada da Krista. Então respondo:

Não.

Um minuto depois, ela diz:

Daqui a pouco chega. Vou te mandar o meu. Vai ser divertido! Acho que você devia ir.

— É a Bean — explico para Temi, que está me observando. — Ela acha que eu devia ir.

— E ela tem razão — insiste Temi. — Você devia encher a cara e a pança, se divertir.

Logo em seguida, chega um e-mail de Bean e, com uma curiosidade relutante, abro o anexo. É um convite eletrônico metido a besta, com um envelope virtual e um cartão com uma fonte rebuscada.

— Tão pretensioso... — comento. — Parece até um casamento da família real.

— "A Sra. Krista Coleman e o Sr. Antony Talbot têm o prazer de convidá-la para a festa de despedida de Greenoaks. Recepção com champanhe e coquetéis das 18h30 às 21h." — Temi lê por cima do meu ombro. — Champanhe *e* coquetéis. Está vendo? Vai ser legal!

— Tem outro cartão — digo, abrindo o segundo. — "Jantar em família, a partir das 21h."

— Duas festas! — exclama Temi. — Melhor ainda!

— "Jantar em família" soa terrível. — Torço o nariz. — Tenho que ir a isso também?

— O jantar em família é só para convidados especiais! — contrapõe Temi. — É o evento vip. Ela vai servir, no mínimo, uns cinco pratos.

Temi tem razão. Vai ser o jantar mais suntuoso e ostensivo da história, e agora meio que quero presenciar isso.

— Ela vai servir lagosta — digo, lendo as letras cursivas. — Não, cisne assado.

— Um cisne assado *dentro* de um avestruz frito.

— Com um diamante no pescoço.

A esta altura, estamos as duas rindo, até que meu celular toca. Atendo a chamada de Bean ainda com um sorriso no rosto.

— Oi.

— E aí, viu o convite? — pergunta ela, daquele seu jeito ansioso. — Você vai?

— Não sei. Talvez. Parece que vai ser um festão. Pelo menos a parte dos coquetéis.

— Ah, vai. Krista não está poupando gastos. Chamou meio mundo. Vizinhos, amigos dela, amigos do papai... — Bean faz uma pausa, então acrescenta, com cautela: — Ela convidou os Murran. Mas não sei se eles vão.

Ela quer dizer: "Não sei se Joe vai." Fecho os olhos por um instante. Ótimo. Joe Murran. Ainda tem essa.

— Tudo bem, vou pensar.

— Ah, vá! — O entusiasmo de Bean transborda pelo telefone. — Não será a mesma coisa sem você, Effie. E você quer ver a casa, não quer? E pegar as coisas que quer guardar? O pessoal da mudança vai chegar no domingo e vai trazer as minhas aqui pra casa, então você podia fazer o mesmo. Vou pegar todos os meus livros. E os móveis do meu quarto.

— Os móveis do Pedro Coelho? — rio, surpresa. — Onde você vai botar isso?

O quarto da casa dela já tem móveis, inclusive uma cama king-size decente e muito adulta.

— Esvaziei o quarto de hóspedes — responde Bean, orgulhosa. — Minhas visitas podem ficar com o Pedro Coelho, e quem rir dos móveis não precisa dormir na minha casa.

— Ninguém vai rir! — digo, com carinho. — E eu definitivamente vou ficar no seu quarto do Pedro Coelho.

Há uma pausa, então pergunto, relutante:

— E aí... com que roupa você vai?

Bean comemora.

— Você *vai*!

— Talvez. — Eu cedo.

Talvez eu não seja tão cabeça-dura quanto imaginava... Talvez eu queira brindar a Greenoaks. Talvez eu faça as pazes com meu pai.

Em outras palavras, se eu não for, *quando* vou fazer as pazes com meu pai?

Abro o e-mail para ver se chegou alguma coisa da Krista — mas nada.

— Sabe, eu não fui exatamente convidada para a festa — ressalto, e Bean ri de novo.

— Você sabe como a Krista é. É tão analfabeta digital que deve estar mandando os convites individualmente. Ah, Efelante, estou tão feliz que você vai!

— *Talvez*.

— Tudo bem, *talvez*. Mesmo assim... Me avisa quando seu convite chegar.

Ela desliga, e eu atualizo meu e-mail de novo. Nada de Krista ainda. Achei que ela mandaria todos os convites da família ao mesmo tempo. Mas talvez tenha deixado para mandar o meu depois. Não. Isso não faz o menor sentido. É *claro* que ela deixou para mandar o meu depois. Está querendo provar alguma coisa. Bem, tanto faz. Deixa ela provar o que quiser. Não estou nem aí.

Mas, no fim das contas, parece que estou, sim, pois uma hora depois já tinha atualizado meu e-mail umas cem vezes. Cadê essa porcaria de convite? Krista sabe mesmo como me provocar. Ela não sabe que eu converso com a Bean? Não percebe que estou vendo o joguinho que ela está fazendo?

— Paciência — aconselha Temi, sentada no sofá. Ela está com uma touca de banho na cabeça, com um cheiro forte de máscara de hidratação de coco. — Enquanto isso, por que você não faz uma hidratação no cabelo? — E aponta para a própria cabeça. — Tenho outro saquinho disso aqui. É ótimo.

Mas estou nervosa demais para passar máscara no cabelo, não posso mais esperar um minuto sequer. Abro o laptop e começo a escrever um e-mail.

— O que você está fazendo? — pergunta Temi, semicerrando os olhos.

— Colocando a Krista contra a parede — respondo, rispidamente. — Ela não pode ficar fazendo esse joguinho comigo para sempre.

Começo a digitar, os dedos batendo no teclado rápido e com força.

Oi, Krista,
Adorei seu último post no Instagram!!! Como está o pingente de diamante? Espero que bem. Só uma perguntinha: você vai estar em casa no sábado à noite? Estava pensando em dar uma passada aí para buscar algumas coisas, mas, se você for sair, posso passar outro dia.
Effie

Clico em "enviar" e fico esperando a resposta. Krista sempre carrega o celular num cinto cheio de brilho, então sei que não vai demorar a ver o e-mail. Como esperado, sua resposta chega em poucos minutos.

Oi, Effie!
Quanto tempo! Estávamos achando que você não existia mais, na verdade, seu pai e eu agora só nos referimos aos "dois filhos" dele. Brincadeira!!!

Vamos estar em casa no sábado à noite, sim, mas vamos dar uma festinha. Pode vir, se quiser! Como você tinha dito que não queria nunca mais pisar nessa casa nem ver minha cara de novo, achei que não ia querer ser convidada, mas é lógico que você pode vir se quiser, vamos adorar te ver de novo. Traje de gala, recepção a partir das 18h30.
Krista

Li o e-mail duas vezes, o choque só aumentando enquanto eu assimilava suas palavras.

Ela não tinha só deixado meu convite para depois — eu nem ia ser convidada. Para a casa da minha família. Para a festa da minha família, para a qual o mundo inteiro foi convidado. Eu não estava na lista.

Esta é a bomba da Krista, depois de todas essas semanas. Ela deve ter ficado esperando, *esperando* para soltar isso, e posso até ver o sorrisinho de vitória naqueles lábios com gloss cor-de-rosa.

Minha cara está pegando fogo. Ouço um zumbido no ouvido. Nem me *ocorreu* que eu não seria convidada, que eles me impediriam de me despedir da casa da nossa família.

— E aí, recebeu o e-mail? — pergunta Temi, e olho para a minha amiga, tentando parecer animadinha.

— Eu não fui convidada.

É o que eu consigo dizer, e ela me encara, muito espantada.

— Você não foi convidada? Tá me zoando! — Temi pega o laptop da minha mão e lê o e-mail com atenção. — Peraí. Você *foi* convidada.

— Mas isso não é um convite, né? Eu não estava na lista. Krista está me "deixando" ir à festa. É diferente. Na verdade, esse e-mail inteirinho é praticamente um *des*convite.

— Isso não faz o menor sentido — murmura Temi. — É a sua casa!

— Não mais.

— Peraí, mas... e seu pai? — Ela arregala os olhos. — Ele está de boa com isso? Não pode estar!

— Não sei — digo, tentando sorrir. — Deve estar. Você sabe que a gente não se fala mais direito. Então isso deve ser... o que ele quer também.

Fico em silêncio. Sinto como se uma porta tivesse se fechado em algum lugar. Nem sabia que estava aberta, mas agora está definitivamente fechada.

— Que absurdo! — exclama Temi. — Quanto tempo você morou naquela casa? E há quanto tempo a Krista está na jogada? E seu pai...

Ela se interrompe, em negação, e ficamos as duas em silêncio por um tempo.

— Enfim — digo, afinal, com a voz trêmula. — Me dá isso aqui. Com as mãos firmes, pego o laptop de volta e clico em "responder".

— O que você vai fazer? — pergunta Temi.

— Vou recusar esse desconvite simpático da Krista.

— Não. — Ela balança a cabeça. — Não recusa por enquanto. Pensa um pouco. Amanhã você responde.

Nunca entendi esse negócio de esperar até o dia seguinte para fazer uma coisa. Passar a noite acordada, remoendo um problema, só para fazer o que já ia fazer na noite anterior — só que com doze horas de atraso. Como isso pode ser uma boa ideia?

— Não tenho nada no que pensar — respondo e começo a digitar rápido.

Querida Krista,
Que e-mail lindo e convidativo!!!
Tive a sorte de ver o convite que você mandou para a Bean, que foi um pouco diferente. Que legal da sua parte mandar convites diferentes para as pessoas! Superpersonalizado!

Infelizmente, não vou poder aceitar o caloroso convite. Acabei de me tocar que tenho outro compromisso na mesma noite. Só não lembro direito o que é.
Você deve estar superansiosa para exibir a nossa casa para a cidade inteira!!! Espero que corra tudo bem, e obrigada de novo por me incluir no último e-mail que você mandou.
Atenciosamente,
Effie

Clico em "enviar" antes que eu mude de ideia, ou melhor, antes que eu pense qualquer coisa — de repente, me sinto meio desorientada —, e me levanto.

— Aonde você vai? — pergunta Temi. — Effie, você está bem?

— Estou — digo. — Vou para a casa da Mimi.

QUATRO

A nossa família acabou, e ponto final.

Sigo a passos largos a caminho do apartamento de Mimi, com a mente em um turbilhão de pensamentos dilacerantes. Bean pode vir com o discurso de paz da ONU dela, mas olha *só* para a gente. Éramos a família mais unida do mundo, saíamos para almoçar, fazer piquenique, ir ao cinema... Mas agora a gente nem se vê mais. Faz semanas que não vejo meu pai. Gus sumiu. E até Bean anda meio quieta. E agora isso.

Triste, penso em como minha rixa com meu pai começou. Porque não foi minha culpa, não foi *mesmo*. Um dia depois que fui embora de Greenoaks, liguei para ele. Ele não atendeu, mas eu deixei um recado. Sugeri que a gente saísse para almoçar ou algo assim.

E fiquei esperando. Passou um dia. Dois. Três dias. Fiquei planejando todas as coisas que eu ia dizer quando a gente conversasse. Cheguei até a escrever um roteiro. Ia pedir desculpas por ter me descontrolado. E por ter gritado com Krista. Mas aí ia explicar que nós três não vimos uma cozinha "mais clara", vimos nossa infância apagada. Ia explicar que me sentia desconfortável o tempo todo com Krista. Ia explicar que era tudo muito mais difícil do que ele imaginava...

Mas a gente nunca chegou a conversar. No quarto dia, meu pai me mandou um e-mail, e meu coração disparou enquanto eu o abria — mas foi a mensagem mais avassaladora que já recebi. Ele falou que os correios ainda estavam entregando cartas endereçadas a mim em Greenoaks e que talvez fosse melhor eu atualizar meu endereço.

Os correios? Os *correios*?

Não falou nada sobre aquela noite. Nem sobre Krista. Sobre nada que importava de verdade.

Minha mágoa atingiu outro patamar. Passei um tempo pensando em nem responder. Mas, então, decidi mandar uma resposta curta e educada: "Sinto muito pelas cartas. Peço desculpas pelo inconveniente. Vou corrigir o endereço assim que possível." E esse tem sido o tom de nossas conversas desde então. Curto. Direto ao ponto. Formal. O contato seguinte se deu quando meu pai me informou que algum parente distante de quem eu nunca tinha ouvido falar havia morrido. Prestei minhas condolências como se estivesse me dirigindo a alguém da família real. Então, uma semana depois, ele avisou que ia me mandar uns boletins escolares antigos, que tinha encontrado enquanto arrumava a casa, e respondi que não precisava se incomodar. E foi isso. Tudo que conversamos. Ao longo de dois meses.

É como se toda a personalidade dele tivesse mudado, incluindo as roupas e o bronzeamento artificial. Ele não liga mais para o que costumava ligar. Sinto tanta falta do meu antigo pai, e isso dói tanto... Sinto falta de pedir ajuda a ele quando algo dá errado no meu apartamento. De mandar piadas sobre as últimas notícias pelo WhatsApp. De mandar foto da carta de vinho de um restaurante e perguntar: "Qual você acha que eu deveria pedir?" E ficar esperando uma resposta engraçadinha como: "O segundo mais barato, óbvio." Antes de ele mandar uma dica certeira.

Eu nunca entendia aquelas manchetes nem aqueles programas de televisão sobre famílias que não se falavam. Ficava me perguntando: "*Como* isso pode acontecer?" Mas agora faço parte de uma família assim. E sempre fico meio desorientada toda vez que penso nisso.

Não consigo contar para Bean como as coisas estão ruins. É terrível demais. Além disso, ela tem um coração tão mole que ia ficar estressada e provavelmente concluir que, de alguma forma, é tudo culpa dela. Na verdade, só consigo pensar numa pessoa capaz de ajudar. Quem lidava pacientemente com todos os nossos choros e brigas quando éramos pequenos era Mimi, era ela que separava o certo do errado e resolvia injustiças terríveis. Se havia alguém capaz de ouvir, aconselhar e negociar com gentileza, era ela.

Mas é óbvio que ela é a única pessoa para quem eu não posso pedir ajuda.

Encontro-a no jardim, queimada de sol e podando a roseira, depois da viagem recente para a França. Mimi tem viajado muito ultimamente: viaja aos fins de semana para ir a exposições de arte em outras cidades e foi a uma degustação de vinhos na África do Sul que durou um mês.

— Oi, querida! Não te ouvi chegar!

Seu rosto se ilumina ao me ver, e ela vem me abraçar. Estou decidida a jogar um pouco de conversa fora antes de tocar no assunto principal, mas então percebo que não vou conseguir.

— Pois então, parece que vai ter uma festa — digo.

— É, fiquei sabendo da festa — responde ela, impassível, voltando a podar a roseira.

— Só pra você saber, eu não vou — aviso, como se a estivesse contrariando.

Quem sabe Mimi e eu não podemos fazer alguma coisa juntas sábado à noite, penso, de repente. Eu posso levá-la para jantar. Isso. Vamos fazer nossa própria festinha.

— Você não vai?

Ela fica genuinamente surpresa, e fico pensando em como explicar sem ter que contar tudo para ela.

— Não estou no clima. Mas isso não vem ao caso — acrescento, depressa. — E *você*, como está? — Finalmente cheguei à parte de jogar conversa fora, com a qual devia ter começado. — Você está com uma cara ótima. E o jardim está lindo!

— Obrigada, querida. Aos poucos eu chego lá. Estou pensando em plantar uma ameixeira.

— Torta de ameixa!

— Exatamente.

Mimi e eu sempre fazíamos uma sobremesa de ameixa juntas. Era uma coisa só nossa. A gente colhia as ameixas, espantando as vespas, depois cortava as frutas e discordava a respeito de quanta noz-moscada precisávamos ralar, e então Gus aparecia, arregalava os olhos e dizia: "Isso quer dizer que hoje tem creme inglês?"

Mimi poda mais algumas rosas mortas, e então, como se estivesse seguindo a mesma linha de pensamento, pergunta:

— Tem falado com o Gus? Ele parece muito preocupado.

— Faz tempo que não converso com ele — digo, aliviada de poder falar de outra pessoa. — Ele é péssimo em responder mensagem. Mas, na última vez em que a gente se falou, ele parecia mesmo bem estressado.

— Hum — murmura Mimi, sem revelar mais nada. Então acrescenta, como se estivesse mudando de assunto: — Romilly vai à festa?

Arrá. É o código dela. Mimi jamais falaria mal de Romilly, porque não é do feitio dela. Mas está na cara que ela acha o mesmo que eu e Bean: Gus está estressado por causa do pesadelo de namorada que ele arranjou.

Todos nós entendemos por que ele gosta dela. Romilly é muito atraente e pra cima, e tem filhas lindas — Molly e Gracie. À primeira vista, parece um presente dos deuses. Até você *desembrulhar* o presente... e encontrar uma maníaca obcecada com a educação das filhas e muito contente em usar Gus descaradamente como motorista/cozinheiro/professor particular de matemática. (Minha opinião.)

Acho que Gus já percebeu. Ele sabe que Romilly não é a pessoa certa para ele, sabe que está infeliz, só não teve tempo de fazer algo a respeito ainda. É como se ele tivesse uma lista de coisas a fazer na mesa, um dos itens sendo "terminar com a Romilly", mas pousou uma xícara de café em cima.

— Não sei — digo. — Mas acho que sim.

— Aham. E a Bean? — continua Mimi, com delicadeza. — Ela está... com alguém?

Na mesma hora, sinto um aperto no peito. Porque a vida amorosa de Gus pode não estar das melhores, mas a de Bean...

Só de pensar, sinto uma dor física, e isso já faz um ano. Foi a história mais triste e a mais simples ao mesmo tempo. Hal — um cara que todo mundo adorava — pediu Bean em casamento. Foi um pedido completo, num parque, e a família ficou toda animada. Bean estava tão feliz... Mas aí, três dias depois, ele mudou de ideia e terminou tudo. Não só o noivado, mas o namoro. Acabou.

Eles estavam prestes a escolher a aliança. Bean estava a caminho da joalheria para se encontrar com ele. Meu Deus. Foi horrível. *Horrível.* Eu tinha a irmã mais feliz do mundo, e, de repente, ela virou a irmã mais desolada do mundo. Uma pessoa amável, gentil, sensível, generosa. Não está certo. Esse tipo de coisa *não devia acontecer com ela.*

E, sim, eu sei que não foi culpa de Hal. Ele foi completamente honesto com Bean sobre como tinha se deixado levar, até que percebeu que não estava pronto, e que se sentia péssimo com tudo isso. Acho que ele tinha de fazer o que ia ser melhor para ele, mas...

Nossa, o amor é uma merda. Uma *merda.*

— Acho que não — digo, fitando uma folha morta. — Ela não comentou nada.

— Aham — repete Mimi, com muito tato, como sempre. — E você, querida? Tem alguém... interessante na sua vida?

— Não — respondo, mais direta do que pretendia. — Ninguém.

— Ouvi dizer que os Murran vão à festa — comenta Mimi, como quem não quer nada, cortando uma rosa.

— É — digo, ainda mais direta que antes. — Também ouvi dizer.

— O Joe virou uma celebridade, né? — Ela acha graça da situação. — Embora a mãe dele diga que ele não aguenta mais. Tomei um café com ela um dia desses. Ela disse que ele desativou a conta do Twitter. Pelo visto, andou sendo assediado depois que apareceu na televisão. Assediado! Sabia que o vídeo ainda está na internet?

— Não duvido nada — digo, depois de uma pausa.

— Você viu?

— Não — respondo, olhando para o céu. — Não vi o vídeo.

O que é mentira, mas eu não vou dizer: "Claro que vi, todas as mulheres da Inglaterra viram, metade delas pediu Joe em casamento, e a outra metade mandou uma calcinha pelo correio."

Mimi obviamente percebeu que não quero falar de Joe. Ela fecha as tesouras de poda, pousa a mão em meu braço e sorri.

— Vem. Vamos tomar um chá.

Quando entro na cozinha, paro de repente e fito o armário na minha frente. Tem um desenhinho no canto da porta, feito de canetinha. Uma árvore e um passarinho. Simples e lindo.

— Você andou desenhando! — exclamo.

— Andei. — Mimi sorri. — Só um pouquinho. Gostou?

Não consigo responder de imediato.

— Gostei — digo, por fim. — Adorei.

— É um recomeço — diz ela, os olhos brilhando. — Quer comer alguma coisa, querida?

— Quero. — Solto o ar devagar. — Olha, Mimi, você quer sair no sábado à noite? Só eu e você? Ir a um restaurante ou alguma coisa assim?

— E a festa? — pergunta Mimi, ligando a chaleira elétrica.

Sinto uma pontada de frustração. Ela não ouviu nada do que eu falei?

— Eu *não* vou. Prefiro ficar com você!

Mimi expira lentamente, então se vira para mim.

— Effie, querida, sábado à noite eu não posso. Eu... — Ela hesita. — Tenho um encontro.

Meu estômago embrulha por alguns segundos terríveis. Um encontro? Minha mãe? Indo a um *encontro*?

— Certo — respondo, com muita dificuldade. — Bem, isso é... Hum. Ótimo!

De repente, minha mente é invadida por uma sequência de imagens indesejadas. Mimi num restaurante, tomando champanhe e brindando com um galã de cabelo grisalho e lenço no pescoço, dizendo que gostaria de "se divertir e, quem sabe, fazer outras coisinhas".

Eca. Não. Para. Não posso lidar com isso agora.

— E eu acho que você devia ir à festa — continua Mimi, implacável. Ela pousa a mão com delicadeza em meu braço. — Querida, tem alguma coisa que você não está me contando?

Fico em silêncio por um instante, tentando pensar em como responder.

— É só que tem sido difícil — digo, por fim. — Sabe como é. Com a Krista. E o meu pai. E tudo mais.

Ao som da palavra *Krista*, Mimi estremece de leve. Ela nunca fala da Krista, mas, quando viu uma foto dela pela primeira vez, notei como seu rosto deu uma murchada.

— É claro que é difícil — concorda ela, afinal. — Mas você ama aquela casa. É a sua chance de se despedir. E deve ter coisas lá que você gostaria de pegar...

— Não tenho mais nada meu lá — discordo, como se fosse uma vitória. — Tirei tudo do meu quarto, lembra?

Eu provavelmente deveria ter arrumado meu quarto anos atrás. Mas nem eu nem Bean — nem Gus, diga-se de passagem — nos mudamos completamente de Greenoaks. Antes do divórcio, a gente sempre aparecia nos fins de semana, então fazia sentido deixar algumas coisas lá. Bean chegou a se mudar de volta para lá por um tempo, quando estava reformando a própria casa, e tem tanta coisa naquele quarto que parece que ela ainda mora em Greenoaks.

Mas não eu. Não mais. Um mês atrás, desafiando a mim mesma, contratei um frete e encaixotei tudo que tinha no meu quarto, exceto os móveis, e guardei num depósito.

— E os móveis? — insiste Mimi. — Os livros?

— Não. Não tem mais nada lá que eu queira. E, de qualquer forma, vai parar tudo num depósito. Não é algo de que eu precise para ontem.

A chaleira começa a ferver, mas não nos mexemos.

— Eu continuo achando que você devia ir à festa — insiste Mimi, séria. — Estou convencida disso, Effie.

— Bem, eu já recusei o convite — digo, num tom de voz descontraído, quase casual. — Então já era. Não posso mais ir.

Não tocamos mais no assunto da festa. Mimi prepara um jantar para mim, e nós assistimos à TV, e, quando nos abraçamos para nos despedir, me sinto até feliz.

Em casa, tomo um banho quente e demorado de banheira, depois me arrumo para dormir. Quando dou uma última olhada no celular, Bean começa a me bombardear pelo WhatsApp.

Mimi falou que você RECUSOU o convite??
Efelante, você tem noção de que é a nossa última chance de visitar Greenoaks???

Não me ignora. Eu sei que você está aí.
Tá bem, tudo bem, você não quer falar. Bem, o que eu acho é o seguinte: acho que você devia escrever para a Krista e dizer que vai à festa, sim. Você não precisa falar com ela. Pode passar a noite inteira ignorando ela. É só ficar comigo e com o Gus.
Se quiser, eu escrevo pra ela. Não me importo.
Quer que eu fale com o papai?
Fala alguma coisa!!!

Não respondo a nenhuma das mensagens. Em vez disso, desligo o celular, me enfio debaixo das cobertas e fecho os olhos. Não estou nem aí para o que Bean acha. Nem Mimi. A cada minuto que passa, estou mais convicta da minha decisão.

Não preciso ir a uma festa chique e sem sentido nem visitar Greenoaks uma última vez. Não tem nada lá que eu queira ou deseje, ou que me desperte o menor interesse. *Nada*.

Estou prestes a pegar no sono, repassando devagar meus argumentos mentalmente. O que pode ter sobrado em Greenoaks que eu ainda queira? Pois é. Não tem mais nada! Minha mente passeia lentamente pelos cômodos do primeiro andar, como se conferindo cada um deles. O hall de entrada... a sala de estar... a sala de jantar... o escritório... depois o segundo andar... o corredor no topo da escada...

Então, eu me sento com um sobressalto, o coração martelando no peito, a mão cobrindo a boca.

Ai, meu Deus. Meu Deus do céu. Minhas bonecas russas.

CINCO

Preciso das minhas bonecas russas. Não é uma questão de "querer", eu *preciso* delas. Se fechar os olhos, consigo visualizá-las perfeitamente, sentir bem longe o cheiro acolhedor de madeira. Uma delas tem uma rachadura na cabeça, de quando Gus a jogou em mim, no meio de uma briga. Outra tem um risco de canetinha azul, bem no meio do avental florido. Uma tem uma mancha de água de quando usei a cabeça como copo. Todas são muito amadas, muito queridas. Só de pensar em nunca mais encostar nelas de novo, nunca mais botar as mãos nelas, jamais ver seus rostos tão familiares, me dá um frio na barriga de pânico.

Mas, neste momento, elas estão em Greenoaks, escondidas numa chaminé, no quartinho da bagunça, onde as guardei há seis meses.

O engraçado é que coloquei as bonecas lá por segurança. Por *segurança*. Porque nosso apartamento foi assaltado. Por sorte, ninguém mexeu nas bonecas — só levaram um pouco de dinheiro —, mas fiquei apavorada. Decidi que minhas preciosas bonecas estariam mais seguras embaladinhas em Greenoaks do que em nosso apartamento, em Hackney.

Mas eu não queria que elas ficassem dando bobeira pela casa, para Krista botar as mãos nelas. Ela já tinha começado a esvaziar a casa e a "arrumar" o lugar. Podia muito bem "arrumar" minhas bonecas dentro da lata de lixo. Então as escondi num lugar que só eu conhecia.

No fundo, estava planejando pegá-las de volta um dia. Não estava preocupada com isso. Achei que teria a vida toda. Não achei que pararia de ir a Greenoaks. Nem que a casa seria vendida tão depressa. Nem que eu seria "desconvidada" para o último encontro da família lá.

Imagino que tudo que tem na casa vá parar em algum depósito — mas os caras do frete nunca vão olhar dentro de uma chaminé. As bonecas vão ficar para trás. Os novos proprietários vão redecorar a casa, porque é isso que as pessoas fazem. Já posso até ver um pedreiro parrudo enfiando a mão na chaminé, puxando as bonecas e dizendo: "O que é isso? Umas bonecas velhas. Joga no entulho, Bert."

Esse pensamento me faz gelar de medo. Não durmo direito desde a noite em que me sentei com um sobressalto na minha cama, e isso já tem cinco dias. Preciso pegar minhas bonecas.

E é por isso que eu *vou* à festa hoje. Mas não como convidada. Já planejei tudo. Vou entrar quando todo mundo estiver distraído com as comemorações, me esgueirar até o quartinho, pegar minhas bonecas e ir embora. Entrar e sair no mesmo pé. Demorar uns dez minutos no máximo, e as coisas mais importantes são: 1) ninguém pode me ver; e 2) Krista *definitivamente* não pode me ver.

— Meu tênis está fazendo barulho? — pergunto, pulando no piso verde encardido da cozinha, como se estivesse numa aula de aeróbica. — Dá pra ouvir alguma coisa?

Temi desvia os olhos do celular e fita meus pés, sem qualquer reação.

— Seu *tênis*?

— Não posso fazer nenhum barulho. Não posso ser pega em flagrante por causa de um tênis barulhento. Isso é muito importante — acrescento, já que ela não me responde. — Você podia me ajudar, sabia?

— Relaxa, Effie. — Temi levanta a mão. — Você está muito agitada. Deixa eu ver se entendi. Você vai de penetra à festa do seu próprio pai. Uma festa para a qual você, na verdade, foi convidada.

— Fui *des*convidada — retruco. — Como você bem sabe.

Alongo os músculos da perna, porque tenho uma leve impressão de que vou precisar de todas as minhas habilidades físicas para dar conta do recado. Não vou entrar na casa de tirolesa nem nada assim, mas... Sabe como é. Vai que eu preciso pular uma janela.

Estou toda de preto. E não é roupa de festa, e sim uma coisa mais *Missão impossível*, condizente com minha empreitada. Calça legging preta, camiseta preta, tênis preto e luvas de couro sem dedos pretas. Gorro preto, embora seja verão. E estou meio elétrica, meio nervosa e me sentindo um pouco como se pudesse ser o próximo James Bond, caso consiga fazer isso.

A Temi me avalia e morde o lábio.

— Effie, você podia simplesmente ir à festa.

— Mas aí eu teria que "ir à festa" — retruco, fazendo uma careta. — Teria que pedir um convite para a Krista... e *sorrir* para ela... Ia ser *horrível*.

— Você não pode pedir à Bean que pegue suas bonecas?

— Acho que posso. Mas não quero ter que pedir um favor a ela.

Desvio o olhar, porque o assunto Bean é meio delicado.

Bean ainda acha que eu devia ir à festa. Na verdade, a gente meio que brigou por causa disso. (É difícil brigar com a Bean, porque ela fica voltando atrás e pedindo desculpas mesmo quando está me destruindo com os argumentos dela — mas foi quase isso.) Se eu deixar escapar uma *única* vez que vou estar perto de

Greenoaks hoje, ela vai tentar me convencer a ir à festa de novo. Vai fazer com que eu me sinta culpada. E eu não quero me sentir culpada. Quero pegar minhas bonecas e ir embora.

— Você devia pelo menos levar um vestido — sugere Temi, avaliando minha roupa. — Quem sabe você não muda de ideia e resolve se juntar à festa. E se você chegar lá e a comida e a bebida parecerem uma delícia, e você pensar: "Droga, por que eu só não vim à festa?"

— Não vou pensar isso.

— E se você vir alguém com quem queira falar?

— Não vai acontecer.

— E se te pegarem?

— Para! — reclamo. — Você está sendo muito negativa! Não vou ser pega. Conheço Greenoaks como a palma da minha mão. Conheço todos os caminhos secretos, todos os sótãos, os alçapões, todos os esconderijos...

Já consigo até me visualizar lá: eu, entrando no quartinho, uma silhueta misteriosa. Pegando as bonecas num movimento ligeiro. Descendo pelo cano e rolando no gramado antes de correr para a segurança da escuridão.

— Quer uma cúmplice? — pergunta Temi, e faço que não com a cabeça.

— Obrigada, mas acho melhor eu ir sozinha.

— Bem, se precisar de mim, estou por aqui. Posso triangular sua posição. Arrumar um helicóptero para você fugir.

— Eu te aviso.

Sorrio para ela.

— E se você vir o Joe?

A pergunta me pega desprevenida, e eu hesito. Porque também pensei nessa possibilidade. Lógico. Um milhão de vezes.

— Não vai acontecer — respondo. — Então não vai ter problema.

— Hum — murmura Temi, meio na dúvida. — Quando foi a última vez que vocês se viram?

— Faz uns dois Natais. Ele passou andando na frente da casa. A gente conversou um pouco. Nada de mais.

Saio da cozinha antes que Temi possa continuar o interrogatório, afundo no sofá da sala e finjo que estou vendo algo no celular. Mas agora estou pensando em Joe. E naquela noite, quatro anos atrás, quando voltei dos Estados Unidos e foi tudo por água abaixo.

Sempre fomos meio inseguros por termos nos conhecido na escola. Nós dois ficávamos nos perguntando: *Será* que as pessoas têm razão? Somos *mesmo* muito jovens? Então, quando surgiu um programa de intercâmbio em São Francisco no meu trabalho, pareceu a oportunidade perfeita para dar um tempo. Passaríamos seis meses longe um do outro e não trocaríamos quase nenhuma mensagem. Teríamos liberdade para sair com outras pessoas, explorar como seria a vida sem o outro. E aí, quando eu voltasse...

Não chegamos a verbalizar, mas nós dois sabíamos. Íamos voltar.

Na véspera da minha viagem para os Estados Unidos, fomos jantar num restaurante chique, que, na verdade, era caro demais para nós, e Joe me apareceu com uma caixinha embrulhada para presente, o que me deu um calafrio, porque ele estava sempre apertado de grana.

— Eu sei que você sempre fala que não é do tipo que gosta de "diamantes gigantes" — começou ele.

Comecei a entrar em pânico, pensando: "Ai, meu Deus, será que ele teve de fazer um empréstimo para comprar uma porcaria de uma pedra?"

— Não sou mesmo — respondi, depressa. — *Nem um pouco.* E você sabe que dá para devolver essas coisas. — Apontei para a caixinha com a cabeça. — Se quiser devolver, por mim, tudo bem. A gente pode fingir que isso nunca aconteceu.

Joe caiu na gargalhada — e é óbvio que eu devia ter imaginado que ele sabia o que estava fazendo.

— Foi por isso que eu decidi fazer diferente — continuou ele, com um brilho no olhar. — Tenho muito orgulho de dizer que comprei para você... — Ele me entregou a caixa, com um floreio. — O Menor Diamante do Mundo. Está no Guinness.

Foi minha vez de cair na gargalhada — em parte, de alívio —, então comecei a desembrulhar o presente.

— Acho *bom mesmo* ser o menor do mundo — disse, tirando a caixinha de joias do papel. — Espero que você não esteja tentando me engabelar com um "bem pequeno".

— Na verdade, é invisível a olho nu — respondeu ele, muito sério. — Por sorte, levei um microscópio no dia da compra. Você vai ter que acreditar na minha palavra de que ele existe.

Joe sempre conseguia me fazer rir. E chorar. Porque, quando abri a caixa e vi o pingente de prata com uma vela e um diamante no lugar da chama, meus olhos se encheram de lágrimas.

— Sou eu — explicou ele. — Queimando eternamente por você, enquanto estiver longe.

Quando olhei para ele, vi que seus olhos também estavam cheios de lágrimas, mas ele estava sorrindo, com uma expressão decidida no rosto, porque tínhamos combinado que seria uma noite feliz.

— Você *tem* que se divertir — falei. — Com... Você sabe... Outras mulheres.

— Você também.

— O quê? Me divertir com outras mulheres?

— Se você quiser. — Seus olhos brilharam. — Aliás, boa ideia. Me manda as fotos.

— Estou falando sério, Joe — insisti. — Essa é a nossa chance de... — Faço uma pausa. — De *saber*.

— Eu já sei — disse ele, baixinho. — Mas tudo bem, eu entendo. E prometo que vou me divertir.

Gostei de São Francisco, de verdade. Não fiquei deprimida nem suspirando de saudade. Trabalhei muito, peguei um bronze, mudei meu corte de cabelo e saí com os homens de lá. Eles eram divertidos. Educados. Engraçados. Mas nenhum deles chegava aos pés de Joe. Não tinha nem comparação. E, a cada encontro meia-boca a que eu ia, mais certeza eu tinha.

Joe e eu estávamos trocando o mínimo de mensagens possível de comum acordo, mas, às vezes, tarde da noite, eu mandava uma foto do meu pingente de vela, que agora trazia pendurado no pescoço, numa correntinha de prata. E, às vezes, meu celular apitava porque chegava uma foto de uma vela de verdade, acesa na mesa dele. E eu sabia.

Foi ideia minha nos reencontrarmos na noite do solstício de verão, na casa da árvore, em Greenoaks, onde tínhamos passado tanto tempo juntos ao longo dos anos. Eu ia chegar um dia antes, mas disse a Joe que não me buscasse no aeroporto. Aeroportos são lugares tão estressantes e mundanos, nunca é que nem nos filmes. Fica todo mundo te olhando cumprimentar a pessoa que veio te buscar, e você está sempre enrolado com uma segunda mala cheia de porcaria, e aí você tem que pegar o metrô. Não estava *nem* um pouco a fim de passar por isso. Então, o grande reencontro ia ser na casa da árvore, em Greenoaks, sob o céu noturno do solstício de verão. Não contei para ninguém da minha família, só peguei o trem para Nutworth, entrei escondido em casa e fui até o gramado. Assim, seria um encontro secreto só nosso.

Levei muito tempo para me dar conta de que ele não ia aparecer. Uma imensidão estúpida e constrangedora de tempo. Eu tinha chegado cedo, nervosa, mas empolgadíssima, com uma lingerie nova, um vestido novo e o pingente de vela com seu diamante minúsculo. Levei vinho, velas, um tapete, música, tinha até um bolo. No início, quando ele não chegou na hora, não fiquei preocupada. Dei um gole no vinho e me permiti ficar mais ansiosa de empolgação.

Meia hora depois, mandei uma foto do pingente, mas ele não respondeu. Então, mandei outra, e ele também não respondeu, e foi aí que comecei a ficar preocupada. Deixando de lado todo meu autocontrole, mandei um monte de mensagens brincalhonas, perguntando se ele tinha esquecido que dia era hoje? Do nosso combinado? De tudo que a gente tinha falado? E então, levemente mais desesperada: estava tudo bem com ele?

Foi então que comecei a entrar em pânico. Já fazia quase uma hora que eu estava sentada ali. Joe não costuma se atrasar. Comecei a pensar nos piores cenários. Ele tinha morrido. Fora atropelado a caminho do encontro, segurando um buquê de flores. Ou sequestrado. Ou, no mínimo, estava esmagado embaixo de algum móvel pesado.

Essa foi a motivação para o que eu fiz em seguida, que foi ir até a casa da mãe dele. Ai, meu *Deus*. Ainda morro de vergonha só de pensar. Eu passando correndo pelo portão da casa de Isobel Murran, quase hiperventilando de tanta preocupação, os olhos marejados de lágrimas, pressionando o dedo desesperadamente na campainha dela.

Não sei o que estava achando que ia acontecer. Alguma revelação feliz e emocionante, que explicaria que Joe só se atrasara porque estava salvando um gatinho preso numa árvore.

Em vez disso, Isobel abriu a porta de roupão. Estava na banheira. Que *vergonha*!

— Effie! — exclamou. — Você voltou!

Mas eu estava esgotada demais para retribuir o sorriso dela.

Botei para fora todos os meus medos, e a surpresa dela se transformou em preocupação. Na mesma hora, pegou o celular e mandou uma mensagem. Segundos depois, chegou a resposta.

Foi a expressão no rosto dela que me confirmou a suspeita sombria e inimaginável que vinha se espreitando desde o início. Ela ficou envergonhada. Preocupada. Condoída. E pior: com pena de mim.

— Effie... está tudo bem com ele — disse ela, baixinho, as sobrancelhas franzidas, como se não suportasse me dar a notícia de que, na verdade, seu filho não estava morto nem preso embaixo de um móvel pesado.

— Ok — respondi, me sentindo meio desorientada. — Ok. Desculpa. Eu... Já entendi.

Eu ainda não havia assimilado a dimensão do que havia acontecido, mas tinha de sair dali. Minhas pernas já estavam cambaleando para trás... mas parei por um instante.

— Por favor, não conta para ninguém — implorei, com a voz trêmula. — Não conta para a minha família. Para a Mimi. Nem para a Bean. Ninguém sabe que eu vim aqui. Não conta, Isobel. Por favor.

Àquela altura, as lágrimas estavam escorrendo pelo meu rosto, e Isobel estava tão desnorteada quanto eu. Ela murmurou:

— Ele tem que conversar com você. Não sei o que... Não *consigo* entender... Effie, entra. Deixa eu fazer um chá pra você. Toma alguma coisa.

Mas apenas fiz que não com a cabeça e me afastei. Tinha de encontrar um lugar escuro e discreto para compreender o pesadelo que estava acontecendo.

O pior é que eu ainda tinha esperança; não conseguia evitar. Foi a ligação, meia hora depois, que acabou comigo. Joe ligou. Pediu desculpas. Disse que sentia muito umas cem vezes. Disse que tinha errado comigo umas cem vezes. Disse que não tinha justificativa para aquilo umas cem vezes.

O que ele não me falou foi o *porquê*. Todas as vezes que perguntei por que, ele simplesmente respondeu que sentia muito. Não consegui ir além dessa parede impenetrável de desculpas. Mas desculpas não iam me ajudar.

Meu sofrimento virou fúria, e exigi me encontrar com ele — "Você me deve pelo menos isso" —, então fomos tomar um café pavoroso no dia seguinte. Mas foi o mesmo que interrogar uma testemunha num tribunal. Eu não sabia onde meu Joe caloroso, engraçado e gentil tinha ido parar.

Falando baixo, ele disse que não tinha conhecido ninguém, mas que ele não podia se comprometer comigo. Tinha entrado em pânico. Não queria me magoar, mas sabia que *tinha* me magoado. Ele dizia "não sei nem explicar, Effie" e repetia umas seis mil vezes, os olhos fixos na parede lá no fundo.

Você pode até levar um cara a um café, mas não dá para obrigá-lo a expor a alma dele. No fim das contas, estávamos andando em círculos, e eu desisti, derrotada e abatida.

— Bem, ainda bem que você me deu o menor diamante do mundo — falei, numa despedida brutal. — Não me senti tão mal quando o joguei no lixo.

Foi criancice da minha parte dizer aquilo, e vi como Joe se encolheu, mas eu não estava nem aí. Na verdade, me senti *bem*.

E foi por isso que, no Natal seguinte, quando tinha quase certeza de que ia acabar esbarrando com ele, fiz outra criancice que sabia que também o faria se encolher. Fiquei com Humph Pelham-Taylor, o aristocrata da cidade.

Humph mora a uns oito quilômetros fora de Nutworth e é a definição de grã-fino. Ancestrais com pedigree, camisas xadrez, babás que ainda moram com eles, esse tipo de coisa. Vivia dando em cima de mim na época da escola — eu não tinha o menor interesse, óbvio —, mas era a minha chance de me vingar de Joe.

Quer dizer, meio que funcionou. Quando apareci na missa de Natal de braço dado com Humph e um chapéu de pele falso, mas espetacular, Joe ficou perplexo. E eu o vi me dando uma olhada, descrente, quando exclamei bem alto: "Humph, querido, você é *hilário!*" (Para ser sincera, várias pessoas me deram uma olhada, descrentes. Inclusive Bean.)

Mas foi só isso que eu consegui. Uma expressão perplexa e uma olhada, e então um silêncio sepulcral. Joe foi embora antes de servirem o vinho quente. Não trocamos nem uma palavra sequer.

E foi para isso que tive de aturar Humph falando alto, os beijos horríveis dele e sua assustadora visão de mundo. ("Afinal de contas, Effie, o cérebro das mulheres *é* menor que o dos homens, e isso é um fato *científico*.") Até eu o dispensar educadamente, um dia depois do Natal. Ficamos três semanas juntos, mas isso já foi tempo demais.

Nunca dormi com ele, um fato que gosto de relembrar frequentemente. Achei uma lista na internet — *dez desculpas para não transar* — e fui descendo os itens meticulosamente, desde "estou com dor de cabeça" até "seus cachorros estão olhando para mim". Mas éramos um casal, o que por si só já era o suficiente.

É óbvio que, hoje em dia, eu me arrependo. Foi uma atitude imatura. Mas eu me arrependo de muita coisa, como acreditar que Joe e eu teríamos netos um dia.

O som de um pigarro interrompe meus pensamentos, e, ao erguer os olhos, me deparo com Temi me observando.

— Então o Joe não vai ser um problema? — diz ela. — Effie, você devia ver sua cara agora. Você nem me ouviu chegando. E *nem* vem com esse papo de que não estava pensando nele.

Temi não sabe a história completa do que aconteceu com Joe, mas sabe que eu não o superei. (E o fato de ele aparecer quase todo dia no site do *Daily Mail* também *não* ajuda.)

— Ele terminou com a namorada, não foi? — acrescenta ela, como se estivesse lendo meus pensamentos. — Saiu no *Mail*. Como era o nome dela mesmo?

— Não lembro — digo, vagamente, como se não me lembrasse vividamente de todos os detalhes.

Lucy-Ann. Assistente de produção que fazia pesquisas para conteúdos televisivos. Muito bonita, com cabelo castanho esvoaçante. Eles foram fotografados de braços dados no Hyde Park.

— Vou perguntar de novo — insiste Temi, muito paciente. — E se você esbarrar com ele? Precisa de um plano.

— Preciso, coisa nenhuma — discordo. — Porque *não* vou esbarrar com ele. Vou entrar e sair de lá em dez minutos, no máximo, e não vou nem chegar perto dos convidados. Vou me esgueirar pelo gramado dos fundos, subir pelos arbustos...

— Alguém vai te ver — interrompe Temi, e faço que não com a cabeça.

— Os arbustos vão praticamente até a porta da cozinha. Lembra quando a gente brincava de pique-esconde? Então, vou entrar, me esgueirar pela escada...

— Não vai ter gente na cozinha? Garçons, sei lá?

— Não o tempo inteiro. Vou me esconder nos arbustos e ficar esperando a hora certa.

— Hum... — murmura Temi, cética. Então, a expressão em seu rosto muda. — Ah, o que eles vão fazer com a casa na árvore?

— Nada. — Dou de ombros. — Os novos proprietários vão ficar com ela.

— Droga. — Temi balança a cabeça, pesarosa. — Quer dizer, faz sentido, mas é uma pena. A gente *vivia* naquele lugar.

Apesar de tudo que aconteceu ali, ainda acho que é uma boa casa na árvore. Dois andares, com escada de corda e até um trapézio. Nas noites de verão, nós subíamos lá e deitávamos nas tábuas de madeira e ficávamos olhando as estrelas. Sonhando, ouvindo música, planejando o futuro.

E sofrendo desilusões amorosas. Ou talvez tenha sido só comigo.

— Tanto faz — digo, bruscamente. — É só uma casa na árvore.

— Effie... — Temi olha no fundo dos meus olhos, ficando séria de repente. — Escuta. Tem *certeza* disso?

Ela gesticula para minha roupa preta.

— Claro. — Empino o queixo. — Por que não teria?

— É a última vez que você vai ver Greenoaks — diz ela, saudosa. — Até *eu* amava aquela casa, e olha que nem cheguei a morar lá. Você devia estar se despedindo direito, e não se esgueirando pelas sombras.

— Me despedindo do quê? — Não consigo não levantar a voz. — A casa nem é mais a mesma... a família já não é mais a mesma...

— Mesmo assim — insiste ela, recusando-se a dar o braço a torcer. — Você precisa fazer uma pausa quando estiver lá. Ter seu momento com a casa. Sentir a casa. — Temi leva a mão ao peito. — Senão, um dia você pode olhar para trás e se arrepender de ter saído correndo.

Ela continua me olhando fixamente — minha amiga mais antiga e mais sábia, me fitando, preocupada —, e estremeço por dentro, porque ela está me tocando no ponto mais íntimo e mais secreto. Minha boneca russa mais profunda, a menorzinha de todas. Que, depois de todo esse tempo, ainda está muito magoada.

Sei que o que ela está falando faz sentido. Mas a verdade é a seguinte: não quero "sentir" a casa. Estou cansada de "sentir" a casa. Preciso que minhas cascas se fechem depressa. Uma boneca por cima da outra. Uma casca por cima da outra. Clique, clique, fechadinho. Bem seguro.

— Tanto faz. — Abaixo o gorro na cabeça até quase cobrir os olhos. — É só uma casa. Vou ficar bem.

SEIS

Ok, não estou bem. Nem um pouco. Isso *não* está indo conforme imaginei.

O que imaginei: eu me aproximaria da casa encoberta pelos arbustos, silenciosa como uma onça, furtiva como uma raposa. Passaria despercebida pela cozinha e, em três minutos, estaria no segundo andar. E fora da casa em cinco. Tudo muito simples e fácil.

O que aconteceu: estou presa atrás de uma roseira do jardim na frente da casa, inspirando o aroma de terra molhada e de folhas, de olho na porta da frente, enquanto convidados vestidos de forma impecável se aproximam de um segurança que confere o nome deles na lista. Um *segurança*. Krista contratou um *segurança*. Quanta pretensão! Nunca imaginei uma coisa dessas. Nunca imaginei nada disso. E eu não tenho um plano B.

Eu me recuso a entrar em pânico; ainda não. Mas começo a ficar nervosa. E estou morrendo de raiva de quem quer que tenha podado os arbustos, *arruinando todo meu plano*.

Estava tudo indo tão bem... Cheguei a Nutworth sem ser notada por ninguém. Vim de trem, peguei as ruas secundárias da cidade e, sorrateiramente, segui por uma estradinha usada apenas por tratores. E, sim, pensei em invadir a propriedade dos outros, mas era só a fazenda de John Stanton, nosso vizinho. Ele é um senhor bonzinho, e presumi que não se importaria. Às vezes, você simplesmente entende o outro.

Pulei uma cerca, rasgando a calça de leve no arame farpado, mas tudo bem. Corri pela lateral do pasto de John, desviando de bosta de vaca, até chegar à cerca da nossa casa e avistar a torre de Greenoaks. Pulei mais uma cerca, pisei no gramado de casa e, na mesma hora, olhei para a casa na árvore.

Naquele instante, me bateu uma tristeza. Uma vontade de subir na casa de novo. De deitar nas tábuas lisas, olhar para o céu pelas janelas abertas e só... lembrar.

Mas decidi ignorar. Se fizéssemos todas as nossas vontades, não chegaríamos a nenhum lugar na vida.

Então, em vez de subir na casa da árvore, andei rente à cerca viva, ignorando o olhar curioso das ovelhas, na direção da sebe de teixo, que marca o início do jardim. Àquela altura, estava animada. Com a corda toda. Estava pronta para me esgueirar pelos arbustos, rápida e ágil, igual a quando eu tinha nove anos.

Foi então que, ao sair de trás da sebe de teixo, levei o maior susto da minha vida. Todos os arbustos tinham sido cortados. Cortados! A parede dos fundos de Greenoaks estava toda exposta, com uma área externa horrorosa e novinha em folha, inclusive com uma lareira externa preta e brilhante. A casa parecia vazia, nada aconchegante e só... *errada*.

Fiquei tão triste e desanimada que senti vontade de chorar. Porque quanto tempo não passei brincando naqueles arbustos quando era criança? E o carinho que eu nutria pelo abraço amadeirado, úmido e frondoso deles? Eles sempre pareceram integrantes antigos e amorosos da família, prontos para nos proteger a qualquer momento. E agora tinham sido brutalmente cortados... Por quem? Pelo meu pai? Por Krista?

E o mais importante: onde eu ia me esconder agora? Não poderia me esquivar pela área nova e vazia.

Foi aí que as coisas pioraram. Enquanto eu espiava atrás de uma faia, duas pessoas saíram da cozinha. Pareciam funcionários do bufê. Um jogou duas garrafas vazias numa lixeira de plástico, e o outro acendeu um cigarro e se recostou na parede. E então me dei conta de um fato terrível: o bufê estava usando aquele espeço como área de descanso. Os funcionários iam entrar e sair da casa o tempo todo. Eles iam me ver num piscar de olhos.

Estava encurralada. Ferrada.

Fiquei parada ali por alguns minutos, pensando. De onde eu estava, dava para ver uma lona branca no lado esquerdo da casa. Percebi que devia haver algum tipo de toldo ou tenda na frente da sala de jantar. Era ali que a festa estaria acontecendo. E o lugar por onde eu não deveria passar.

Então, me esgueirei pelo jardim que fica do outro lado da casa, ficando completamente imóvel toda vez que alguém do bufê aparecia do lado de fora, tentando me camuflar nas folhas, prendendo a respiração, meio que pensando: "Será que consigo entrar escondido por uma janela?" Mas já sabia que não ia dar certo. O lado esquerdo de Greenoaks quase não tem janela. É um lado morto, todo de pedras cobertas de musgo e quartos que viraram depósitos e que ninguém usa.

Segui devagar, em silêncio, dando a volta furtivamente até emergir no caminho de acesso à frente da casa. Foi aí que fiquei uma pilha de nervos, porque vi convidados. Convidados de verdade. Gente que eu conhecia, andando pelo cascalho, trazendo lembrancinhas ou buquês de flores. Vi, ao longe, um rapaz com colete fluorescente sinalizando para os carros estacionarem no gramado. Era mais formal do que eu tinha imaginado. Mais organizado.

Ninguém me viu me esgueirando, agachada e esbaforida, da cerca viva até o banco ornamental no canteiro de rosas, a uns cinco metros da casa. E é aqui que ainda estou. Escondida atrás de uma roseira, tentando bolar um plano.

A distância, ouço o burburinho de pessoas conversando e o contrabaixo de uma música ambiente. Uma risada ou outra também. Está todo mundo obviamente se divertindo *horrores* na festa *maravilhosa* da Krista.

Nesse meio-tempo, minhas pernas começaram a doer, e mudo de posição com cuidado, me encolhendo de dor ao arranhar o braço num espinho. Duas mulheres com vestidos brilhosos estão seguindo pelo caminho de acesso até a porta. Não as reconheço; devem ser amigas da Krista. Elas falam seus nomes para o segurança, ele semicerra os olhos para a lista de convidados. Então, murmura alguma coisa no microfone do fone de ouvido — ele tem um *microfone* — e, por fim, as deixa entrar.

Quer dizer, quem Krista acha que é? Victoria Beckham?

Fico olhando, ressentida, o tal segurança com sua lista de convidados, os ombros largos e o olhar atento. Se não fosse por ele, eu poderia muito bem entrar rapidinho, entre um convidado e outro.

Será que consigo distraí-lo?

Se isso fosse um filme de ação, eu teria trazido uma granada e agora a deslizaria pelo gramado. Ela ia explodir, e o segurança ia correr para a frente, sacando a arma, e, quando ele olhasse ao redor novamente, eu já estaria dentro de casa. É disso que eu preciso: uma granada. Só que sem a explosão. Talvez eu devesse apelar para alguém "lá em cima".

Deus do céu, por favor, me mande alguma coisa tipo uma granada...

E, neste exato momento, surge em meu campo de visão o exato oposto de uma granada. A pessoa mais doce, gentil e menos explosiva do mundo: Bean.

Não está com roupa de festa — está com calça jeans, uma camiseta e bota da Ugg, e está carregando algo feito de pedra obviamente muito pesado, pois está bufando com o esforço. Quando ela coloca o objeto no chão e seca a testa, reconheço a banheira ornamental de pássaros do jardim murado. Ela tira o celular do bolso, toca na tela, e, um instante depois, meu celular vibra, com uma notificação do WhatsApp. Merda! Ela está me mandando mensagem!

Dou um pulo com o susto e olho por entre os galhos da roseira para Bean, para ver se ela ouviu o barulho do meu celular vibrando. Mas o burburinho da festa está obviamente alto o bastante para abafá-lo. Agora só preciso decidir se vou responder.

Por que ela está me enchendo o saco, afinal? Não tem uma festa chique para ir?

Mas pode ser alguma fofoca ou notícia importante. Não posso ignorar. Sentindo-me um pouco estranha, abro a mensagem e leio.

Oi, Effie. Tô em Greenoaks. Só pra você saber, peguei a banheira de passarinho pra mim. Queria muito que você estivesse aqui. Quer alguma coisa do jardim? Algum vaso ou algo assim? Tipo o de terracota que está com planta? Talvez um dia você queira? Bjs

Parte de mim acha que seria melhor não dizer nada por enquanto. Mas, por outro lado, não quero que Bean fique preocupada que não aproveitei a oportunidade de ficar com um vaso de terracota velho e sujo e pense que vou me arrepender para sempre. Então digito depressa:

Não, valeu. Tô legal de vaso. Divirta-se. Bjs

— Boa noite!

Ouço uma voz alegre e retumbante, e, por entre a roseira, vejo os Martin, da antiga casa paroquial, andando pelo caminho de acesso à casa. Assim que a cumprimentam, Bean dá um pulo e fica toda vermelha, e eu dou uma risadinha aqui no meu esconderijo. Desde o incidente com a estátua de ioga, não conseguimos olhar na cara dos Martin.

Eles nos convidaram para tomar uns drinques na casa deles no ano passado, e Bean e eu procuramos discretamente pela estátua por *todo canto*, mas nem sinal. Nem no quarto de Jane, aonde fomos escovar o cabelo. Então chegamos à conclusão de que devia estar num quarto de sexo secreto e começamos a rir muito. Foi aí que Jane apareceu, com um vestido florido lindo, e perguntou, muito gentil: "Qual foi a piada?", e a gente quase *morreu*.

— Oi! — diz Bean agora, pega de surpresa, e aponta para as próprias roupas. — Não olhem para mim, ainda não estou pronta para a festa.

— Você está sempre linda — elogia Jane, com delicadeza, beijando seu rosto. — A Effie vem?

— Acho que... não — diz Bean, depois de uma pausa. — Ela não pôde vir. Mas, tirando ela, está todo mundo aqui.

— É uma noite e tanto para vocês todos — comenta Andrew, olhando ao redor. — Vocês moraram muito tempo aqui. É difícil se despedir de uma casa dessas.

— É — concorda Bean, as bochechas ficando ainda mais vermelhas. — Muito difícil. Mas... é bom também, sabe como é. Bom de muitas maneiras.

Há uma longa pausa, e sei que ninguém sabe bem o que dizer. Os Martin são muito educados, do tipo que nunca escolhe um lado para defender ou criticar, ou que diz: "O que *foi* que a namorada do seu pai fez com aquela cozinha linda?", como a Irene, do pub, falou.

— Bem, a gente se esbarra lá dentro! — exclama Jane. — Nossa, um porteiro! — acrescenta ela, piscando para o segurança. — Que coisa mais chique!

Os Martin dizem o nome para o segurança e entram, e eu continuo observando Bean. Penso que ela vai entrar correndo na festa, mas minha irmã não parece estar com pressa. Ela faz uma careta ao pensar em alguma coisa — então afasta o cabelo do rosto e começa a digitar novamente. Um instante depois, meu celular vibra.

Você tá bem?? Você não tá em casa sozinha, toda deprimida, né? A Mimi falou que você queria sair pra jantar com ela, mas que ela não podia. Eu sei que ela estava torcendo pra que você mudasse de ideia e viesse pra festa. Espero que esteja bem. Bjs

Leio suas palavras, sensibilizada e ofendida ao mesmo tempo. Então é isso que todo mundo pensa? Que sou uma mulher solitária e deprimida? Não estou sentada sozinha em casa. Estou sentada sozinha *atrás de uma roseira*. Sinto uma vontadezinha de dizer isso a Bean. Mas então tenho uma ideia melhor. Digito depressa uma nova mensagem:

Na verdade, tenho um encontro. Então não precisa se preocupar comigo.

Mando para ela e acrescento, como quem não quer nada:

Pode falar isso pra todo mundo na festa. Tipo a Krista. Ou o Joe, se você esbarrar com ele. Pode falar pra ele que estou num encontro.

Detrás da roseira, vejo o rosto da minha irmã. Ela parece realmente feliz com a notícia, e a reação dela me aquece o coração. Bean digita alguma coisa rápido, e, um instante depois, a mensagem chega:

Um encontro! Que maravilha! Você nem falou nada. Quero detalhes!

Detalhes. Certo, vamos lá, Effie, detalhes. Enquanto digito, me perdoo pela mentira, porque só estou tentando acalmar minha irmã. Ela vai aproveitar muito mais a noite se achar que estou num encontro maravilhoso.

Pois é, o cara é o máximo! Conheci ele hoje, num evento em que eu estava trabalhando de garçonete. Ele me perguntou do sorbet de limão, e deu no que deu. É um atleta olímpico.

Clico em "enviar", me perguntando se "atleta olímpico" não é um pouco demais, e não deu outra: a reação de Bean me diz que sim.

QUÊ?? Que tipo de atleta?

Putz. Não sei nada de Olimpíadas. Salto? Lançamento? Melhor me esquivar dessa.

Ele não compete mais. É empresário. E filantropo.

Estou prestes a acrescentar alguma coisa sobre o iate dele, quando Bean exclama:
— Joe!
Deixo meu celular cair e me atrapalho toda para pegar.
Ai, meu Deus. Ele veio.
Quer dizer, eu sabia que era provável que ele viesse. Lógico. Mas não achei...
Ok, Effie, respira. *Respira*. Está tudo bem. Ele não pode me ver. Ele nunca vai olhar para cá. E, de certa forma, é interessante poder observá-lo assim, de um jeito imparcial, de longe, agora que virou uma celebridade.
Quando ele aparece, não consigo não o devorar com os olhos por entre os galhos da roseira. Cabelo um pouco mais comprido

do que na última vez em que o vi. Olhos um pouco mais cansados? Sorriso ainda enigmático.

O sorriso de Joe sempre teve algo de especial. Não é só uma expressão de felicidade. Sugere ironia e sabedoria, achando graça da vida de um jeito pesaroso.

Mas ele parece mais irônico e menos divertido hoje. O cabelo escuro está penteado para trás, e o rosto parece mais magro do que da última vez em que nos vimos, o que deixa suas maçãs do rosto mais marcadas. Mas está com um paletó muito elegante, isso tenho de admitir.

Agora está dando um beijo na bochecha da Bean, e minha bochecha formiga numa estranha sintonia.

— Oi, Bean — diz ele, com sua voz grave e tão familiar.

Contra minha vontade, de repente me vem uma lembrança de estar deitada com ele na grama, aos meus dezessete anos, sentindo o sol no rosto e achando que tínhamos, juntos, a vida toda pela frente.

Outras lembranças começam a surgir, e não sei o que é pior: eu me lembrar do que deu errado ou do que deu certo. A noite em que o clima esquentou pela primeira vez, na festa de formatura do ensino médio. Aquele primeiro verão inebriante e maravilhoso. O jeito como tudo parecia destinado a acontecer.

Só agora, que estou tentando sair com outros caras, é que percebo como as coisas aconteciam de forma tão natural comigo e com Joe. O sexo era fácil. Eu nunca hesitava nem tinha de dizer: "Ai! Desculpa...", ou gemer de forma sensual só para preencher o vazio. Eu nunca mentia nem fingia. Por que mentiria para Joe?

Aprendemos tudo juntos. A estudar. A sobreviver a uma ressaca. O nome dos ossos. Essa foi para as provas do Joe, mas eu também me importava, então estudava com ele. Uma vez, decorei o quarto dele com Post-its com todas as palavras em latim, e, por meses, tinha um *"tibia"* colado na parede atrás da cama dele.

E aí fomos para o mundo real, com novos desafios. Trabalho. Colegas de trabalho. Arrumar um apartamento num bairro afastado da cidade de Londres que a gente pudesse bancar. Fazer uma caixa de cama. Por um bom tempo, eu o convenci a remar comigo no Tâmisa, todo fim de semana. Nós éramos péssimos, mas era divertido.

Não tínhamos de nos explicar um para o outro. Sabíamos que estávamos do mesmo lado. Sim, às vezes, ficávamos estressados e, sim, brigávamos, mas era do mesmo jeito que brigávamos na aula de inglês, na escola. Com respeito. Nunca sendo cruéis nem guardando mágoa um do outro.

E, de alguma forma, por melhor que a gente se conhecesse, ainda havia algo mágico. Misterioso. Conseguíamos ficar deitados na cama, olhando em silêncio um para o outro, sem precisar dizer nada. Os olhos de Joe nunca deixaram de ser interessantes. Ele nunca deixou de ser interessante.

O que aprendi desde que voltei para a pista foi: tem muito homem chato por aí. Ou então eles não são chatos, são superdivertidos e animados, mas não mencionam que têm mais quatro namoradas...

Solto um suspiro e fecho os olhos, obrigando-me a me concentrar.

— Então, é o fim de uma era — diz Joe a Bean, com a voz grave e compreensiva que o país inteiro aprendeu a amar. — Como você está?

— Ah, eu estou bem! — responde Bean, animada. — Quer dizer, vai ser melhor assim. Então...

— Certo. — Joe assente algumas vezes, triste. — Sempre amei esse lugar — acrescenta ele. — Quer dizer, eu vivia aqui quando era criança. Lembra das fogueiras que a gente fazia no morro?

Os dois viram-se automaticamente para o montinho gramado, à esquerda da casa.

— É, era divertido — comenta Bean, depois de uma pausa.

— E a casa na árvore. — Ele balança a cabeça, pesaroso. — Acho que teve um verão em que subi lá todos os dias. Dormi lá e tudo. Era como uma segunda casa.

Ao ouvir isso, fico até com dificuldade de respirar de tão indignada. A casa na árvore? Como ele pode se referir à casa na árvore assim, com tanta naturalidade? Ele não tem coração?

Talvez seja isso. Só pode ser. Cometi o erro de me apaixonar por um homem sem coração. *Agora* tudo faz sentido.

— Tivemos muita sorte de crescer aqui.

Bean está com um sorriso estampado no rosto, e, mesmo de longe, vejo que seus olhos estão se enchendo de lágrimas.

Joe deve ter percebido também, pois acrescenta:

— Mas vai ser melhor assim.

— Pois é. Vai ser melhor! — repete Bean, ainda mais animada. — Bola pra frente.

— É isso aí — concorda Joe, com uma delicadeza repentina na voz. Então acrescenta, como quem não quer nada: — A Effie veio?

— Não, não pôde vir. — Bean faz uma pausa, então acrescenta, depressa: — Tinha um encontro, na verdade. Um atleta olímpico. Ela serviu um sorbet de limão para ele, e deu no que deu.

— Um atleta olímpico? — Joe fica surpreso. — Uau.

Pois é, penso em silêncio atrás da roseira. Toma essa, Joe.

— Mas parece que é um filantropo agora — acrescenta Bean, meio ofegante. — Empresário e filantropo.

Quero *abraçar* minha irmã.

— Parece um bom partido — comenta Joe, o tom de voz menos delicado. Ou foi coisa da minha cabeça?

— Enfim, tenho que ir. — Preocupada, Bean dá uma olhada no relógio. — Estou atrasada. Você vai ficar para o jantar em família, né?

— Parece que sim. — Joe levanta as sobrancelhas. — Só não sei bem por quê.

— Ah, você é praticamente da família — responde Bean, hesitante, ficando um pouco vermelha. — Ou pelo menos deve ser o que a Krista acha... — Ela se interrompe, meio sem jeito.

O que ela não vai dizer é: "A Krista te convidou porque agora você é famoso." Mas essa é a verdade. Krista não tem a menor vergonha na cara. Vai querer tirar onda de melhor amiga dele agora. E o sorriso sarcástico de Joe me diz que ele já sacou tudo.

— Muito gentil da parte dela — diz, com educação. — Muito atenciosa.

— É. Bem... — Bean ajeita o cabelo, agitada. — Preciso ir. Até daqui a pouco! — diz para Joe. — Meu nome está na lista — diz ela para o segurança ao passar pela porta. — Bean Talbot.

— O que é isso? — O segurança aponta para a banheira de passarinho ainda no caminho de acesso à casa. — É um presente para a família?

— Não — responde Bean, paciente. — Eu *sou* da família. É uma banheira de passarinho.

O segurança parece nunca ter ouvido o termo "banheira de passarinho" e, por um instante, não acredita. Ele olha para a fonte, desconfiado, então olha para Joe também — e, de repente, a expressão em seu rosto se suaviza.

— Peraí. Você é aquele médico. Da televisão.

— Sou — responde Joe, depois de uma pausa. — Sou eu.

— Minha namorada está obcecada por você! — O segurança de repente fica muito animado e gentil. — Obcecada! Ela mudou o passe livre dela do Harry Styles para você. E isso não é pouca coisa, não, porque ela ama o Harry Styles. Eu fiquei tipo: "Gata, tem certeza?", e ela: "Esse médico é *muito* gato."

Ele fica olhando para Joe, como se esperando alguma reação, e eu mordo o lábio com força para não cair na gargalhada.

— Certo — comenta Joe. — Bem. Obrigado. É... uma honra. Mas acho melhor avisar logo que não aceito passe livre de mulheres com namorados que conseguiriam me esmagar com um golpe.

— Estou contando para ela agora. — O segurança parou de ouvir e está digitando no celular. — Escuta, eu não deveria fazer isso, mas posso tirar uma selfie com você?

Ele toca em Joe e sorri para o telefone, enquanto Joe olha amigavelmente para a frente — não exatamente o ignorando, mas também sem abrir um sorriso forçado. Neste exato momento, o celular de Joe toca, e, aliviado, ele diz:

— Desculpa, mas preciso atender.

Ele se afasta para atender à chamada, Bean entra na casa, e, por alguns instantes, fica tudo calmo. Mudo de posição com cuidado, porque estou começando a ficar com câimbra num músculo da perna. Isso está ficando ridículo. O que eu vou *fazer*? Como vou entrar na casa? Continuo precisando de uma granada. Ou de um plano completamente diferente, só que não tenho outro plano.

Os convidados não param de chegar a conta-gotas. Uma família inteira com traje de gala chega e entra na casa. Não tenho ideia de quem sejam, devem ser mais amigos da Krista. Kenneth, do clube de golfe, aparece com uma gravata-borboleta quadriculada e, achando que o segurança é um convidado, começa a tentar adivinhar o nome dele — "Cara, tenho *certeza* que já te vi..." —, mas o segurança o interrompe e o manda entrar.

Então, Joe aparece de novo, ainda no telefone, e eu fico imóvel.

— Oi, mãe? — diz ele. — Você me ligou? É, já cheguei. Ah, entendi. Não, tudo bem, ainda não entrei. Eu te espero. — Ele escuta a resposta por um tempo, então acrescenta: — Não, deixa de bobeira. A gente entra junto. Te vejo daqui a dez minutos.

Ele caminha até a lateral da casa e começa a ler algo no telefone. É uma gentileza da parte dele esperar a mãe, admito com relutância. Mas eles sempre foram próximos. O pai de Joe morreu quando ele era pequeno, e sua irmã, Rachel, é onze anos mais velha que ele. Então, depois que Rachel entrou para a faculdade, ficaram só ele e a mãe em casa. Na escola, as outras crianças caçoavam dele às vezes, porque a mãe era a diretora, mas ele levava na esportiva, como se fosse irrelevante. Era muito focado em seu futuro. Conseguia olhar o panorama geral das coisas como ninguém.

Ela deve estar muito orgulhosa dele, penso, um pouco amargurada. Todo mundo no país adora o filho médico querido e talentoso dela. De seguranças de festa ao primeiro-ministro. Todo mundo no país ama Joe. Menos eu.

Talvez você precise ser um pouco cruel para ser um bom cirurgião. Deve ser por isso que ele conseguiu me tratar tão mal e simplesmente sumir. Sei lá. Mesmo amando tanto o Joe, nunca acessei seu âmago. Nunca cheguei à sua última boneca russa. Ele sempre teve um lado muito fechado.

Quando entrou na faculdade de medicina de King's College, em Londres, por exemplo, *todo mundo* ficou surpreso. Não sei o que eu achava que ele queria fazer da vida. Sabia que ele tinha mãos boas, fortes e sensíveis — mas as via mais como mãos de pianista, e não de cirurgião. Ele tocava piano na banda de jazz da escola e costumava brincar que ia ganhar a vida nos bares. Eu levei a sério.

Nem sabia que ele ia tentar medicina. Ele não falou nada. Falou vagamente de estudar física, em Birmingham, ou talvez tirar um ano para estudar piano, ou quem sabe dar aula, que nem a mãe... Mas era tudo uma cortina de fumaça para esconder a verdade, sua verdadeira ambição.

Depois que contou que tinha conseguido entrar, ele admitiu para mim: não disse o que queria fazer, pois podia não conseguir. Não contou para ninguém que estava trabalhando como voluntário num hospital da cidade, virando noites, fazendo tudo que precisava para tentar medicina, sem dizer uma palavra a ninguém, exceto à sua mãe. Não me contou nada. Ele deve ter uma camada de tungstênio protegendo o âmago.

Não é nenhuma surpresa que esteja fazendo sucesso. O cérebro dele é uma máquina. E ele tem uma pitada de arrogância. Consigo até visualizá-lo numa sala de cirurgia, falando com firmeza, somente o necessário, todos obedecendo às suas ordens.

E agora, além de tudo, ainda é famoso. Tudo aconteceu há uns três meses. Joe apareceu num documentário sobre o hospital em que trabalha. Era um filme muito sério, que talvez tivesse uma audiência pequena e nichada, mas, de alguma forma, passou num programa de televisão matinal e acabou viralizando.

A entrevista foi uma comédia, para começo de conversa. Joe foi entrevistado por uma apresentadora meio burrinha, chamada Sarah Wheatley, que não conseguia pronunciar "cardiovascular" e ficava tentando variações da palavra. Toda vez que errava, ela dava uma risadinha, e, embora Joe tenha sido muito educado, estava claro que não estava achando graça.

Ele estava maravilhoso. Isso é inquestionável. Estava com um uniforme azul, os olhos escuros absolutamente concentrados, gesticulando com clareza para marcar seus argumentos. Dava para ver que Sarah Wheatley estava se apaixonando por ele no meio da entrevista. E aí veio a fala que ficou famosa: "É só pensar assim", disse ele, olhando muito sério para a câmera. "Temos que amar nossos corações."

O Twitter foi à loucura. "Eu amo o seu coração!!!!"; "Pode ficar com o meu coração, Dr. Joe!!"; "Esse aí pode cuidar do meu coração quando quiser!!!"

Começaram a circular memes com ele. A frase não parava de aparecer no Instagram. O primeiro-ministro a citou num discurso. Os sites de fofoca o batizaram de "O Médico dos Corações" e fizeram uma série de matérias sensacionalistas sobre a vida amorosa dele. Aparentemente, ele recebeu uma proposta para ter um programa de televisão.

Mas, se Mimi estiver certa, em vez de aceitar, ele excluiu o Twitter.

O que não me surpreende. Joe é inflexível. Acho que você tem que ser, se quer ser um cirurgião. Ele não queria saber de fama passageira. Estava jogando para valer. O jogo dele.

Joe está digitando alguma coisa no celular agora, a testa franzida de concentração. Fico observando-o por entre os galhos, imaginando-o no centro cirúrgico. Avaliando outra vida humana diante dele na mesa de operação. Decidindo onde usar o bisturi para salvá-la. Ele não faria isso levianamente. Acho que ele não faz nada levianamente.

Ele para e estica os dedos, e fico hipnotizada por suas mãos. Mãos que costumavam correr pelo meu corpo, me acariciar, fazer amor comigo. Sei a inteligência emocional que aquelas mãos possuem. Sei que ele concilia cautela com audácia, e sem pestanejar.

Ele me magoou tanto que nem consigo olhar para ele direito. Mas, se algum dia eu precisasse de alguém para usar o bisturi em mim e salvar minha vida, seria a ele que pediria ajuda. Sem titubear.

Sinto uma brisa no rosto e estremeço, não de frio, mas de fadiga muscular. Ou talvez sejam os pensamentos tristes. Estou ficando meio desesperada aqui, ainda agachada na grama, sem nenhum plano. Preciso de ajuda. Pedi uma granada aos céus, e eles me mandaram a Bean, o que só pode ter sido uma piada. Mas agora...

Meus olhos pousam em Joe, alheio ao que está acontecendo, a dez metros de mim, ainda digitando no celular.

Será que ele é a minha granada?

A ideia de pedir ajuda a Joe me dá um calafrio. É humilhante. É tocar em feridas antigas. É minha pior opção. Mas é a única que eu tenho.

Lentamente, tiro o celular do bolso. Abro a lista de contatos e desço até o número de Joe. E mando uma mensagem. Uma mensagem simples e direta. Na verdade, diz apenas:

Oi.

SETE

Ele pula de susto quando vê minha mensagem. Pula. O que é...

Nada, digo a mim mesma, me repreendendo por ter notado. A reação de Joe à minha mensagem é irrelevante. Só preciso saber se ele pode me ajudar. Se bem que — para ser sincera — estou sentindo um frisson aqui, observando-o às escondidas. Estou me sentindo uma espiã.

Bem, convenhamos. Eu estou espionando.

Ele continua olhando para o celular, o cenho franzido como se estivesse processando uma sequência de pensamentos complexos e não necessariamente positivos. Fico observando, e ele esfrega o rosto. Então faz uma careta. Parece que quer dizer alguma coisa. Agora está se sacudindo, como se estivesse tentando acordar de um pesadelo.

Enquanto o observo, fico ligeiramente irritada. Eu sou o pesadelo do qual ele está tentando escapar? Fui tão ruim assim? Quem ele *pensa* que é? O Santo Joe? Sem conseguir me conter, escrevo outra mensagem para ele:

Para um cara que cuida de corações, você pode ser bem desleixado. Você sabe que partiu o meu, né?

Vejo o espanto em seu rosto quando as palavras aparecem na tela e sinto uma pontada de satisfação. Pronto. Falei.

Estava torcendo para ele responder, mas Joe parece atordoado. Fica só olhando para o celular, sem reação. Eu obviamente o deixei sem palavras, o que pode ter sido um erro tático.

Não vou retirar nada que eu disse, porque é verdade. Ele *partiu* meu coração. E, pela cara dele, sabe disso. Mas é estranho: olhando para ele agora, percebo que não me sinto tão vulnerável quanto antes. Não me sinto tão magoada. Sinto como se pudesse, pelo menos, conversar com ele. E talvez eu pudesse contornar essa situação em meu favor. Digito outra mensagem depressa:

Enfim. Não estou aqui para julgar ninguém. Estou aqui para te ajudar.

Ele fica surpreso, o que era exatamente o que eu queria, então continuo:

Imagino que você tenha passado todos esses anos se perguntando o que poderia fazer para se redimir. Imagino que passe noites em claro, remoendo tudo mentalmente sem parar. Imagino que esteja doido para eu sugerir uma maneira de você se redimir. Estou errada?

Ele lê a mensagem, e seu rosto se ilumina um pouco. Ele dá um sorrisinho e parece voltar a si.

Só de ver a reação dele, me lembro de como fazíamos um ao outro rir, o que me dá um aperto no peito. Deus do céu, queria não ter de falar com Joe para alcançar meu objetivo. Não faz bem para a minha saúde. Mas não tenho escolha.

Sem respirar direito, fico observando-o digitar uma resposta, e, um instante depois, ela chega ao meu telefone.

Leu meus pensamentos.

Ele está falando sério? Ou está sendo sarcástico? Não estou nem aí. Digito minha resposta:

Ótimo. Sempre fui boa em ler pensamentos. Aliás, seu cadarço está desamarrado.

Não está, mas não resisti à tentação de dar um susto nele. Joe olha para o sapato, franze o cenho, então olha para o lado, conferindo discretamente o caminho de acesso à casa. Em seguida, olha para cima, para as janelas da casa, enquanto mordo o lábio, tentando não rir. Por fim, ele escreve:

Onde você está?

Respondo imediatamente:

Não importa. Você topou me ajudar, né?
Bem, sugiro que a gente faça um pacto. Se um de nós mandar uma mensagem com a palavra "roseira", o outro vai parar tudo que está fazendo para ir ajudar.

Joe fica olhando para a tela do celular, então digita outra mensagem, com uma cara de preocupação.

Effie, você precisa de ajuda?

Obrigada! Finalmente, a resposta de que eu precisava! Digito duas palavras depressa e mando para ele.

Preciso. Roseira.

Ele responde na mesma hora:

Entendi. Temos um pacto. Eu aceito.

Ah. Dã. Eu devia ter explicado melhor.

Não. Na ROSEIRA. Olha pra roseira.

Fico observando, ofegante, enquanto Joe se vira. Ele dá uma olhada discreta no segurança, ainda de pé na porta da frente, então examina a fileira de roseiras ladeando o caminho de acesso à casa. Ele passa os olhos por cada uma, observando, meio na dúvida, como se fosse uma pegadinha...
Quando me vê, arregala os olhos de espanto. Descrença. E mais uma emoção que não consigo distinguir. Ficamos imóveis por um tempo, olhando um para o outro em silêncio. É o contato visual mais longo que temos em anos. É quase como se estivéssemos nos conectando como antigamente — ainda que por meio de um emaranhado de galhos, obscurecidos pelas folhas. Sinto uma vontade irracional de ficar olhando para seu rosto familiar, aqui deste lugar seguro, a noite inteira.
Mas não posso. E estou sendo burra, porque esse não é o antigo Joe que eu amava e entendia. Esse é o novo Joe, que é cruel e indecifrável. Eles só parecem iguais. Então, desvio o olhar e digito:

Vem aqui.

A princípio, ele não move nem um dedo sequer. Fica só parado lá, irritantemente lindo, iluminado pela luminosidade do fim de tarde. No entanto, por fim, ele responde. E *não* é vindo até onde estou, o que é típico dele, e sim digitando outra mensagem:

Até onde eu sei, você está num encontro. Não quero interromper. Aliás, cadê o partidão?

Fico olhando fixamente para ele por um tempo, com as bochechas quentes. Droga, *droga*. Quase não tenho forças para responder, mas preciso responder. Então, com muita relutância, acabo digitando:

"Encontro" pode ter sido um exagero.

Para ser sincera, ele não chega a rir, mas seus lábios se curvam de leve. Fico tentada a mandá-lo deixar para lá — mas aí não pego minhas bonecas russas. *Qual é, Effie*, digo a mim mesma. *Quem liga para o que ele pensa?*

Uma das frases preferidas de Mimi me vem à cabeça — talvez porque o aroma das rosas faz com que eu me lembre dela. Sempre que algo humilhante acontecia com a gente na escola, ela sentia empatia por nós, mas então dizia as mesmas palavras de sempre com a maior convicção: "Ninguém nunca morreu de vergonha." Exatamente. Então. Bola pra frente.

Com a dignidade que ainda me resta, digito outra mensagem:

Vem aqui. Finge que tá olhando para a roseira.

Enquanto espero uma resposta, fico muito tensa, porque, se ele não aceitar, não sei o que vou fazer. Mas, ao levantar a cabeça, ele está com sorrisinho nos lábios de novo, e sei que ele vai aceitar. Ele espera alguns segundos, então comenta com o segurança, como quem não quer nada:

— Rosas bonitas.

— Hum — murmura o segurança, olhando impassível para a roseira onde estou. — Não entendo nada disso.

— Ah, são incríveis. — Ao fazer o comentário, ele se aproxima do meu esconderijo, atravessando o espaço de cascalho entre nós. — Deixa eu ver a poda. É, muito bem podada...

Então para, diante da roseira. Fico bem de frente para o joelho dele, coberto pela calça preta. Levanto a cabeça e o vejo olhando para mim.

— O que você está fazendo? — pergunta ele, de um jeito educado. — Uma espécie maravilhosa — acrescenta, mais alto, para o segurança ouvir.

— Preciso entrar na festa — murmuro depressa, baixinho. — Preciso da sua ajuda.

— O jeito mais tradicional é pela porta — responde Joe, erguendo as sobrancelhas.

— É. Bem. Ninguém sabe que eu estou aqui, nem a Bean. — Mexo nas folhas ao meus pés. — Faz semanas que não falo com meu pai. Eu nem estava na lista de convidados. A maior confusão.

Um silêncio se instaura por um tempo, exceto pelo som retumbante e distante de música e por uma gargalhada súbita vinda da festa. Quando, enfim, volto a fitá-lo, Joe está com uma expressão muito séria.

— Sinto muito — diz ele, segurando um galho para examinar um botão. — Sabia que o divórcio tinha sido difícil. Mas não tinha ideia...

— Está tudo bem. Tanto faz — interrompo, bruscamente. — Mas preciso entrar, só por dez minutos. Estou numa missão. Mas o maldito do segurança está me atrapalhando.

— Que missão?

— Não é da sua conta — devolvo, antes de conseguir me conter, e ele fecha a cara um pouco.

— Justo.

— E aí, vai me ajudar?

Sei que estou sendo meio grossa — mas estou tentando disfarçar quanto a proximidade dele me deixa desconcertada. Minhas mãos estão suando; meus olhos, ardendo. Talvez eu não esteja tão magoada quanto antes, mas ainda não estou exatamente curada.

Joe também parece meio tenso, mas não tenho ideia do porquê. A culpa é toda dele, e não minha. Ele olha com discrição na direção do segurança — que está fitando o céu azul de verão com uma expressão entediada —, e então se volta para mim.

— Effie, é a despedida oficial da sua família — murmura ele, rispidamente. — Você devia estar lá dentro, como convidada. Não quer entrar como minha convidada?

— Não — respondo depressa, e ele se retrai.

— Não foi isso que eu quis dizer...

— Eu sei, eu sei que não. — Coço o nariz, sem graça. — Mas, enfim, eu não estou aqui por causa da festa. Estou aqui por um motivo pessoal.

Ele assente.

— Certo. E o que você quer que eu faça?

— Que você crie uma distração. Dê um jeito de afastar aquele cara da porta. Solte uma granada.

— Uma granada.

Ele ri com os olhos.

— Por favor, me diz que você tem uma granada aí — digo, impassível. — Ou eu vou ficar muito decepcionada.

Joe apalpa os bolsos.

— É claro que eu tenho. Deve estar aqui em algum lugar.

— Ótimo. Bem, talvez você pudesse lançar. E... obrigada, Joe. — Encontro seus olhos novamente, me dando conta de que essa pode

muito bem ser a última vez que vou vê-lo. Vou entrar e sair da casa no mesmo pé e nunca mais vou voltar a esse bairro. Ele vai tocar a vida dele, cheia de conquistas e sendo ovacionado... e eu vou seguir a minha. Seja lá como ela for. — Aliás, parabéns pelo sucesso.
— Ah, é.
Joe demonstra fazer pouco caso de tudo (carreira, prestígio, fama) com um simples gesto, o que é *tão* típico dele.
— Quem poderia imaginar?
Tento dar uma risada descontraída, mas nem sei se consigo.
— Pois é — comenta ele, depois de uma pausa. — Quem poderia imaginar?
Outro silêncio longo desconfortável paira no ar. Ficamos nos olhando pela barreira de galhos espinhentos, sem mover um dedo. É como se não quiséssemos que esse momento terminasse.
— Tudo certo aí, amigo?
A voz do segurança me dá um susto. Ele parece ter percebido que Joe está de pé na frente da mesma roseira há uns bons cinco minutos.
— Tudo certinho! — responde Joe, então acrescenta para mim, baixinho: — Ok. Estou dentro.
— Muito obrigada — sussurro em profunda gratidão e estou sendo sincera. Ele não precisava me ajudar.
— Levantar voo — responde ele, com sua voz de "piloto da Segunda Guerra". — Vamos todos passar o Natal em casa.
Ele dá uma piscadinha para mim, então vai até o segurança.
— Será que sua namorada vai gostar de receber um vídeo? Mas você vai ter que gravar.
— Cara! — O segurança arregala os olhos. — Está falando sério?
— Vamos fazer aqui. — Joe chama o segurança para longe da porta, até o caminho de cascalho em frente à casa. — A luz está melhor aqui, está vendo? Não, um pouco mais. Isso, aqui está bom. Ok, aponta o telefone para mim, sem tremer... Como é o nome da sua namorada?

Tenho de admitir, Joe é um gênio. Não só o segurança está a vários metros da porta, como está totalmente absorto, filmando-o. Saio de trás da roseira, no maior silêncio possível. A entrada está livre. Caminho na ponta dos pés pelo cascalho, deslizo pelos últimos metros, passo pela porta da frente e, quase sem ar, invado o hall de entrada com paredes de madeira, onde disparo imediatamente para o cantinho da árvore de Natal.

Entrei. Consegui! Agora só tenho de subir a escada...

Merda.

Paro ao ver Jane Martin na outra ponta do hall de entrada, conversando com uma mulher com um vestido verde e gesticulando para o corrimão da escada. O que elas estão fazendo no *hall*? Achei que os convidados iam ficar só no local da festa, e não circulando pela casa.

E agora elas estão vindo para cá. Ai, meu Deus. Dancei. Elas vão me ver a qualquer momento. Já posso até imaginar a fala gentil de Jane: "Ah, Effie, você *veio*!"

Só tenho uma saída. A porta do armário de casacos está aberta, a menos de meio metro de mim. É um armário embutido grande, cheio de casacos e quinquilharias. Entro sem titubear, fecho a porta, me encolho todinha atrás de um sobretudo muito antigo e fecho os olhos, como se fosse uma criança brincando de pique-esconde.

Depois de uns minutos completamente imóvel, abro os olhos de novo. Acho que estou a salvo. Sem fazer nenhum barulho, levanto o pé direito, que estava espremido debaixo de mim, numa posição desconfortável. Começo a relaxar, porque conheço este lugar muito bem. Quantas vezes já não me escondi neste armário? Só os cheiros já estão me transportando à infância: o odor marcante de galochas usadas, capas de chuva e madeira velha, além do aroma sutil de cola. A cola é da época em que Gus ficou viciado em modelismo, e, tateando no escuro, toco o pote que ele costumava usar.

Não acredito que isso ainda está aqui — vai ver Krista ainda não arrumou este armário. A cola deve ter, no mínimo, uns vinte anos, e deve estar dura e ressecada. Para os outros, é inútil, mas, para mim, um lembrete imediato do meu irmão, aos doze anos, sentado à mesa, juntando cuidadosamente as peças de madeira para fazer um caça, enquanto Mimi mandava tirar tudo da mesa num minuto, para ela servir o jantar. Sem nem olhar para ela, ele sempre protestava: "Mas, Mimi, essa peça é *crucial*." E ela ria e dizia: "Ah, uma peça *crucial*. *Entendi*."

É engraçado como as lembranças nos vêm, às vezes a conta-gotas, às vezes em avalanches.

Olho para o relógio e estremeço. Nem acredito. Já são 19h30. Achei que, a esta altura, já estaria bem longe daqui, e não presa no armário de casacos, com o pé dormente. Coloco a cabeça para fora com todo o cuidado, e volto depressa para dentro, pois ouvi o ranger revelador das tábuas do piso do outro lado do hall. Minha vantagem, depois de todos esses anos de pique-esconde, é que conheço esta casa. Sei quando tem alguém se aproximando. E, neste momento, tem alguém se aproximando.

Eu me aninho nas sombras do armário, torcendo para que quem quer que seja passe direto — mas os passos param. Parece uma mulher de salto alto. Agora está dando meia-volta. O que está fazendo? Quem é? Tem um buraquinho na porta do armário, onde duas tábuas não se encontram perfeitamente, e não posso resistir a dar uma espiada para ver quem é...

Nãããão! Que nojo!

É Krista, ajeitando a calcinha modeladora no espelho do corredor. Não dá para ver a cara dela, mas sei quem é pela pulseira cheia de pingentes e as unhas pintadas puxando o elástico do cós para cima. Está obviamente sozinha e levantou o vestido para levantar a calcinha até os peitos — e daqui, agachada, tenho uma visão privilegiada. *Excelente*. Tem gente que entra no armário de casacos e ganha uma passagem para Nárnia, eu ganho a virilha da minha madrasta.

E, sim, sei que ela não é tecnicamente minha madrasta — mas ela se comporta como se fosse. E como se fosse a dona de tudo isso aqui. Incluindo os móveis, todos os nossos amigos e meu pai.

Observo-a em silêncio, horrorizada, mas fascinada. O bronzeado artificial está manchado na barriga, mas imagino que ela tenha pensado que ninguém ia ver. Tirando meu pai, na banheira de hidromassagem...

Não. Nãããão. Não visualize #*sexoaossessenta*. Nem #*viagrafunciona!*, que o papai postou no Instagram, no mês passado, com uma foto dele e de Krista de roupão branco fofinho combinando. (Quase *morri*.)

Neste instante, o celular dela vibra, e fico paradinha enquanto ela atende com a voz anasalada.

— Oi, Lace. Estou no hall. — Ela ouve, então acrescenta, baixinho: — É, vou anunciar no jantar. Aposto que vai dar o que falar. Tudo bem, te vejo daqui a pouquinho.

Krista guarda o telefone, e eu hesito por um instante com o rosto colado no buraquinho. Anunciar o quê? Como assim? O que vai dar o que falar?

Ela se afasta do espelho, e eu vejo seu rosto e engulo em seco. Krista está linda, daquele jeito dela, toda bronzeada e com sombra brilhosa nas pálpebras. Ela sempre usa cílios postiços, mas hoje foi além. É como se tivesse duas asas pretas, enormes e grossas, nos olhos.

— Sou uma mulher linda — afirma ela para o reflexo, e fico sem acreditar. Não me *diga* que vou ter de aturar as autoafirmações de Krista. Ela empina o queixo e avalia a si mesma, satisfeita. — Sou uma mulher linda, forte e sexy. Mereço tudo do bom e do melhor.

Tá, né. Reviro os olhos. O bronzeado artificial certamente não foi do bom nem do melhor.

— Mereço ser amada — diz Krista a si mesma, com ainda mais convicção. — Mereço que o mundo seja bom comigo. Tenho o cabelo de uma mulher de vinte anos. — Ela corre os dedos pelos cabelos com luzes loiras. — Tenho o corpo de uma mulher de vinte anos.

— Até parece — digo, sem conseguir segurar, então cubro a boca com a mão.

Merda. *Merda.*

Krista fica rígida e olha em volta. Com um instinto relâmpago, me escondo em silêncio no fundo. Tem uma chapa de compensado faltando no fundo do armário, e dá para praticamente desaparecer numa reentrância sombria aqui atrás, se você quiser. Eu me enfio depressa no espaço, sentindo o cheiro de mofo do esconderijo, levanto os pés e tento permanecer imóvel e invisível.

Bem em tempo, pois Krista abre a porta do armário de supetão.

— Quem está aí? — pergunta ela, e prendo a respiração, desesperada.

Não posso ser pega. Não agora. Não por Krista.

Posso vê-la pela treliça de uma madeira quebrada. Ela espia o armário e afasta uns casacos para um lado e para o outro, os olhos semicerrados e tomados de suspeita. Mas, haha, Krista, quem ganha sou eu, porque *eu* conheço esta casa. Já me espremi neste espaço um milhão de vezes. E estou de preto. E, por sorte, ninguém trocou a lâmpada queimada.

— Estou ficando doida — murmura ela, enfim, para si mesma, e fecha a porta do armário. — Ah, oi, Romilly — acrescenta mais alto, para o som de novos passos se aproximando. — Está gostando da festa?

— Muito — responde Romilly, seu tom de voz gélido de sempre.

Romilly está aqui, agora? Achei que todas as festas sempre iam parar na cozinha, e não no hall de entrada.

— E Gus! — exclama Krista. — Quase não falei com você, querido.

Gus! Instintivamente me esgueiro na direção da porta. Faz *séculos* que não o vejo.

— Oi, Krista — cumprimenta Gus, respeitoso. — Bonito o vestido.

— Ah, obrigada, Gus! Achei que destacava o brilho do meu diamante.

— Sem dúvida. E como vai o Bambi? — acrescenta ele, com educação. — Acabei não perguntando antes.

Sei que Gus só perguntou do cachorro da Krista porque meu pai uma vez nos deu uma bronca por causa disso. Ele disse que podíamos ao menos *tentar* ser mais receptivos com a Krista, e por que não podíamos perguntar do Bambi de vez em quando?

— O Bambi está muito bem. Obrigada, Gus — responde ela. — Mas meio assustado com todos esses convidados.

— É compreensível — diz ele. — Também estou.

Sem conseguir resistir, grudo a cara no buraquinho da porta para dar uma olhada no meu irmão. Mas, em vez disso, tenho uma boa visão de Romilly. Ótimo.

Está bonita, confesso. Romilly está sempre bonita, daquele seu jeito atlético e formal. Está com um vestido de festa preto bem simples que expõe os impressionantes braços musculosos e bronzeados. A maquiagem é mínima. O cabelo loiro cortado reto na altura do queixo exibe as luzes discretas. Ela tem a mandíbula mais marcada que a de Gus e, imagino, um soco mais certeiro.

Está sorrindo com educação para Krista — mas com uma rigidez nos olhos e na boca que lhe é muito característica. Com o tempo, decifrei algumas das manias de Romilly. Quando está zangada, ela fica tensa, mas, quando está feliz, de alguma forma, fica *ainda mais* tensa. O riso dela não te relaxa, só te deixa apreensivo. Na verdade, aquilo pode ser chamado de riso? Ou é só um barulho agressivo que lembra um riso?

Não entendo como Gus consegue morar com ela. Ele é tão tranquilo, e ela é uma pilha de nervos. De alguma forma, num dia eles estavam namorando, e no outro estavam morando juntos na casa de Romilly, onde Gus cozinha tudo sozinho, até onde eu sei, e está sempre ocupado demais para me ver, porque tem que levar Molly e Gracie ao balé ou algo assim.

Quando eles começaram a namorar, ele não parava de falar em como Romilly era maravilhosa, como era forte, dedicada ao trabalho, na área de recursos humanos, como era difícil para ela, como mãe solteira. Mas, desde então, a torrente de elogios secou um pouco. Hoje em dia, quando pergunto por ela, em geral, ele responde de forma evasiva e foge do assunto. A teoria da Bean é que ele está desconectado do relacionamento como um todo, e ela provavelmente tem razão. Mas o problema é: como ele vai terminar com a Romilly sem se conectar com ela? Parece um daqueles vidrinhos de remédio à prova de criança, que você primeiro tem de pressionar a tampa para *dentro*, para então rodar e abrir. Gus fica só girando e girando, porque não consegue colocar nenhuma pressão.

Ouço Krista se afastando, os saltos batendo no piso de madeira. Movendo-me um pouco atrás do buraco, consigo ver Gus, e sinto uma pontada no peito, porque meu irmão está a mesma coisa de sempre. Está sentado no primeiro degrau da escada, um lugar onde sempre sentava quando queria pensar. Recostado no corrimão, ele passa a mão à toa por um balaústre, obviamente alheio ao que está acontecendo à sua volta.

Só dá para ver um pedaço de seu rosto pelo buraco, mas sei que ele está com aquela expressão vazia e distante que lhe meteu em várias encrencas na escola. Os professores falavam que ele não estava prestando atenção, mas estava. É só que estava prestando atenção a um pensamento mais interessante do que o que estava sendo martelado na aula. No mínimo, está refletindo sobre algum código de computação neste momento.

Ele se vira, e vejo seu rosto por completo — e sinto uma tristeza. Ele não parece só distante, parece exausto. Tem um peso em sua expressão, e ele aparenta estar mais velho. Quando foi a última vez em que o vi? Faz um mês só. Não é possível que ele tenha envelhecido tanto assim em um mês...

— Gus? — chama Romilly. — Gus, você está me *ouvindo*?

Percebo que eu também não estava. Estava ocupada demais olhando para meu irmão.

— Foi mal — diz ele, com uma expressão culpada. — Achei que você estava falando com a Krista.

— A Krista já *foi* — devolve Romilly, revirando os olhos de um jeito mordaz, como se Gus fosse burro.

Eu a encaro pela porta do armário com uma fúria silenciosa. Sempre suspeitei de que ela era mais cruel quando não estava na frente dos outros, e aí está a prova.

É por isso que Gus envelheceu. É Romilly. Ela faz mal à saúde dele. Ele *tem* de terminar com ela.

— Eu estava te dando uma notícia boa! — acrescenta ela, irritada, e cubro a boca com a mão para sufocar um ruído de desdém.

É assim que Romilly dá uma notícia *boa*? Imagina como ela dá uma ruim.

— Ah, é? — diz Gus.

— Estamos na lista! — anuncia Romilly, com uma comemoração contida. — Ela vai encaixar a gente amanhã de manhã! Annette Goddard — acrescenta, já que Gus parece não entender. — Lembra? A professora de violino famosa que a mãe da Maya tentou esconder de mim? Então, a gente conseguiu! Vou ter que sair cedinho amanhã — continua ela, olhando para a taça. — Acho que vou parar de beber.

— Que droga... — comenta Gus, chateado. — Vai ter um brunch em família amanhã. Achei que a gente fosse descansar esse domingo.

Romilly o avalia como se fosse incapaz de compreender.

— Eu estou falando da *Annette Goddard* — continua ela. — Se a Molly e a Gracie aprenderem violino com a Annette Goddard, estão feitas! Elas vão ser notadas! Ainda bem que trouxe os violinos comigo, por via das dúvidas — acrescenta, expirando com força. — Porque o *Doug* é que não ia lembrar de trazer.

Doug é o ex-marido de Romilly, e nunca a ouvi dizer uma coisa boa sobre ele.

— As meninas têm só quatro e seis anos — contrapõe Gus, de forma educada. — Será que elas precisam ser notadas?

Romilly começa a tremer. Ela faz isso quando as pessoas a contrariam; já reparei também. Suas narinas se abrem, e ela se treme toda, como se todo seu corpo estivesse reagindo à possibilidade inimaginável de que alguém — meu Deus do céu — esteja *discordando* dela.

— É lógico que elas precisam ser notadas! — devolve ela. — Você tem *noção* de como o mundo é competitivo? Quer que eu cite as estatísticas?

Gus se encolhe de leve, mas acho que Romilly não chega a notar.

— Não, não quero que você cite as estatísticas.

— Tem noção de como é difícil para mim?

Sua voz fraqueja de repente, e ela leva a mão à sobrancelha bem-feita.

— Olha. — Gus pousa a mão em seu braço. — Desculpa. Eu só... reagi mal. Parabéns.

Espera aí. Romilly vai faltar ao evento da família, mas é Gus que está se desculpando? Como *assim*?

— Eu faço o melhor que posso pelas meninas — lamenta-se Romilly, de forma exagerada e apelativa, afastando-se de Gus para retocar o batom no espelho. — Você não vê? O melhor que eu posso.

Ela deve estar a meio metro de mim, mais ou menos, de perfil, e, quando se abaixa para ajeitar a tira do sapato, de repente percebo que tem seios lindos. Hesito por um instante, surpresa, me perguntando como nunca notei isso. Talvez nunca tenha visto por este ângulo? Ou será que o vestido é particularmente revelador? Seja como for, tenho mais acesso que o habitual — e eles são espetaculares.

Dã. É claro que Romilly tem peitos espetaculares. Deve ser por isso que Gus não conseguiu terminar com ela ainda. Mas ele precisa olhar para além dos peitos. *Além* dos peitos. Vou tentar explicar isso para ele.

— Oi, Romilly! — ouço a voz de Bean, então a vejo se aproximando.

Ela ainda está de calça jeans e bota da Ugg. Óbvio.

— Bean! — Romilly a avalia de cima a baixo. — Você não vem para a festa?

— Vou! — exclama Bean, meio ofegante. — Parei para conversar com um amigo de longa data no jardim. Então, de certa forma, *estou* na festa, só que com a roupa errada.

— Claro. — Romilly sorri com delicadeza para Bean. — Bem, vou ver se acho alguma bebida sem álcool. Te vejo mais tarde.

Ela se afasta, os saltos ressoando no piso de madeira como disparos de um revólver, e Gus solta um suspiro longo, como se alguém tivesse tirado um torno de sua cabeça.

— Oi — diz ele a Bean. — Como é que você está?

— Ah. — Ela dá de ombros. — Indo.

Ela senta ao seu lado no primeiro degrau, encurvando-se de leve.

— Pelo menos os drinques estão gostosos — comenta ele, levantando a taça para ela. — Meu plano é basicamente encher a cara.

— Bom plano. — Bean assente.

— Uma pena que a Effie não esteja aqui — acrescenta Gus, desanimado. — Sei que ela não se dá bem com a Krista, mas... — Ele estica os braços para o hall de entrada à sua volta. — É o nosso último adeus. Tinha que estar todo mundo aqui.

Sou tomada por uma sensação de amor por Gus. Queria poder dar um abraço rápido nele.

— Eu sei — concorda Bean, triste. — Tentei convencê-la, mas ela tinha um encontro. Parece que o cara é um atleta olímpico — acrescenta, mais animada. — E filantropo. Parece um partidão! Não é ótimo?

— Ah é? — Gus a fita, interessado. — Quem é o cara?

— Ela não falou.

— Aposto que é remador. Ou ciclista. — Gus começa a pesquisar no celular. — Esse aqui?

Ele mostra uma foto para ela no celular.

— Ai, espero que sim! — responde Bean, animada. — Que lindo!

Sinto uma pontada de culpa e a reprimo. É só uma mentirinha. E, no amor e na guerra-contra-Krista, vale tudo.

— Preciso trocar de roupa. — A voz de Bean interrompe meus pensamentos. — Quero só dar uma olhada se tem alguma coisa que a Effie possa querer da cozinha. Ela sempre gostou das forminhas de gelatina, né?

— Forminhas de gelatina? — Gus parece distraído. — Não lembro.

Ai, meu Deus, as forminhas de gelatina! Tinha me esquecido delas — mas agora, de repente, quero muito que elas sejam salvas. Principalmente a de abacaxi. A gente costumava fazer gelatina amarela nela. Eu amava. Isso me faz lembrar de uma tarde feliz de domingo, na cozinha, e é exatamente o tipo de treco que a Krista jogaria fora.

Fito Bean, ansiosa, pelo buraco da porta. Será que eu devia mandar uma mensagem rápida para ela? Mas eu não posso. Ela acha que eu estou num encontro. Mas talvez eu pudesse mandar uma coisa do tipo:

Oi, tô adorando o meu encontro com o atleta olímpico num restaurante de luxo de Londres!! Ele é tudo que eu esperava!! Estamos brindando com champanhe!! Ah, lembrei de uma coisa do nada: vou querer as forminhas de gelatina!

Não. Ia dar muita bandeira.

— Acho que a Effie gostava da de abacaxi — comenta Bean, levantando, e suspiro, aliviada. — Certo, vou trocar de roupa. Te encontro lá dentro.

— Já estou indo.

Enquanto Bean se afasta, Gus se recosta no balaústre de novo, digitando no celular.

— Merda — xinga ele de repente, baixinho, e eu gelo. Isso não parece nada bom.

Ficamos os dois em completo silêncio. Não consigo acreditar que Gus não consegue perceber que estou aqui. Será que ele não consegue sentir minha presença? Estou bem aqui! Se eu fosse um fantasma, daria no mesmo.

Gus parece hipnotizado pela tela do celular, e eu estou hipnotizada por ele — ou, pelo menos, pela faixa de rosto dele que está visível para mim. Por fim, ele digita um número, então diz, com a voz baixa e tensa:

— Oi. Acabei de ver sua mensagem. É sério isso?

Um silêncio de alguns minutos se instaura, durante os quais não respiro direito. Estou morrendo de curiosidade e me sentindo um tanto culpada por estar ouvindo uma ligação particular. Mas ele é meu irmão, no fim das contas. E eu não vou contar para ninguém.

(Tirando Bean. Para Bean, eu conto.)

— Acho que não — continua Gus, a voz ainda mais baixa. — Não, é claro que eu não contei para ninguém. E, se isso vazar para a imprensa, não vai ser nada... Bem, o que... — Ele expira, e o vejo esfregar o rosto. — Quer dizer, *se* alguém prestar queixa...

Respiro fundo, não consigo evitar. Queixa? Que queixa?

Gus fica em silêncio por um bom tempo, ouvindo a pessoa do outro lado da linha.

— Tá, obrigado — diz ele, por fim. — Escuta, Josh, tenho que ir. Mas, de qualquer forma, não posso falar por... Pois é. Amanhã a gente conversa... É. Nada bom. Mas vamos torcer para não ser o pior cenário.

Ele desliga e solta o ar devagar, enquanto o observo, ansiosa. Pior cenário? Quem é Josh? Será que Gus está com algum problema?

Ele se levanta de repente, olha o celular uma última vez, então o guarda no bolso e se afasta, caminhando pelo hall de entrada. E, olhando-o se afastar, me sinto subitamente vazia. Agachada aqui no escuro, meu plano parece uma loucura. O que eu estou fazendo, me escondendo como uma ladra? Que jeito *horrível* de participar de uma festa. Estou impedida de me envolver em conversas cruciais, estou preocupada com meu irmão, minhas coxas estão doendo e eu nem posso provar os drinques gostosos.

Será que, mesmo a essa altura do campeonato, eu devia aceitar a derrota, sair deste armário, arrumar uma roupa de festa e me juntar aos outros? Será que eu deveria fazer as pazes com a Krista?

Com meu pai?

Só de pensar nisso, sinto um frio na barriga de nervoso. Não estou pronta. Estou no contrapé. Não sei o que diria, nem sei por onde começar... Esfrego o rosto, sentindo uma frustração súbita. Por que estou pensando nisso? Não era assim que era para ser esta noite. Não era para eu ter visto minha família. Não era para eu ter ouvido conversas perturbadoras.

Então, gelo ao ouvir uma voz grave e muito conhecida reverberando pela porta do armário.

Ai, meu Deus. Ai, meu *Deus*.

Fico absolutamente petrificada. Vindo pelo hall de entrada a caminho do armário, com seu passo inconfundível e rindo daquele seu jeito, está meu pai.

Ele aparece em meu campo de visão, e me sinto como se houvesse alguém apertando meu pescoço. Não achei que o veria hoje. Achei que ele estaria lá longe, cercado de convidados. Mas aqui está ele, a poucos passos de mim, alheio ao fato de que o estou observando.

— Essa é a tinta sobre a qual eu estava te falando — diz ele a um homem mais velho que não reconheço. — Comprei tem uns três meses. Se quer saber minha opinião, foi essa tinta que garantiu a venda da casa!

Ele solta uma gargalhada retumbante e dá um gole na bebida.

Quase não ouço o que meu pai está falando; estou concentrada demais em observá-lo. Está com um paletó com duas fileiras de botões, o cabelo grisalho refletindo as luzes, e rindo. Parece a definição de um homem bem-sucedido no fim da vida.

— Ah, sim — diz ele agora, em resposta a alguma pergunta. — Foi a coisa certa para a gente. Nunca me senti tão feliz. Nunca! — repete ele, para enfatizar. — Agora, Clive, você precisa de um drinque! — acrescenta ele, e os dois se afastam, enquanto o observo, com os olhos apáticos.

Nunca me senti tão feliz.

Desabo no chão do armário, as coxas trêmulas finalmente cedendo. Para meu horror, as lágrimas se acumulam em meus cílios, e eu pisco, para me livrar delas.

Nossa família se desintegrou, perdemos a casa da nossa infância, meu pai não fala com a filha mais nova há semanas... mas ele *nunca se sentiu tão feliz.*

Certo. Bem, acho que eu tenho de discordar dessa definição de "felicidade". Porque eu não ficaria feliz se estivesse sem falar com alguém da minha família, mas acho que você, pai, consegue, porque tem a Krista e a bunda empinada dela para te servir de consolo. Que só é empinada por causa da calcinha modeladora, sabia disso, pai? Não é musculação, é a *calcinha modeladora.*

Eu me dou conta de que estou falando com meu pai na minha cabeça. Estou enlouquecendo. Preciso sair daqui agora. Todo e qualquer pensamento de me juntar à festa evaporou. Vou pegar minhas bonecas preciosas e ir embora. Para sempre.

Abro a porta com cuidado. O hall de entrada está vazio. A escada está vazia. Não ouço nenhum barulho no andar de cima.

Ok, agora...

Vai.

Com movimentos ultrarrápidos, saio correndo do armário, passo pelas tábuas do piso e subo os degraus da escada de dois em dois, segurando no corrimão. Estou na minha zona de conforto agora. Sei me esquivar das tábuas que rangem. Ninguém me ouviu, ninguém me viu. *Sabia* que ia ser fácil.

Ao me aproximar do meu quarto, sinto uma necessidade de entrar, embora não tenha mais nada aqui. Quero ver o papel de parede, tocar as cortinas, olhar a vista da janela... Só ficar uns últimos minutos no meu quarto. Mas, quando chego à porta aberta, fico sem reação. O papel de parede se foi. As cortinas se foram. Estou numa caixa branca e vazia com um piso de tábua corrida envernizada que nunca existiu.

Meu peito se aperta só por um segundo, então levanto o queixo e fecho a porta, decidida. Quem se importa? Meu tempo de vida nesta casa já acabou mesmo. Não faz sentido ficar deprimida. Toca o plano.

Sigo pelo corredor na ponta dos pés, ligeira, mas com cuidado. Estou quase lá. Em três minutos, vou estar fora daqui. Faço a curva na direção do quartinho da bagunça, já pegando mentalmente minhas bonecas russas — então paro, de súbito.

Quê?

Sem acreditar, encaro o obstáculo em meu caminho. Uma pilha de baús de madeira. Quem colocou isso aqui? Por que aqui? Toco um para ver — então paro. Vai fazer um barulhão tentar tirar isso daqui.

Será que eu tento? A festa está bem barulhenta mesmo... Dá para ouvir a música ressoando pelas tábuas do piso. E que outra opção eu tenho? Preciso me livrar desta barreira. Abraço o baú mais alto, o levanto e percebo que está vazio. Ok. Consigo fazer isso. Só preciso mover uns quatro baús para abrir uma passagem para a porta...

Então, ouço um inegável ranger nas tábuas, e meu coração quase sai pela boca. Não *acredito*. Alguém está subindo às pressas. Que casa mais impossível! Entrando em pânico, coloco o baú de qualquer jeito na pilha, volto pelo corredor e, por puro instinto, mergulho no santuário acolhedor que é o quarto da Bean.

Uma fração de segundo depois, me dou conta do meu erro. É a própria Bean que está subindo, reconheço seus passos, e ela vai entrar aqui para se arrumar. Sou uma *imbecil*.

Sentindo-me meio burra, olho ao redor, procurando onde me esconder. As cortinas são muito curtas. O armário está cheio demais, e, de qualquer forma, ela vai abri-lo para se trocar. Anda, Effie, *pensa*... Em meio ao pânico, pulo numa das camas de madeira do Pedro Coelho, puxo o máximo de almofadas que consigo e me cubro com o edredom. Uma vez ganhei uma partida de pique-esconde *exatamente* aqui, camuflada nos bichinhos de pelúcia. Talvez funcione de novo. Só preciso ficar bem paradinha.

Bean entra no quarto, e eu fecho os olhos com força. Minha respiração ofegante aqui neste casulo parece o rugir de uma fornalha. Pela pilha de almofadas, ouço os sons abafados de minha irmã movendo-se pelo quarto. Há um leve tilintar quando ela pousa algo no tampo de vidro da penteadeira. O clique da porta de armário sendo aberta. Agora está cantarolando. Funcionou! Ela não me notou!

Deitada aqui, imóvel e tensa, torço com todas as minhas forças para que Bean se apresse, se arrume logo, saia do quarto e me deixe dar prosseguimento à minha missão...

Então, de repente, sem o menor aviso, começam a chover golpes em cima de mim. Estou apanhando com algo pelo edredom. Algo duro.

— Seu filho da puta! — Bean começa a berrar. — Seu tarado, filho da puta! Sai daí! Já chamei a polícia! Sai!

OITO

Fico tão assustada, que demoro um instante para reagir.

— Para! — grito, tentando me proteger, mas Bean não me ouve. Ela continua me espancando com... O que é isso?

— Vou arrancar as suas bolas! — grita ela, enlouquecida. — Vou arrancar as suas bolas e dar para o seu hamster comer! Sai daí, seu filho da puta!

— Bean! — berro, finalmente conseguindo tirar o edredom de cima de mim. — Para! Sou eu! A Effie!

Bean para com os braços suspensos no ar, ofegante, e vejo que estava me batendo com um cabide rosa decorado com margaridas. É a *cara* dela.

— *Effie?*

Sua voz sai esganiçada, tamanho seu espanto.

— Shh! Você me *machucou!* — repreendo minha irmã.

— Achei que era um ladrão! — exclama ela, também me repreendendo. — Effie, como assim? O que você está fazendo *aqui?* Você devia estar num encontro!

Um silêncio se instaura entre nós por alguns instantes, exceto pelo burburinho e pela música da festa, além de um latido distante, que deve estar vindo de Bambi. Ele está sempre se fechando num quarto e latindo para alguém abrir a porta.

— *Effie?* — insiste Bean.

É muito difícil admitir a verdade, mas não tenho outra saída.

— Eu inventei o encontro — confesso, enfim.

— Você inventou? — Bean fica absolutamente desapontada. — Mas e o atleta olímpico?

— Inventei.

Bean se joga na cama como se eu tivesse acabado não só com sua noite, mas com sua vida.

— Eu falei pra *todo mundo* dele — diz ela. — *Todo mundo*.

— Eu sei. Eu ouvi.

— Você ouviu?

— Ouvi você falando com o Joe. Eu estava na roseira.

Seus olhos quase pulam para fora da cara.

— Ai, meu Deus, Effie! Você é louca!

— *Eu* sou louca? — devolvo, sem conseguir acreditar. — Você acabou de falar que ia arrancar minhas bolas e dar para o meu hamster comer! De *onde* você tirou isso?

— Ah, é. — Bean fica orgulhosa de si mesma. — Foi de um workshop de controle de raiva que eu fiz. Foi muito bom. Te mandei o link, lembra?

Bean está sempre me mandando links de workshops muito úteis, então não me lembro, mas faço que sim com a cabeça.

— E eles falaram para você expressar sua raiva com um cabide?

— Eu estava nervosa! — defende-se Bean. — Peguei a primeira coisa que vi pela frente. Desculpa se te machuquei — acrescenta ela, depois de pensar um pouco.

— Tudo bem. Desculpa se você achou que eu era um assassino com um machado escondido na sua cama.

Bean levanta a mão, como quem diz: "Não tem problema". Então, me avalia novamente.

— Você está de gorro. — Ela semicerra os olhos para meu gorro preto, perplexa. — Você sabe que estamos no verão, né?

— Combina com a minha roupa.

Para falar a verdade, estou suando com esse gorro. Tiro e penduro na cabeceira da cama de Bean, enquanto ela continua olhando para mim.

— Mas, Effie, o que você está fazendo *aqui*? — repete ela. — Você veio para a festa? — E aponta na direção do barulho.

— Não — respondo, decidida. — Vim pegar minhas bonecas russas. Depois vou embora.

— Suas bonecas russas? — pergunta Bean, franzindo a testa.

— Escondi há séculos na chaminé do quartinho da bagunça. Ninguém sabe que estão lá. Se eu não pegá-las, vou ficar sem minhas bonecas para sempre.

— *Ahhh*.

Bean solta um longo murmúrio. E esta é a parte boa de ter uma irmã: não preciso explicar a ela por que preciso das minhas bonecas russas. Ela sabe.

Ela também não precisa perguntar por que guardei as bonecas na chaminé do quartinho. A uns quinze centímetros para cima dentro da chaminé, tem um dente muito útil na parede, onde sempre escondíamos doces contrabandeados. Um buraco secreto que nem a onisciente Mimi sabe que existe. (Caía um pouco de fuligem nos doces, mas era só passar uma água.)

— Mas peraí, Effie... — Dá para ver que o cérebro dela está trabalhando. — Por que você tinha que vir hoje, com todo mundo aqui? É a pior noite possível! Que loucura!

— Não é! — retruco, na defensiva, porque será que ela não imagina que já pensei em tudo? — É a melhor noite! Está todo mundo distraído com a festa. Era o único momento em que eu podia entrar *sem* ser vista. Pelo menos, essa era a minha teoria. — Reviro os olhos. — Não deu muito certo.

— Você podia ter me pedido, que eu pegava para você. — Minha irmã de repente parece um tanto magoada. — Ou pelo menos podia ter me avisado que vinha, e não inventado um encontro com um atleta olímpico.

— Eu sei — digo, depois de uma pausa rápida. — Desculpa. Mas achei que você ia dizer que eu devia vir à festa.

— Você *devia* vir à festa — devolve Bean na mesma hora, e solto um suspiro, irritada.

— Está vendo? E, aliás, você também não parece estar com pressa de descer, né?

— Já estou indo — diz Bean, conferindo o relógio com uma cara meio culpada. — Escuta, Effie, não é tão ruim assim... Por que você não muda de ideia? — Ela adota um tom bajulador. — Tem um monte de gente legal lá embaixo. Você pode usar um vestido meu...

Ela anda até o armário e abre a porta. Na mesma hora, vejo um tecido estampado que conheço bem e tenho um sobressalto.

— Aquilo ali é o meu vestido da Rixo? — pergunto, com um tom acusatório, apontando para o vestido.

— Ah! — Bean dá um pulo. — Hum... é? — pergunta-se ela, num tom muito suspeito de tão vago. — Bem, acho que é.

— Eu *sabia* que estava com você! Faz séculos que estou te perguntando desse vestido e você disse que não estava achando!

— Pois é — responde Bean, evasiva. — Achei. Está aqui.

Semicerro os olhos para ela, e minha irmã desvia o olhar depressa.

— Você estava planejando usá-lo hoje? — pergunto, com um tom de interrogador da Stasi.

— Não — devolve ela, depois de uma pausa.

— Estava, sim.

— Talvez.

— Mas é meu!

— Você deixou aqui — retruca Bean, como se isso provasse alguma coisa.

— *Sem querer*! — exclamo, e de repente percebo que estou prestes a entregar para a festa inteira que estou aqui. — Sem querer — repito, mais baixo. — Você falou que ia procurar para mim, mas nunca achou, agora entendi por quê. — Cruzo os braços para indicar a gravidade da situação. — Eu sei exatamente por quê. Já saquei seu plano todinho.

— Eu estava só *pensando* em usar — defende-se Bean, revirando os olhos. — Mas já que você é tão possessiva...

— É — digo. — Eu *sou* possessiva. Usa outra coisa.

— Tudo bem. — Bean passa os cabides fazendo barulho de propósito. — Tanto faz. Quer dizer, fala sério. É só um vestido.

Trato o comentário com o desprezo que ele merece. Não existe isso de "só um vestido". Fico assistindo, enquanto Bean pega seu vestido preto de alça (bonito, mas não tanto quanto o meu), entra nele e passa uma maquiagem às pressas, se olhando no espelho da penteadeira sem nem se sentar.

— Quer que eu faça uns cachinhos no seu cabelo? — ofereço, por hábito.

— Não, obrigada. Não estou com paciência. Vou prender.

Ela se olha no espelho e torce o nariz, quando o celular apita com uma notificação de WhatsApp. Ela lê a mensagem e revira os olhos.

— Krista está perguntando onde estou. *Chegando*! — diz ela, digitando a resposta, então guarda o telefone na bolsa de festa e continua: — Humph está aqui, aliás. Encontrei com ele no jardim.

— *Humph*? — exclamo.

— Pois é. — Bean dá uma risadinha. — Krista está que não se aguenta de alegria. Está apresentando o cara para as pessoas como o "Honorável Humph".

— Ai, meu Deus. — Levo a mão ao rosto. — Ele está com a boina de tweed? Trouxe seis labradores?

— Não, não! — Bean se volta para mim, o rosto iluminado de tanto rir. — Você não viu o Humph recentemente? Está completamente diferente. Hoje ele veio com uma camisa preta e de paletó. Sem gravata. E está de barba. E está fazendo meditação transcendental.

— Meditação transcendental?

Hesito por um instante. Não consigo pensar em ninguém que tenha menos a ver com meditação transcendental que Humph. A menos que seja meditação transcendental num cavalo, tomando gim de abrunho.

— E está falando para todo mundo que é feminista.

— *Quê*?

— Pois é. E fala sem pestanejar. Aparentemente namorou uma nutricionista de Londres que mudou a vida dele.

— Ela veio? — pergunto, espantada.

— Não, eles terminaram, mas ele continuou fazendo a meditação. Ele também vai ficar para o jantar em família.

— O *Humph*? — exclamo, ultrajada. — Mas ele nem é da família!

— É, eu sei, mas tem uns meses que a Krista está forçando uma aproximação com ele. Ela é muito alpinista social. Você devia ter ouvido como ela fala. "Você conhece o honorável Humph, Bean? Ele não é um cavalheiro?" E eu falei: "Krista, todo mundo conhece o Humph, e ele é um babaca."

— Mas qual está sendo a justificativa dela para ter convidado o Humph para um jantar de família?

Fico olhando para Bean.

— Ela o está chamando de "amigo íntimo". — Bean revira os olhos. — Não dá pra acreditar na cara de pau dela. Humph abriu uma clínica picareta, e é lógico que a Krista frequenta, então agora são melhores amigos.

— Eca. — Faço uma careta, então de repente me lembro da conversa que ouvi lá embaixo. — Bean, escuta. Krista está planejando anunciar alguma coisa importante no jantar que aparentemente vai dar o que falar. Não sei o que é. Ouvi ela falando ao celular com uma tal de Lace.

— É a irmã dela, Lacey — explica Bean, devagar. — Ai, meu Deus, Effie. Você não acha que a Krista e o papai... Eles não estão planejando...?

Arregalo os olhos, assimilando a insinuação que ela está fazendo. De repente, tenho uma visão aterradora de Krista desfilando até um altar, com um vestido branco todo colado no corpo, sorrindo debaixo de um véu, com Bean e eu atrás, tristes, distribuindo pétalas de rosas.

— *Não* pode ser isso — digo, horrorizada. — Pode?

— Acho que vou descobrir já, já — responde Bean, resignada. — Eu te mando uma mensagem. Ah, e a Krista também chamou o Joe para o jantar em família. Porque ele é famoso... Quer dizer, um amigo muito íntimo e querido. — Ela dá uma bufada. — Pelo menos é verdade no caso do Joe... — Ela então se vira depressa, preocupada de ter me magoado. — Quer dizer... ele *era* nosso amigo.

— Ainda é — digo, com convicção. — Joe é um amigo íntimo. Nada do que aconteceu entre nós muda isso.

— Hum. — Bean quase diz algo mais, mas muda de ideia. — Bem, você está perdendo — acrescenta, virando-se para passar o rímel. — Está na cara que vai ser o jantar do século. O que você vai fazer agora? Pode ficar sentada aqui, se quiser. Eu trago uma bebida para você.

— Não, preciso continuar. — Fico de pé, me reprimindo por dentro por ficar sentada aqui, conversando com Bean. — Mas me ajuda antes de descer? Arrasta aqueles baús? Estou com medo de alguém me ouvir.

— Claro — diz Bean, guardando o celular na bolsa e passando a alça no ombro. — Mas aí é melhor eu descer logo. Você vai embora assim que pegar as bonecas?

— No mesmo pé — digo, com firmeza.

— Então vou me despedir agora. — Bean se aproxima e me dá um abraço. — Mas vou sentir sua falta hoje, Efelante.

— Eu também. — Dou um abraço apertado nela. — Divirta-se. Ou sei lá.

— "Sei lá", definitivamente — devolve ela, com ironia. — Posso contar para o Gus que você passou aqui?

— Melhor não — digo, depois de pensar um pouco. — Ele pode dar com a língua nos dentes. Todo mundo ainda acha que estou no meu superencontro.

— Tudo bem. Ah, e não usa meu banheiro, tá? — acrescenta ela. — Caso esteja pensando em usar. Está quebrado.

— Não vou demorar a ponto de sentir vontade de ir ao banheiro — digo, revirando os olhos. — Você não ouviu? Já estou de saída.

Nós nos afastamos, sorrindo uma para a outra — então Bean sai do quarto. Um instante depois, ouço uns ruídos altos de coisas sendo arrastadas no corredor, e Bean passa a cabeça pela porta para dizer:

— Pronto. Pode passar agora. Boa sorte. E vamos ver se a gente faz alguma coisa semana que vem, hein.

— Claro. Ah! — acrescento, ao lembrar de repente. — E eu quero as forminhas de abacaxi, *sim*!

— Quê? — Bean arregala os olhos.

— Eu te ouvi. Estava no armário de casacos.

Bean me olha sem acreditar, então balança a cabeça, me manda um beijo e vai embora.

Assim que ela desaparece, lembro que não cheguei a contar do telefonema de Gus. Droga.

Bem, vai ter de ficar para depois. Preciso continuar. Paro na porta e olho para os dois lados — então, como um ratinho, sigo pelo corredor, pisando nas tábuas na ponta dos pés. Passo por entre os baús, sem respirar direito e... entro no quartinho!

O quartinho continua com a mesma mobília parca de sempre: uma cama de solteiro, uma mesinha de cabeceira de fórmica amarela dos anos 1950, uma bicicleta ergométrica quebrada e uns quadros velhos empilhados junto à parede. Ninguém nunca usa a lareira, mas ela funciona, e me dirijo até ela sem demora. Eu me agacho e enfio a mão no buraco da chaminé, procurando o sobressalto que conheço tão bem e a superfície lisa das minhas bonecas. Minhas amadas bonecas, rachadas e riscadas de canetinha. Minhas amigas tão queridas. Depois dessa, prometo a mim mesma que nunca mais vou perdê-las de vista, enquanto minha mão move-se para cima. Foi *muito* estressante.

Como meus dedos não tocam nada que se pareça com minhas bonecas russas, deslizo a mão pela chaminé algumas vezes, apalpando, os olhos fechados de concentração. Elas devem estar aqui. Elas têm de estar aqui. Quer dizer, elas estavam aqui.

Elas estavam *aqui*.

Sentindo-me meio fora do ar, recolho a mão — agora preta de fuligem — e inspiro algumas vezes. Não estou nem *permitindo* que meu cérebro processe a possibilidade de que...

Para. Fala sério. Eu sei que elas estão aqui. Vou enfiar a mão de novo, direito dessa vez, e vou encontrá-las. Só devo ter entrado no ângulo errado, ou algo assim. Desta vez, deito no chão e enfio o braço tão fundo que chego a tocar o tijolo. Estico os dedos o máximo que posso, procurando, girando, empurrando, arranhando o tijolo, desesperada para encontrar *alguma coisa*, algum indício...

Nada.

O pânico começa a crescer dentro de mim. Tiro a mão e esfrego o rosto, percebendo, tarde demais, que agora devo estar coberta de fuligem. *Aonde* elas foram parar?

Nervosa, olho ao redor. Acendo a luz fraca do lustre e espio debaixo da cama, ao mesmo tempo em que penso: "Como é que elas iriam parar debaixo da cama?" Dou uma olhada entre os quadros. Abro o velho armário embutido, mas as prateleiras pintadas de branco estão vazias, como sempre estiveram. Tento a chaminé mais uma vez, me sentindo uma completa imbecil, porque *sei* que elas não estão lá...

Quando, enfim, interrompo a busca frenética, estou ofegante. Não consigo conter a aflição, tenho de dividir isso com alguém. Por instinto, pego o celular no bolso e digito um WhatsApp desesperado para Bean:

Não tô achando!!!!!!!!! ☹☹☹☹☹☹☹☹

Ela responde em instantes, e, quando o faz, seu tom tranquilo parece um bálsamo para minha alma.

Não se preocupa, Efelante. Elas devem estar em algum lugar na casa. Não iam desaparecer do nada.

Um momento depois, ela manda outra mensagem:

Vai pra casa. Amanhã eu procuro e guardo pra você. Na verdade, agora que você falou, tenho certeza de que vi as suas bonecas em algum lugar por aqui.

Ai, meu Deus. Onde? Vou pegar! Meus dedos disparam pelas teclas:

Onde????

Bean parece que leva um mês para responder:

> Não sei, mas fiquei com isso na cabeça. Acho que estão em alguma prateleira ou num armário, ou algo assim... Você mesma deve ter mudado as bonecas de lugar e não lembra! Então não entra em pânico! Obs.: Essa festa não vai acabar nunca. Tem um DJ montando o equipamento de som na sala de estar!!!!

Bean parece tão calma e pragmática que me vejo obrigada a considerar sua teoria. Será que deixei as bonecas em outro lugar?

Tenho andado muito estressada. Vai ver tive um lapso de memória. Quem sabe não transferi para outro lugar e esqueci. Fecho os olhos e me esforço muito para pensar. No meu quarto? Não. Nunca confiei que Krista não vasculharia meu quarto. Nunca teria deixado as bonecas lá. De qualquer forma, o quarto está vazio agora.

O banco embutido no nicho da janela? Era lá que a gente sempre guardava vários dos nossos tesouros secretos na infância. Faria sentido. Posso ter feito isto e acabado esquecendo...

Ai, meu Deus. Agora quero descer e olhar no banco da janela. Só que não posso, porque tem uma porcaria de um DJ arrumando o equipamento de som dele na sala. Que noite mais *surreal*!

Uma gargalhada lá fora chama minha atenção, e saio do quartinho, caminho pelo corredor e entro em meu quarto vazio, seguindo o som. Da minha janela, tenho uma visão de frente para o jardim... e lá estão todos eles. Os convidados saíram da tenda e estão andando pelo gramado, e eu os observo, com seus ternos e vestidos de festa. Lá estão Bean... Gus... meu pai... Krista... Joe... Sinto um aperto no peito quando vejo que Joe está conversando com uma mulher atraente com um vestido de alça florido e me repreendo por ter reparado.

Meu telefone vibra, ecoando no quarto vazio, e pulo de susto. É a Temi, querendo notícias por WhatsApp.

Já achou as bonecas? Tem uma vida que você está aí! Você disse que ia levar dez minutos!!

Sua mensagem me traz de volta à missão, e digito uma resposta:

Elas sumiram!!!

Temi já está digitando uma resposta, e, em poucos instantes, ela aparece:

Merda!!! O que você vai fazer???

Sento no parapeito para responder:

Acho que podem estar no banco embutido da janela. Mas não posso ir lá agora. Vou ter que me esconder aqui e esperar.

Em poucos segundos, ela manda:

Se esconder e esperar? Effie, desiste e vai pra festa!!

Ao ler as palavras da Temi, fecho a cara, teimosa. Não vou à festa. De jeito nenhum. Mas tenho de admitir, estou me sentindo meio excluída, vendo todo mundo aqui de cima. Também tenho de admitir que estou muito curiosa a respeito do jantar do século. Não me importaria de pelo menos *ver* isso.

Olho para a festa de novo, me sentindo um fantasma na janela. Meu pai está de pé no topo da escada que dá no gramado, balançando sua taça como se fosse um maestro, igualzinho a como costumava fazer quando tinha alguma festa de aniversário de alguém da família. Gus está falando com um homem que não reconheço. Bean está... Cadê Bean?

Olho pela janela, me perguntando se ela voltou para a tenda — quando, de repente, a avisto, sozinha, atrás de uma cerca viva, num cantinho onde mais ninguém pode vê-la. Não a culpo por querer dar uma fugidinha.

Enquanto a observo, seus ombros sacodem de repente, e sorrio, com apreço. Aposto que está rindo de alguma coisa absolutamente terrível que Krista disse e ela teve de se afastar rápido para rir um pouquinho.

Mas, então, ela se vira, e meu sorriso se transforma em espanto — porque não é riso. Ela está chorando. Por que Bean está *chorando*? Triste, observo-a com as mãos no rosto, tremendo, como se não conseguisse segurar. Em seguida, ela seca os olhos com um lenço, retoca o gloss, abre um sorriso e volta para a festa. Ninguém além de mim parece ter notado sua ausência.

Consternada, tento pensar em todos os motivos inócuos pelos quais Bean pode ter se escondido para chorar no meio da festa. É a despedida de Greenoaks? Seria típico de Bean esconder o que realmente está sentindo e posar de forte. Ou... será que é outra coisa? Algo *pior*? Ai, meu Deus. O que está acontecendo com a minha irmã? E, por falar nisso, o que está acontecendo com Gus? E o que Krista está planejando anunciar no jantar? Estou *doida* para saber.

Encosto a cabeça na janela fria e observo minha respiração embaçar o vidro, sentindo uma frustração cada vez maior. Era para eu entrar e sair na velocidade da luz, concentrada só em pegar minhas bonecas. E não para ficar ouvindo conversas comprometedoras. Nem me preocupando com minha irmã. Nem desejando que eu pudesse estar lá com eles. Ou me perguntando o que vai acontecer no jantar.

É melhor eu ir embora, digo a mim mesma, decidida. Vá, agora. Peça a Bean que procure as bonecas. Saia de fininho e passe correndo pelo caminho de acesso à casa, pegue um trem para Londres e nunca mais volte a este lugar. Já passei muito tempo aqui, está na hora de ir *embora*.

Mas, por algum motivo... não consigo. Algo me prende aqui. Uma força contra a qual não consigo lutar. Essa família pode ter se desfeito. Pode ter se despedaçado. Mas continua sendo a *minha* família. E eu quero estar aqui, finalmente admito para mim mesma. Quero estar na festa, mesmo que ninguém me veja. Este *é* o último adeus, mesmo que ninguém esteja comemorando. Não posso simplesmente ir embora.

O que eu faço então? Desisto e conto para as pessoas que estou aqui? O simples pensamento me faz estremecer de pavor. Eu teria de perguntar à Krista se tem lugar para mais um no jantar. Teria de inventar uma desculpa humilhante.

Não. De jeito nenhum. *Não* vou fazer isso.

Mas então o que eu faço?

Ainda sentada, me estico e sigo observando as silhuetas coloridas dos convidados, rindo e conversando, sem imaginar que estão sendo observados. E agora estou começando a bolar um plano. Uma ideia audaciosa está se concretizando na minha cabeça. Quer dizer, é uma maluquice. Eu admito. Mas a noite inteira está sendo uma maluquice — então, que diferença faz?

NOVE

Todos os planos precisam de uma meta, e sei exatamente qual é a minha. Na sala de jantar, tem um aparador enorme, que está sempre forrado com uma toalha de mesa que vai até o chão. Dá para sentar debaixo da toalha, totalmente escondido, e ao mesmo tempo ter uma visão excelente pelas beiradas. Se você tomar cuidado. E é isso que eu vou fazer.

Quero ouvir o anúncio da Krista. Quero ficar de olho na Bean. Quero tentar descobrir o que está acontecendo com Gus. E quero estar na festa. Ver todo mundo, mesmo que eles não possam me ver. E aí, assim que a sala de estar ficar vazia, vou procurar pelas minhas bonecas russas no banco embutido da janela.

Então, já tenho um plano, e o único problema é o simples detalhe de chegar à sala de jantar. Consegui chegar ao hall de entrada sem ser vista e, assim que entro silenciosamente, na ponta dos pés, na sala de estar, parecendo uma ladra, ouço o barulho dos saltos da Krista e sua voz, dizendo:

— Por aqui.

Merda! Ela está vindo. Não vai dar tempo de chegar ao aparador. Em pânico, corro até o esconderijo mais próximo e mais seguro: atrás do velho sofá azul. O móvel fiel me escondeu muitas vezes ao longo dos anos; vou só esperar ali até ela ir embora. Ótimo plano. Mergulho atrás do sofá um segundo antes de Krista entrar e suspiro, aliviada — então, quase grito de susto.

Não estou sozinha. Um menino está agachado atrás do sofá ao meu lado. Ele parece ter uns seis anos, está com uma camisa social elegante e não se incomoda com minha chegada.

— Oi — sussurra ele, com educação. — Você também está brincando?

Por um instante, não consigo responder. Quem é ele? Deve ser filho de algum convidado.

— Não... Não estou — digo, movendo os lábios sem emitir som, então pouso o indicador na frente da boca, e o menino assente, compreendendo.

Ele me chama para mais perto e sussurra em meu ouvido:

— A contagem é no chafariz, se você quiser brincar.

Ofereço um sorriso agoniado, torcendo para que ele entenda: "Não, obrigada, e você pode fazer silêncio?" Mas não funciona, porque ele acrescenta, no mesmo tom sussurrado:

— Quem está procurando é a Chloe. É a minha irmã. Ela está com o joelho ralado. Quem é você?

Não respondo, pois estou olhando por entre a fresta dos encostos do sofá. Krista está sendo seguida por um cara barrigudo que deve ser o DJ, e ele obviamente não consegue tirar os olhos dela.

Não o culpo. Ela é linda. Não consegui dar uma olhada direito nela hoje mais cedo, só na calcinha modeladora, mas agora dá para avaliar sua roupa de festa de cima a baixo. O vestido roxo colado no corpo tem um decote avantajado, em que ela está exibindo o pingente de diamante, e está com uma sandália de strass de salto tão alto que não acredito que seja possível andar naquilo. Na verdade, todo o seu look desafia a gravidade, inclusive os cílios e os cachos loiros impressionantes. (Aplique. *Só pode ser.*)

— Bonita, a sua casa — comenta o DJ. — Tipo, histórica. Fez alguma reforma?

— Ah, só uma coisa ou outra — comenta Krista, descontraída. — A gente tem que deixar com a nossa cara.

— Você tem muita sorte. — O DJ continua olhando ao redor. — Uma pena que esteja vendendo.

— Bem, vida que segue. — Ela dá de ombros. — Não dá pra ficar morando numa casa velha e mofada para sempre.

Uma casa velha e mofada? Sinto-me ofendida por Greenoaks. Ela *não* é mofada. Ok, tem um pouco de mofo em alguns lugares. Mas não é culpa dela.

— E para onde vocês vão? — pergunta o DJ.

— O plano é ir para Portugal — explica ela. — Pegar um pouco de sol... Vida nova... Esquecer isso tudo.

— Vida boa, hein?

Ele ri.

— Vida boa? — devolve ela. — Não, senhor! Quero abrir um restaurante. Mexicano. *Se* eu conseguir convencer minha cara-metade — acrescenta ela, com muita ênfase.

Um restaurante mexicano? Dessa eu não sabia. Na mesma hora, minha cabeça é bombardeada por imagens surreais do meu pai com um poncho, servindo fajitas.

Não. Por favor, *não*.

— Quem é você? — repete o menino baixinho no meu ouvido, fazendo com que eu dê um pulo.

Era *só* o que me faltava. Se eu não responder, ele vai ficar me enchendo a paciência. Mas o que eu digo? Não posso falar: "Sou a Effie." Também não quero que ele conte para a família sobre a estranha toda de preto que estava escondida atrás do sofá.

— Sou um fantasma — sussurro de volta, sem pensar direito.

— Ah! — O menino arregala os olhos e levanta o dedo para me cutucar. — Mas eu consigo te tocar.

— Sou o tipo de fantasma que dá pra tocar — sussurro, tentando parecer convincente. — Só as pessoas com cérebros muito especiais conseguem ver fantasmas assim. Aposto que você tem um cérebro muito especial.

— Tenho — responde ele, depois de pensar um pouco. — Tenho, sim.

— Então pronto — digo e assinto.

— E ele não quer abrir um restaurante, a sua cara-metade? — pergunta o DJ.

— Ah, sabe como homem é. — Krista sorri para ele. — Mas vou acabar conseguindo.

— Aposto que vai! — O DJ ri, então acrescenta: — Tem como me arrumar uma água?

— Claro! — responde Krista, com outro sorriso gentil. — Por aqui... Graças a Deus! Eles estão indo!

— Melhor você ir — sussurro para o menino. — Daqui a pouco a Chloe vai te achar aqui. Tem um esconderijo muito melhor lá fora. Atrás da estátua de mulher no jardim murado, tem uma falha na cerca viva. Se esconde lá, que vai ser mais fácil de chegar ao chafariz.

Sempre achei que um ato de bondade merece outro em troca. E, afinal de contas, ele não me entregou. Merece uma dica de esconderijo.

— Valeu! — O menino se levanta, todo animado. — Eu sabia que você era um fantasma — acrescenta ele, despreocupado —, só não falei nada. — Então, sai correndo da sala.

Na mesma hora, fico na ponta dos pés. Ao sair da sala de estar, dou uma olhada ansiosa para o banco embutido da janela, cheio de cabos e caixas do DJ, que parecem bem pesadas. Será que consigo levantar rapidinho para dar uma olhada?

Não. Muito arriscado. Então, em vez disso, sigo silenciosamente para o cômodo adjacente, a sala de jantar, parando só por um instante para avaliar a mesa posta, que é de cair o queixo. Uma toalha de mesa roxa de tecido adamascado, coberta de confetes metalizado, com cinco castiçais de prata com velas roxas. Há três vasos enormes com flores brancas. Cada pessoa tem a própria velinha num copinho prateado, além de saleiros e pimenteiros individuais e uma esculturazinha da... Olho mais de perto.

É a Maria Antonieta? E a bolinha de algodão é para ser uma *ovelha*?

Que coisa mais bizarra! Mas não tenho tempo para isso. Engatinho para debaixo da toalha do aparador e desabo de alívio. Consegui!

Mas, poucos segundos depois, minha alegria se esvai quando me dou conta de uma revelação terrível: estou morrendo de fome. Não tinha planejado passar a noite inteira aqui, não tenho nenhuma perspectiva de conseguir algo para comer e estou prestes a assistir à minha família devorando um cisne assado inteiro com guarnição de codorna, ou seja lá o que vão servir. Por que não comi alguma coisa no quarto da Bean? Sou uma *imbecil*.

Coloco a cabeça para fora, para o caso de haver algum pacotinho de chocolate Mars dando sopa ou algo assim, e avalio a sala, meio desanimada — então vejo. Há uma cesta de brioches no buffet. Brioches brancos, fofinhos e com uma cara ótima, semicobertos por um guardanapo.

Agora que vi, estou obcecada. Todos os meus sucos gástricos ganham vida. Nunca desejei nada na vida quanto desejo esses brioches neste momento. E, se eu *não* comer um, argumento comigo mesma, posso desmaiar de fome. Meu corpo inconsciente vai rolar de debaixo do aparador como um cadáver, e meu plano vai por água abaixo.

É esse último pensamento que me faz decidir. Saio de baixo da mesa, sigo na ponta dos pés até o buffet, pego habilmente dois brioches — então gelo ao ouvir o som de saltos se aproximando. E uma risada que conheço bem. É Krista voltando. *Merda*.

Não tenho tempo de voltar para o aparador. Quando Krista aparece, me abaixo atrás de uma cadeira de jantar, numa reverência perfeita. Seguro o encosto da cadeira para me equilibrar, prendo a respiração e rezo.

Ela vem até a mesa, segurando uma pilha de cardápios impressos. Chega a poucos centímetros de mim. Ela está *bem ali*. Estou absolutamente exposta. Agachada atrás da cadeira, meus joelhos começam a tremer. E se uma de minhas juntas estalar? E se meu celular vibrar?

Há um espelho imenso atrás de mim, e, olhando para trás, percebo que devo estar visível nele também. Mas, por sorte, pelo menos uma vez na vida, Krista não está olhando o próprio reflexo. Está absorta demais em sua tarefa. À medida que segue ao longo da mesa, distribuindo cartões com o cardápio e cantarolando para si mesma, engatinho discretamente pelo outro lado, na direção do aparador. Ela termina de arrumar os cartões e para, e eu fico imóvel.

Observo-a, nervosa, pela treliça do encosto de uma cadeira de madeira, tentando entender qual vai ser seu próximo passo. Mas, para minha surpresa, ela dá uma olhada à sua volta, como se estivesse conferindo se está de fato sozinha. Então, para meu horror, levanta o vestido justo. Segura o cós da calcinha modeladora e solta um suspiro.

Por favor. A calcinha modeladora da Krista de novo, *não*. O que foi que eu fiz para merecer isto? Não ouso desviar os olhos, caso ela faça algum movimento repentino na minha direção, então sou obrigada a assistir ao espetáculo medonho. Krista tem uma expressão determinada no rosto, como se estivesse tomando uma decisão importante — e então ela começa a tirar completamente a calcinha. Argh. Não! Isto não está acontecendo. Isso é...

Solto o ar assim que percebo que ela está com uma calcinha fio dental cor de pele por baixo. Podia ser pior. Podia ser *muito* pior.

Ao libertar a barriga artificialmente bronzeada da prisão elástica, ela geme de novo com o que parece ser um alívio imenso. Pela dificuldade que foi para tirar a calcinha modeladora, está na cara que ela deve ser uns dois tamanhos abaixo do que deveria. Não é por acaso que estava machucando. Krista ergue a calcinha, ofegante por causa do esforço, ainda com o vestido levantado, quando de repente ouço o som de passos e a voz do DJ pergunta:

— Krista?

Ela gela, em pânico. Sinto muita vontade de rir e enfio o punho fechado na boca. Mordo os dedos, tentando continuar calada, enquanto Krista ajeita o vestido, morrendo de vergonha, e enfia a calcinha modeladora num vaso azul no aparador, no exato instante em que o DJ aparece.

— Ah, oi! — diz ela, a voz ligeiramente mais estridente que o normal.

Não posso deixar de admirar sua compostura. (E, num rápido momento de sororidade, noto como ela continua bonita. O vestido parece segurar bem. Ela não precisava da calcinha modeladora.)

— Posso fazer uma perguntinha rápida sobre as músicas? — diz ele. — Anotei algumas ideias na cozinha, se importa de dar uma olhada?

Krista desvia os olhos por um instante para o vaso azul no aparador e se volta para ele novamente.

— Claro que não.

Ela sorri com delicadeza e o segue para fora da sala.

No instante em que ela sai, me arrasto de quatro até o aparador. De volta ao meu esconderijo debaixo da toalha de mesa, expiro devagar, o coração acelerado. Que coisa mais *estressante*! Mas pelo menos tenho comida agora. Cravo os dentes num dos brioches e começo a mastigar vigorosamente.

— ...tudo bem que ele está ocupado, mas mesmo assim...

— Eu sei. Será que *alguém* consegue falar com o papai ultimamente?

Levanto a cabeça, em alerta. Parece que são Gus e Bean entrando na sala. Vou para junto da toalha, me perguntando se tenho coragem de dar uma espiada.

— É impossível. — Bean dá um suspiro. — Não consigo ter uma conversa de verdade com ele.

— Nem eu — concorda Gus. — Toda vez que tento o celular dele, é a Krista que atende. Ela parece o capanga dele. Diz que ele vai me ligar depois, mas é claro que nunca liga.

— Eu também! — exclama Bean. — A mesma coisa!

— E a Effie?

— Ela diz que nem lembra a última vez que falou com ele. Diz que está ocupada. — Bean suspira de novo. — Mas acho que não é só isso. Acho que as coisas ainda estão esquisitas entre eles.

Eles param de andar, e imagino Gus sentado no braço do sofá, como sempre faz.

— Essa situação é uma merda — comenta ele, deprimido. — É realmente uma droga a Effie não estar aqui. Estava todo mundo perguntando dela.

— Hum... é — responde Bean, desconfortável. — É... uma droga ela não ter vindo. Eu nem tenho me encontrado com ela. Faz séculos que não a vejo.

Isso é o melhor que ela consegue fazer? Que *péssima* mentirosa! Se Gus não fosse tão distraído, ia perceber na mesma hora.

— Aliás, você viu as bonecas russas da Effie? — acrescenta Bean. — Ela estava procurando.

— Não — responde Gus. — Foi mal.

— Acho que podem estar no banco embutido da janela — comenta Bean, pensativa. — Vou esperar o DJ ir embora e dar uma olhada.

Eles estão chegando à sala de jantar, vindo na minha direção. Inclino a cabeça para olhar pela beirada da toalha de mesa e vejo seus pés se aproximando.

— Uau — exclama Gus, parando de repente diante da mesa de jantar.

— Pois é — concorda Bean. — O mais novo hobby da Krista é mesa posta. Parece que o tema de hoje é "Versalhes".

— Por que Versalhes? — pergunta Gus, confuso.

— Não tenho a menor ideia. Me ajuda a acender as velas, por favor? A Krista pediu.

Ouço o som de dois fósforos sendo acendidos, e, aos poucos, a iluminação da sala torna-se ligeiramente mais suave.

— Tem um cartão aqui que diz "Lacey" — comenta Gus. — Quem é Lacey?

— Não lembra? — pergunta Bean. — A irmã da Krista. Ruiva? Você deve ter conhecido hoje mais cedo.

— Ah, ela — responde Gus, nem um pouco animado. — Ei, olha, tem um cardápio. "Ravióli de lagosta com azedinha, filé mignon..."

Sentindo-me mais corajosa, coloco a cabeça um pouco para fora e dou uma boa olhada e vejo Gus lendo o cardápio, enquanto Bean termina de acender as velas.

— Parece uma delícia! — exclama ele. — Que horas vai ser o jantar?

Sabia que ia ter lagosta. Meu estômago ronca ao ouvir falar de comida, e aperto a barriga. Vou tentar pegar alguma sobra antes de ir embora.

— Daqui a pouco, acho — responde Bean. — A maior parte dos convidados do coquetel já foi. Eu já me despedi de todo mundo. Não aguento mais me despedir — acrescenta ela, meio triste.

— Nem eu. Ah, uma mulher me perguntou se a casa era mal-assombrada — comenta Gus, confuso. — Parece que um dos filhos dela viu um fantasma.

— Um *fantasma*?

— Foi o que ela falou.

— Que estranho...

Eles ficam em silêncio, e faço de tudo para ver o que está acontecendo, mas é impossível. Devia ter trazido um periscópio. E uma granada. Da próxima vez, eu já sei.

— E como estão as coisas, Gus? — Bean interrompe o silêncio. — Tirando isso... Você parece cansado.

— Ah... sabe como é. — Gus parece evasivo. — Os altos e baixos de sempre.

— Alguma coisa específica?

Respiro fundo. Ele vai contar sobre o que estava falando no telefonema tenso? Vou descobrir tudo em uma confissão sincera?

— Não — responde, por fim. — Nada... não.

"Tem, sim!", quero gritar, indignada. "Tem o que você estava falando ao telefone com o Josh!"

— E você? — pergunta Gus, e Bean desvia o rosto para examinar as unhas.

— Ah... Hum... tudo bem — diz, e sinto meu rosto se contorcer de espanto.

"Tudo bem"? Sendo que ela estava chorando no jardim agora há pouco?

Não tinha ideia que meus irmãos eram tão evasivos e cheios de segredos. Estou chocada e vou falar isso para eles em algum momento, quando não estiver me escondendo deles debaixo do aparador da sala de jantar.

— Como estão as coisas com a Romilly? — pergunta Bean, educada.

— Ah... sabe como é — responde Gus, meio distante. — É... Hum... E *você*, tem alguém em vista?

Ele muda de assunto depressa, como se com medo de ter de enfrentar mais perguntas.

— Eu... — Bean não consegue responder direito. — Meio que... É...

Meu coração se enche de carinho por ela. Ai, meu Deus, pobre Bean. Ela não consegue falar de sua vida amorosa desde a história toda com Hal.

— Eu sei. — Gus volta atrás. — É muito difícil. Desculpa. Não queria...

Estão andando de novo, e estico o pescoço, ansiosa para tentar ver alguma coisa, descobrir se Bean está triste. Então, quando finalmente a vejo, o carinho dá lugar à indignação. Ela está usando meu vestido da Rixo! Que cara de pau! Deve ter trocado assim que achou que eu tinha ido embora.

Ouço passos se aproximando e parando.

— Champanhe! — exclama Gus para alguém que não consigo ver. — Excelente, obrigado!

Agora é champanhe. Argh. Só comi um mísero brioche velho. Ligeiramente ressentida, vejo meus irmãos brindando, o que só aumenta meu desagrado. Principalmente com a Bean, que não só está aproveitando os luxos da festa da Krista, mas está fazendo isso com *meu* vestido da Rixo.

— Preciso de um cigarro — diz Gus, agitado, assim que os passos se afastam.

— Gus! — exclama Bean. — Você não fuma!

— Só em encontros de família. Vou lá no jardim. Quer ir também?

— Sozinha aqui é que não vou ficar!

Eles se afastam, e eu relaxo um pouco. Não tinha reparado como estava tensa. Estou toda encolhida aqui. Aliás, será que estou conseguindo sentir meus dedos dos pés?

Meus pensamentos são interrompidos quando ouço os passos de um homem entrando, rápidos e decididos.

Eu *conheço* esses passos?

Não, devo estar imaginando coisas.

Só que... não estou. É Joe que está entrando na sala, com o celular no ouvido. Sei que é um risco, mas não consigo resistir e afasto a toalha de leve para vê-lo melhor. Seu cabelo reluz a luminosidade das velas, e ele está franzindo a testa ligeiramente, o rosto tenso de concentração.

Ele não podia ser tão atraente *e* médico *e* tão alheio ao fato de que é bonito, penso, observando-o tristonha. Deveria ser proibido.

— Pois é — diz ele. — Não, você ia rir.

Quem ia rir? Eu me pergunto, sem conseguir conter o ciúme. Aquela menina bonita que apareceu numa foto com ele no *Daily Mail*? A que estava "exibindo" as pernas numa saia perfeitamente normal?

Joe está lendo os nomes nos cartões, mas então para.

— É, bem, ela está. — Ele hesita. — Eu a vi. Escondida numa roseira, acredita? Não. Menor ideia.

Fico olhando para ele, incapaz de me mover. Sinto um frio na barriga. *Escondida numa roseira.* Sou eu. Ele está falando de mim.

— Bem, como você *acha* que eu reagi? — Ele diz de um jeito meio rude, e, instintivamente, estico o pescoço, pois estou muito interessada na resposta. — O que eu *sinto* por ela? Eu... Acho que... — Ele se interrompe após uma pausa insuportável e esfrega a testa. — Basicamente a mesma coisa.

Prendendo a respiração, fico esperando que ele diga algo mais. Mas ele fica ouvindo a outra pessoa por um tempo, então diz:

— Tenho que ir. É, a gente se vê... Obrigado. Obrigado mesmo.

Ele guarda o celular, e fito seu rosto em busca de mais alguma pista, sem conseguir controlar meu coração acelerado.

A mesma coisa que o quê? O *quê*? Estou tão empenhada em tentar analisar seu rosto que, quando ele se afasta, me inclino para a frente mais do que pretendia e, de repente, para meu horror, perco o equilíbrio. Caio sem a menor elegância, desarrumando a toalha de mesa e dou um grito, então levo a mão depressa à boca e olho desesperada para Joe, que está estarrecido.

— O que...

— Shh! — sussurro. — Shhhh! Esquece que você me viu. Eu não estou aqui.

Xingando a mim mesma mentalmente, engatinho depressa para debaixo do aparador e ajeito a toalha. Quando estou escondida de novo, espio lá fora — e Joe continua de pé, olhando bem na minha direção, com a boca aberta. Sério, ele vai dar bandeira.

— Vai embora! — articulo com os lábios e faço um gesto para ele sair.

Ele dá meia-volta e anda alguns passos, mas, um instante depois, meu celular vibra com uma mensagem no WhatsApp.

O que você tá fazendo???

Sem perder tempo, mando uma resposta:

Não presta atenção na menina atrás da cortina.

Sei que ele vai entender a referência a *O mágico de Oz*, porque uma vez, quando a gente era criança, brincamos de um jogo em que tínhamos de pagar uma prenda. A dele era assistir a *O mágico de Oz* duas vezes comigo. E, muito obediente, ele cumpriu o prometido, e passamos um tempo citando falas do filme um para o outro. Como esperado, ele responde com outra mensagem.

O que a grande e poderosa Effie está fazendo escondida embaixo de um aparador?

Respondo na mesma hora.

Já falei, estou numa missão.

Então, mordendo o lábio, mando outra, tentando demonstrar minha seriedade.

Sério, por favor, não conta pra ninguém. Por favor.

Mando para ele, então arrisco uma olhadinha pela lateral da toalha de mesa. Joe está de costas para mim, mas, como se pudesse me sentir, vira-se para trás. Ao me ver espiando, seus lábios se curvam um pouquinho, mas o rosto permanece sério. Ele pousa um dedo nos lábios e assente lentamente. Por alguns instantes, ficamos imóveis. É impossível interpretar seu olhar escuro e impassível. Não sei o que ele está pensando. Exceto que estava pensando em mim.
E que ainda sente alguma coisa por mim.
Seja lá o que for.
A mesma coisa. Sinto um frio na barriga quando penso em tudo que ele pode sentir por mim. Ele deve saber que eu o ouvi. Será que um dia vou entender o que ele quis dizer?
Ouço mais passos vindos do hall de entrada, quebrando o encanto, então pisco e recobro os sentidos. Deixei Joe me desestabilizar. O que é um *erro*. Por que ainda estou preocupada com a opinião de Joe Murran? E daí que ele estava falando de mim ao telefone? Quem liga para o que ele sente por mim?
Preciso deixar isso bem claro para ele. E por sorte tenho uma cara muito expressiva. Continuamos olhando um para o outro, e, lentamente, adoto uma expressão fria e antagônica. Vejo-o franzir o cenho, confuso com a mudança em meu rosto, e me parabenizo mentalmente. *Isso* vai dar uma lição a ele.

Fico com raiva de mim mesma por me importar com o que Joe pensa de mim. Ele não vale minha curiosidade. É isso que vou dizer a ele, se tiver uma oportunidade...

— Joe!

Levamos um susto com o cumprimento de Krista, e me escondo depressa atrás da toalha. *Qual é, Effie, presta atenção*. Preciso parar de me preocupar com Joe, focar na minha missão e achar uma posição confortável. A noite é uma criança, e tenho a porcaria de um jantar pela frente.

DEZ

Certo, meu maior problema é o cachorro. Que não previ.

Foi Lacey, irmã de Krista, que apareceu com o Bambi na sala de jantar, trazendo-o debaixo do braço como se fosse uma bolsa de festa. Na verdade, hoje ele está parecendo mesmo uma bolsa de festa, por causa da coleira brilhosa, que aliás, tenho de admitir, é muito fofa.

— O Bambi vai sentar comigo, não vai, lindinho? — disse ela, desfilando com ele.

Mas é claro que, no minuto em que ela se sentou, ele pulou do colo dela para o chão.

Ele deu várias voltas pela sala de jantar, então veio cheirar o aparador de um jeito muito incriminador, enquanto eu murmurava, furiosamente:

— Vai embora, Bambi!

Fiquei tão preocupada em me livrar dele que mal consegui me concentrar nas formalidades. Mas, por sorte, alguém deve ter deixado cair um pedaço de ravióli de lagosta ou algo assim, porque ele correu para o outro lado da sala.

Certo. Enfim, posso observar minha família de perto. Ou ao menos ver o suficiente para ter uma noção do que está acontecendo. Se virar a cabeça assim ou assim e olhar por um buraquinho de traça muito útil que descobri na toalha, consigo ver um pouco da cara de todo mundo, mesmo que só pelo espelho. (Menos a da Romilly. Mas não quero ver a cara da Romilly, então tudo bem.)

Entre um xingamento e outro direcionado para Bambi, tento monitorar a conversa como uma agente secreta do MI5, mas até agora não descobri nada. Todo mundo só está falando de como a festa foi ótima. Exceto Romilly, que não para de falar das aulas de violino das filhas com a tal professora maravilhosa. Como se alguém quisesse saber.

Meus olhos se movem para a irmã de Krista, Lacey. É a primeira vez que a vejo, e ela é um mulherão. Está com o cabelo ruivo escovado, um vestido azul-turquesa justo e decotado, e os ombros queimados de sol. Juro que ela deu uma rebolada a mais quando Joe puxou a cadeira para ela, por educação, e agora está encantada por ele. E o vejo encher a taça de água dela, e Lacey murmura, numa voz sensual:

— Obrigada, Dr. Joe — agradece ela, e leva a taça aos lábios sem tirar os olhos dele.

— Só "Joe" está bom — diz, educado, e Lacey pisca os cílios postiços para ele.

— De jeito nenhum! Para mim, você vai ser sempre o Dr. Joe. Sabia que já estou apaixonada por você?

Ela ri, jogando o cabelo para trás de novo.

É ainda mais sexy que Krista, com olhos verdes impressionantes. É também mais nova que ela, lá pela casa dos trinta. Mas continua sendo mais velha que Joe, digo a mim mesma. (Não de um jeito cruel. Estou só constatando um fato.)

— Sou uma pessoa muito sincera — continua ela para Joe. — *Tenho* que dizer as coisas do jeito que as vejo. Com a Lacey é assim.

— Ela sorri para ele. — Desculpa a indiscrição, mas os incomodados que se mudem.

— Certo — responde Joe, meio espantado. — Você também trabalha com roupas de malhar? — pergunta ele, educado.

— Não, mas fui modelo para a empresa da Krista — explica Lacey. — Sou contorcionista nas horas vagas. Ela me coloca para andar com as mãos, esse tipo de coisa.

— Você é *contorcionista*?

— Você tem que ver — exclama Krista, orgulhosa. — Lacey consegue passar as pernas por trás da cabeça, né, Lace?

— Ah é, muito fácil. — Lacey assente, orgulhosa de si mesma, e juro que todos os homens se ajeitam ligeiramente na cadeira.

— Agora, atenção — anuncia meu pai, batendo com o garfo na beirada da taça de vinho. — Antes de continuarmos, queria dizer que é uma alegria ter vocês todos aqui... Inclusive você, Lacey. — Ele sorri para ela, com carinho. — E você, Joe, claro, e o Humph, só não sei muito bem onde ele...

— Obrigada, Tony — diz Lacey graciosamente, erguendo a taça para ele. — E obrigada a todos vocês por me acolherem.

— Não estamos exatamente todos aqui, né? — Bean deixa escapar, com a voz meio trêmula. — E a Effie?

Um silêncio longo e pesado se instaura na mesa. Pelo espelho, vejo que Gus torceu o nariz e levou a mão à testa. Romilly virou-se para Bean, perplexa. Joe ficou imóvel, apertando a taça com força com uma expressão sombria e indecifrável. Krista segue sorrindo com frieza, como se ninguém tivesse dito nada. E vejo Lacey passando o olho pela cena congelada, em puro fascínio.

Engulo em seco várias vezes, sentindo um calor pelo corpo todo e subitamente claustrofóbica neste esconderijo.

— A Effie... — começa meu pai enfim, o tom de voz delicado, mas tenso. — A Effie fez as escolhas dela para a noite de hoje. E temos que... respeitar isso.

Ele respira fundo e está prestes a continuar, mas outra voz retumbante o interrompe, aliviando a tensão:

— Boa noite a todos! Desculpem o atraso!

É Humph, entrando na sala de jantar. *Maravilha*. Meu corpo inteiro se retrai. Tudo que eu preciso para tornar esta noite ainda mais divertida é outro ex-namorado. Principalmente um com sobrancelhas de lagarta e uma risada que parece...

Espera. Hesito por um instante quando Humph aparece em meu limitado campo de visão. É o *Humph*? Não acredito. Sei que Bean disse que ele mudou, mas está praticamente irreconhecível. Fez as sobrancelhas. O corte de cabelo está mais despojado. Está mais magro, de barba e com um paletó preto que chega a ser até... elegante.

O fato de "Humph" e "elegante" poderem ser usados na mesma frase é inacreditável.

— Não chegamos a nos conhecer. — Ouço-o dizendo a Lacey, ao lhe oferecer a mão. — Humphrey.

— Então você é o Honorável Humph! — exclama Lacey, maravilhada. — Mais alguém aqui tem algum título importante ou são só esses dois homens maravilhosos? Tenho uma queda por homens bonitos — acrescenta ela para Bean. — Sabia? Homens *lindos* de morrer. Com a Lacey é assim. — Ela sorri e joga o cabelo para trás.

— Prefiro homens feios de morrer — devolve Bean, impassível, mas Lacey não percebe a ironia.

— É? — pergunta, num tom meio vago, voltando a atenção para Humph. — E o que você faz? — Então solta um suspiro súbito e animado. — Ai, não me diga que é proprietário de terras.

— Trabalho com medicina — responde Humph, amigavelmente, e franzo o cenho, confusa.

Medicina? Mas Humph não fez faculdade de agronomia?

— Que coincidência! — exclama Lacey, olhando de Joe para Humph. — Temos *dois* médicos presentes.

— Não exatamente — comenta Joe, dando um gole no vinho.

— Trabalho com medicina alternativa — explica Humph.

Ele tira um cantil do bolso e serve um líquido transparente em sua taça de água.

— O que é isso? — pergunta Lacey, curiosa.

— Um composto digestivo — responde Humph. — Todo mundo devia tomar.

— Na sua opinião não qualificada — ressalta Joe, e Humph solta um longo e piedoso suspiro.

— Sou absolutamente qualificado nas técnicas de alinhamento interno do Dr. Herman Spinken — explica ele, calmo, para Lacey. — Posso te encaminhar um site. Temos testemunhos incríveis.

— E preços incríveis também — comenta Joe. — Ah, peraí, será que eu quis dizer exorbitantes?

Humph olha feio para ele antes de se voltar para Lacey.

— Infelizmente, o *establishment* ainda não entende as teorias do Dr. Spinken. Joe e eu já discordamos a respeito disso. Mas, *se* estiver interessada, Lacey, tenho uma clínica aqui perto. Venha fazer uma sessão experimental pela metade do preço.

Ele já sacou um cartão de visitas do bolso e o está oferecendo a Lacey.

— "Humphrey Pelham-Taylor, profissional de saúde, Instituto Spinken." — Lacey lê o cartão. — Que chique!

— De quanto tempo foi seu curso, Humph? — pergunta Joe, com o tom de voz sereno. — Um mês?

Humph não chega nem a piscar.

— Mais ataques da medicina tradicional — lamenta ele. — A duração do curso é irrelevante. Não é uma questão de aprender fatos, e sim de despertar nossa mente para o que já sabemos instintivamente.

— Ah é? — devolve Joe. — Então você é instintivamente qualificado em farmacologia, Humph?

Humph lança um olhar funesto na direção de Joe, e então volta-se para Lacey.

— Quando éramos bebês, sabíamos instintivamente como alinhar nossa coluna, nossos órgãos internos e o nosso *rhu*.

— O que é o nosso *rhu*? — pergunta Lacey, fascinada.

— *Rhu* é um conceito Spinken — continua ele, e Joe bufa para o próprio vinho. — É a energia dos nossos órgãos internos. Ele produz um poder de cura transcendental. O cuidado com a saúde começa e termina com o *rhu*.

Ele dá um tapinha no peito, e Krista intervém:

— Humph é maravilhoso, Lace. Sabe aquele suco verde que eu tomo? Descobri com ele. Me deixa superanimada. Ô, se deixa!

Ela dá uma piscadinha para Humph, que sorri para ela, orgulhoso.

— Bem, então vou procurar saber mais. — Lacey guarda o cartão na bolsa. — Que sorte a minha, conhecer um especialista em Spinken *e* o Médico dos Corações!

— Pois é, você é uma celebridade e tanto agora, né? — Humph comenta, com ironia, para Joe. — Sobra tempo para ver os pacientes entre as entrevistas e os tapetes vermelhos?

Vejo uma pontada de irritação no rosto de Joe, mas ele não morde a isca.

— Estamos tentando ficar em dia com suas namoradas na imprensa, Dr. Joe — provoca Krista. — Mas são tantas! Você é um belo de um conquistador!

— Não é verdade — diz Joe. — A maioria das minhas supostas namoradas é uma mulher que por acaso passou trinta segundos do meu lado na rua, no caminho do trabalho.

— Você não engana ninguém! — devolve Krista, com um sorriso maroto. — Sim, pode tirar os pratos — ordena ela ao garçom.

A conversa se acalma enquanto os garçons tiram a louça da entrada e voltam com o filé mignon. O prato vem acompanhado de um molho com um cheiro forte, e não sei qual é a especiaria

— cravo? noz-moscada? —, mas o aroma me transporta direto ao Natal. O Natal nesta casa. À medida que os convidados começam a comer, murmurando uns com os outros e elogiando a comida, é quase como se fôssemos nós de novo, os Talbot, sentados à mesa, usando as coroas de papel que sempre colocamos no Natal e rindo. Mimi ainda de avental, pois sempre se esquecia de tirar quando se sentava para comer. Isso acabou virando uma piada interna. Chamávamos aventais de "vestidos de Natal". E teve o ano em que fizemos uma surpresa e demos um a ela, todo decorado com enfeites vermelhos. Ela gostou tanto que usou por anos a fio.

Acho que essa piada morreu agora, penso, sentindo uma tristeza um tanto esmagadora. Ou pelo menos não sei mais onde mora. Não com Mimi, ela nunca fala do passado. Aqui também não. Todas as piadas, as histórias de família, as gírias e as tradições bobas que só nós entendíamos. Foi tudo dividido, assim como os móveis? Ou está tudo numa caixa em algum lugar?

Então, outra lembrança de infância me vem à mente. Eu escondida aqui, debaixo deste mesmo aparador, num dia de Natal! Tinha esquecido completamente — mas agora volta tudo de uma vez. Eu devia ter uns sete anos e tinha brigado com Bean por causa da lembrancinha que veio com a coroa de Natal dela. (Será que está na hora de admitir a verdade? Eu quebrei, *sim*, o ioiô dela.) Desci deslizando da minha cadeira e me escondi aqui, meio envergonhada, meio amuada. E, uns dez minutos depois, meu pai veio se juntar a mim.

Foi um pequeno momento mágico que tivemos, pai e filha, escondidos do restante da família, debaixo da mesa. Ele me fez rir com uma piadinha: "O Natal é *horrível* mesmo, né? Você é muito inteligente de fugir, Effie." Então, cantou um monte de músicas natalinas, errando as letras de propósito. E aí, quando eu estava tendo uma crise de riso, perguntou se eu queria levar a sobremesa de Natal em chamas para a mesa, depois que ele flambasse a calda.

O que, pensando melhor agora, certamente era um risco de incêndio enorme, não era? É certo uma criança de sete anos carregar um prato em chamas? Bem, não importa — eu carreguei. Ainda me lembro de fazer a procissão cuidadosa desde a cozinha, hipnotizada pelas chamas azuis, pela minha importância enorme. Aquilo me deixou extremamente feliz. Effie Talbot, a deusa do fogo.

A risada do meu pai interrompe meus pensamentos, e eu expiro, trêmula, voltando ao presente. Estou muito mexida com a situação toda. Como é que as coisas chegaram a esse ponto? Naquele Natal, eu me escondi aqui com meu pai. Agora estou me escondendo dele. De todo mundo.

— A Effie, claro, já foi uma das namoradas do Joe. — A voz de Krista me distrai, e olho para ela, sem acreditar. — Aposto que vai ser a próxima a aparecer no *Daily Mail*!

— Acho que não — comenta Joe, sem emoção na voz, e sinto um calafrio, embora não saiba bem por quê.

Será que está querendo dizer que não sou atraente o suficiente para o *Daily Mail*? Eu o vejo olhando para meu esconderijo e ficando tenso na mesma hora. Acho bom não me dedurar.

— E, pelo que sei, o Humph também saiu com ela, né? — provoca Lacey. — Que menina popular! É uma pena que não esteja aqui. Vocês dois iam poder duelar por ela!

— Com todo respeito, Lacey — comenta Humph, com ar de reprovação —, mas acho que não é uma sugestão muito *feminista*.

— Você é feminista agora, Humph? — pergunta Joe, com uma voz estranha. — Isso é... novidade.

— Todos os profissionais do Spinken são feministas — responde Humph, na defensiva.

— Ainda acho que vocês duelariam pela Effie se ela estivesse aqui — provoca Lacey, sem o menor pudor. — É muito tarde para chamar ela? Liga para ela, Krista!

Ai, meu Deus. Ela não vai me ligar agora, vai? Olho para baixo, em pânico, só para confirmar se meu celular está no silencioso.

Mas, no minuto seguinte, percebo que não preciso me preocupar. Krista jamais faria uma coisa dessas.

— Não vai adiantar — responde Krista, rispidamente. — Implorei a ela que viesse hoje, não foi, Tony? Mandei um e-mail falando: "Sabe de uma coisa, Effie, querida? Vai ser a última festa em Greenoaks. Você vai se arrepender se não vier. A única pessoa que você está magoando com isso é a si mesma."

Quase fico sem ar de tão chocada. Ela não disse nada disso!

— Mas vocês sabem como ela é — conclui Krista. — Sempre faz as coisas do jeito dela. É uma pena, mas não posso fazer nada.

— Ela é a filha problemática então? — pergunta Lacey, interessada.

— Não diria que ela é a filha problemática, mas... — começa meu pai, com uma risada descontraída, e meu peito dói.

Mas...? *Mas...?*

Como ele pretendia terminar essa frase?

De repente, fico desesperada para ver meu pai direito. Passo a cabeça pela lateral da toalha de mesa, mas ninguém nem pisca. Estão todos esperando meu pai terminar.

— A Effie é teimosa — diz ele, por fim. — E, quando você é teimoso, acaba perdendo algumas oportunidades. Você acaba ficando... sem saída.

Hesito, sem conseguir acreditar. *Teimosa?* Como se ele tivesse moral para falar alguma coisa! O cara que machucou a perna porque não podia desistir da corrida de dez quilômetros? Pois é. E eu *não* estou sem saída, penso, indignada, ajeitando o tornozelo, meio desconfortável.

Quer dizer, tudo bem. Estou meio sem saída *neste momento*. Mas não é esse o ponto.

— Pobre Effie! — lamenta Lacey. — Uma coisa é teimosia, outra é perversidade. Pelo amor de Deus, quem deixa de vir a uma festa de família?

Ela olha ao redor da mesa com olhos ávidos.

— A Effie *teria* vindo — rebate Bean, encarando Krista. — Se tivesse sido convidada direito.

— Teve uma confusão com o convite dela — devolve Krista, rispidamente —, e aí ela reagiu de um jeito infantil. O problema da Effie é que ela é muito sentimental. Tudo com ela é uma montanha-russa. Muito *drama queen*.

— *Eu* diria que o problema da Effie é que ela nunca amadureceu — intervém Romilly, e eu cravo os olhos na nuca presunçosa dela. Quem pediu a opinião de Romilly? — Ela continua sendo a bebezona da família.

Sinto as bochechas esquentarem. O que ela quer dizer com *isso*?

— Ah, conheço bem o tipo. — Lacey assente, com ar de sabedoria.

— Ela não dá *conta* de nada — continua Romilly. — Perdeu o emprego e, desde então, está fazendo bico de garçonete. Parece que não consegue dar um jeito na vida dela. E a vida amorosa...

Agora está tudo girando. É assim que as pessoas falam de mim quando não estou por perto?

— Para! Vocês estão sendo injustos! — exclama Bean, nervosa. — A Effie pegou uns trabalhos temporários muito bons. Não foi culpa dela ficar desempregada. Está só se organizando para ver qual vai ser o próximo passo. É uma decisão muito sensata. E vocês querem saber onde ela está neste exato momento? — acrescenta, triunfante. — Num encontro com um atleta olímpico!

Fico com os olhos cheios de lágrimas ao ouvir minha irmã me defendendo. Amo Bean de paixão. Ela pode ficar com meu vestido da Rixo. Para sempre.

— Um atleta olímpico? — Krista desata a gargalhar com desdém. — A Effie te falou que está num encontro com um atleta olímpico? Quer dizer, todo mundo aqui ama a Effie, mas um atleta *olímpico*? Acho que é uma mentira deslavada. Coitadinha. Podia ter dito que era dia de lavar o cabelo.

Ninguém fala nada por um momento. Então, Joe pousa a taça na mesa com uma pancada firme.

— Acho que o cara é um atleta olímpico, *sim* — diz, com educação. — Medalhista de ouro, até onde eu sei. Não é isso, Bean?

Um silêncio estupefato se instaura na mesa, e vejo Krista arregalar os olhos, chocada.

— *Medalhista de ouro?* — exclama Romilly, sem conseguir disfarçar que está impressionada.

— É! — confirma Bean, mantendo a compostura, sabe-se lá como. — É isso mesmo. Medalhista de ouro.

— Foi no pentatlo moderno, não foi? — continua Joe. — Ou remo, agora não me lembro. Mas sei que hoje é um empresário de sucesso e filantropo. — Joe fita Krista, impassível. — Um partidão.

— Deve ter feito muito dinheiro! — exclama Humph, se empertigando. — Sabia que a técnica Spinken é perfeita para atletas profissionais? Talvez a Effie pudesse me apresentar a ele.

— Se eles tiverem um segundo encontro! — debocha Lacey.

— Não vejo por que ele não se encantaria com ela — responde Joe, com o mesmo tom impassível. — Então... Vai depender da Effie.

Ele dá uma olhadinha muito discreta na minha direção, e eu o encaro, incapaz de me mexer, me sentindo desconfortável. Sei que ele está só provocando Krista, sei que nada disso é verdade. Mas... Ai, meu Deus. Não posso deixar que ele me desestabilize. De novo não.

— Como é que você sabe disso tudo? — pergunta Krista, dando um sorriso sem graça para Joe.

— Effie e eu voltamos a nos falar recentemente — comenta ele, descontraído. — Ela não chegou a comentar?

— Você sabe onde o cara mora? — pergunta Humph a Bean. Está obviamente interessado em arrumar um cliente que seja uma celebridade do mundo do esporte.

— Não — responde Bean. — O que *sei* é que, neste exato instante, a Effie está a quilômetros daqui, bebendo e comendo em algum restaurante chique, em Londres. Então, um brinde à Effie, onde quer que ela esteja!

Ela olha com determinação para as pessoas a sua volta, como se para convencê-las. Então, ergue a taça, bem alto e com confiança — e, quando dá um gole, me nota de repente, espiando a cena embaixo do aparador. Ela leva um susto e tem um acesso de tosse, cuspindo vinho para todo lado. Lacey arfa e exclama:

— Bean! Está tudo bem?

— O que houve? — pergunta Gus, assustado.

— Nada! Acabei de reparar... nas flores! — responde Bean, meio desconcertada.

As pessoas voltam-se confusas para as flores, e Bean lança um olhar desesperado e incrédulo para mim. Faço uma careta de desculpas, então recuo a cabeça para debaixo da toalha.

— Uma pena que a Effie não possa ver, né? — comenta Joe com Bean. — Ela adora flores.

Ele aponta com a cabeça, de forma praticamente imperceptível, para o aparador, e ela o encara, com os olhos cada vezes maiores.

— É — consegue dizer, por fim. — Uma pena mesmo.

— Enfim, pelo menos ela está se divertindo hoje — continua Joe. — O que será que está fazendo agora?

— Nem imagino — devolve Bean, meio tensa. — Vai saber...

— Deve estar por aí, vendo o movimento — sugere Joe, impassível, e Bean engasga de novo, desesperada.

— Deve estar.

— Aposto que está num lugar perfeito para isso — acrescenta Joe.

— É, aposto que sim. — Bean consegue dizer, a voz tensa, segurando o riso. — Ah, sobremesa! — exclama, aliviada.

Excelente. Estou absolutamente esfomeada e agora tenho de ver todos eles comendo *sobremesa*?

— Certo — anuncia Krista, batendo as mãos para chamar a atenção das pessoas —, achei que seria uma boa ideia ter um momento retrô... então a sobremesa vai ser servida num carrinho de restaurante! Pode trazer! — ordena ela.

Logo em seguida, ouço o barulho de rodinhas, acompanhado de suspiros, gritos de alegria e até aplausos.

— Que divertido! — exclama Romilly, conseguindo, como sempre, fazer parecer o exato oposto de divertido. — *Muito* engenhoso. É. Bem divertido.

— Como escolher? — pergunta Bean, ansiosa. — Quero tudo! Olha só essa pavlova!

— Então come de tudo! — diz Lacey. — Hum, mousse de chocolate. Amo chocolate — acrescenta ela, como se estivesse contando um segredo para Humph. — Amo. Com a Lacey é assim.

— Você é chocólatra — devolve Humph, sorrindo, e ela arfa como se nunca tivesse ouvido o termo e Humph fosse o novo Oscar Wilde.

— Exatamente! — Ela aponta para ele num gesto triunfal. — Sou chocólatra.

— Contanto que vocês deixem um pouco de profiteroles para mim... — comenta meu pai, animado.

As rodinhas se aproximam de mim, então param de repente, bem na frente da toalha. Colo o rosto no buraquinho e vejo o carrinho de metal polido. Sinto o cheiro de doces, chocolate, morango... Que tortura!

— Posso apresentar as opções? — pergunta uma voz de mulher acima da minha cabeça. — Temos aqui uma pavlova de kiwi com pistache... mousse de chocolate... profiteroles... No andar de baixo, temos mini cheesecakes, como os de Nova York... carpaccio de abacaxi com calda de capim-limão... parfait de damasco... e morangos frescos com creme. Senhora? Pavlova? E um parfait?

Estou delirando de fome ouvindo essa lista. Meu estômago está tão vazio que parece se revirar. E a comida está bem ali. Bem na minha frente. Será que...?

Não.

Mas e se eu tomar cuidado?

— E mais uns morangos? — oferece a garçonete. — Claro.

Experimento deslizar a mão sob a toalha e tateio cegamente na direção do carrinho. Com água na boca, alcanço a beirada da prateleira inferior e começo a me mover na direção do prato mais próximo...

Nãããão!

Sem aviso prévio, o carrinho se move novamente, e puxo a mão de volta para o esconderijo. Ai. Me arranhei.

Triste, me recosto na escuridão, preparando-me para ouvir minha família se lambuzar de profiteroles e pavlova, enquanto morro silenciosamente de fome. Eu me pego pensando, ressentida, que nunca tinha percebido *como* minha família era glutona. Olha só para eles, todos pedindo umas seis sobremesas diferentes e concluindo: "Ah, e uns morangos também", como se isso fosse compensar o quilo de creme que estão comendo.

— Essa mousse de chocolate! — exclama Lacey. — Está divina.

Enfio a mão nos bolsos de novo para ver se acho ao menos um chiclete que não reparei antes, quando um barulhinho de cachorro farejando me deixa em alerta. É o Bambi, que voltou para investigar o aparador.

— Cai fora, Bambi! — exclamo por entre os dentes, mas ele não obedece.

Na verdade, algo obviamente atraiu seu interesse, porque ele começa a se incomodar com a toalha de mesa. Está ganindo e arranhando a toalha. Então, de repente, solta um daqueles latidos estridentes.

— Para! — sussurro, desesperada. — Shh!

Mas o volume dos latidos só aumenta, e fico tensa de medo. A qualquer momento, ele vai puxar a toalha pela lateral, igual à porcaria do Totó, e vai ser meu fim.

— Qual é o problema do Bambi? — pergunta Bean, de um jeito forçado. — Aqui, Bambi! Vem cá!

— Ainda não conheço o Bambi — comenta Joe, descontraído. Eu o ouço se levantar da cadeira e caminhar na direção do aparador. — Deixa eu dar uma olhadinha nele direito. Que coleira fofinha! Vem aqui, rapaz!

Olho pela beirada da toalha e vejo Joe pegando Bambi no colo, que protesta em suas mãos firmes.

— Que bonitinho! — exclama ele em voz alta, e então, baixinho, só para mim: — Como está indo a missão?

— Péssima — sussurro de volta. — E estou morrendo de fome. Se conseguir me arrumar uns seis cheesecakes e uma mousse de chocolate, vai ser ótimo.

Vejo seu rosto de relance, e ele acha graça.

— Vou ver o que posso fazer — murmura, e então se levanta, ainda segurando Bambi. — Você quer sair daqui? — diz, como se o cachorro estivesse falando com ele. — Ótima ideia! Você se importa? — pergunta ele casualmente à Krista. — Ele parece um pouco estressado. Vou levá-lo para um lugar mais calmo.

Para meu imenso alívio, ele atravessa a sala de estar e despacha Bambi para o hall de entrada, fechando a porta. Observo Joe retornar à mesa. Ele dá algumas garfadas na pavlova, sem falar com ninguém, o olhar distante. Então, como se tivesse acabado de ter uma ideia, pega o telefone e diz para Krista:

— Desculpa, mas preciso mandar uma mensagem urgente. É uma emergência médica muito importante.

— Uma emergência médica! — exclama Lacey. — Ah, Dr. Joe! O que é?

— Vou me retirar...

Joe começa a se levantar, mas Krista faz com que ele se sente novamente, com seu sorriso sedutor.

— Para de bobeira! Você é como se fosse da família. Pode mandar sua mensagem, Joe.

— Obrigado.

Joe dá um sorrisinho para ela, então começa a digitar. Um instante depois, a tela do meu celular acende com uma mensagem dele.

Melhor esticar as pernas. Você vai ter uma trombose aí.

Automaticamente, tento esticar uma das pernas, mas não consigo. É uma ideia ridícula, então digito uma resposta.

Vou nada. E, se tiver uma trombose, o Humph pode me curar com a técnica Spinken.

Mando e fico olhando enquanto ele lê a mensagem e segura o riso.

— Tudo bem? — pergunta Lacey, que o está observando, ansiosa.

— O paciente está sendo meio teimoso — comenta Joe e olha brevemente em minha direção, o que Bean percebe.

Ela olha para o celular dele, incrédula, então olha para o aparador. E pega o próprio telefone.

— Desculpa! — diz para Krista, numa voz forçada. — Mas o Joe acabou de me lembrar que também tenho que mandar uma mensagem. É... Hum... uma emergência de encanamento.

Ela digita depressa, e, logo em seguida, a tela do meu celular acende com sua mensagem.

O que você tá FAZENDO????

Sem titubear, mando uma resposta.

Me escondendo. O vestido da Rixo caiu bem em você, diga-se de passagem.

Tenho de segurar o riso quando vejo suas bochechas ficarem vermelhas. Ela olha o vestido, então se volta na minha direção. Sério mesmo, ela vai acabar me entregando! Depressa, digito outra mensagem.

Não esquenta, você ficou ótima nele. Bj

Então, num momento de inspiração súbita, crio um grupo no WhatsApp, "Bean e Joe", e mando uma mensagem para os dois.

Adivinha?? A calcinha modeladora da Krista tá no vaso azul do aparador. Ela tirou. Eu vi.

Bean lê a mensagem e tem de conter uma crise violenta de riso. Um instante depois, Joe faz um barulhinho, bufando pelo nariz. Ele ergue a cabeça, olha para Krista, então para o vaso azul e, por fim, direto para Bean, que está segurando outra gargalhada.
— Que vaso bonito, esse azul — comenta ele, impassível. — Você não acha, Bean? Nunca reparei nele, mas é uma obra-prima.
— Ah, é — comenta Bean, com a voz trêmula, o que me diz que está prestes a rir. — É lindo.
— Impressionante. — Joe assente. — Podemos dar uma olhada mais de perto? Krista, você se importa?
Krista o encara por um momento, franzindo as sobrancelhas, como se tentando entender se foi pega ou não. Então, num tom estridente e repentino, exclama:
— Um brinde! — E fica de pé, erguendo a taça. — A você, Tony, meu lindo herói.
— É isso aí! — Lacey a incentiva.

— Sabe, o Tone teve um ano *maravilhoso* com os investimentos dele — anuncia Krista, orgulhosa. — Está *nadando* nos lucros.

— Bem — diz meu pai, surpreso. — Não diria...

— Não seja modesto! Você fez uma fortuna! — interrompe Krista, envaidecida.

Vejo Bean fazendo uma careta para Gus. Meu pai nunca costuma falar de dinheiro. Nem Mimi. Não é nem um pouco a cara deles.

— Tony! — exclama Lacey, sorrindo para ele. — Seu safadinho! Deixa um pouquinho para mim, hein?

— Entra na fila! — Krista rebate a irmã. — E agora, já que estou de pé... temos um anúncio muito especial para fazer. — Ela dá um sorrisinho para meu pai. — Né?

Prendo o respiração. Ai, meu Deus. É agora. Olho para Bean, querendo, de repente, que ela estivesse aqui embaixo comigo e eu pudesse segurar sua mão com força como fazia quando ficava com medo de algum filme. Ela está olhando meio na dúvida para Gus, que levanta uma sobrancelha para ela, querendo dizer: "Não tenho a menor ideia do que se trata."

— Tony e eu queremos dar o próximo passo. — Krista sorri para meu pai. — Então, vamos fazer uma cerimônia para oficializar nossa união no outono. Em Portugal, provavelmente. Vocês estão todos convidados.

Por um instante, não sei bem como reagir. Uma cerimônia para oficializar a união. Podia ser pior. Mas podia ser melhor.

— Parabéns! — exclama Lacey. — Ah, seus fofinhos!

Ela sorri para meu pai, que retribui, com educação.

— Foi ideia da Krista — diz ele, e sinto uma vontade tremenda de berrar: "Da Krista, é? Jura? Você só pode estar brincando!"

Bean e Gus ainda não disseram nada, e Krista parece ciente do desconforto da situação, porque fica muito agitada.

— E agora, vamos lá, está na hora de a gente se divertir! — exclama ela. — Alguém precisa colocar uma música! Afinal, isso aqui é uma festa ou não é?

— A gente podia cantar! — sugere meu pai, animado. — Está todo mundo aqui... Que tal "Auld Lang Syne"? Vamos lá! — Com os braços cruzados, ele oferece as mãos para Gus e para Bean, que estão estarrecidos. — *Should auld acquaintance be forgot...*

Ele começa a cantar, e só Lacey se junta a ele, seguida de Humph, que muda de ideia na mesma hora e para de cantar. Meu pai ergue e baixa os braços algumas vezes, acompanhando a melodia irregular e pouco convincente, esperando que Gus e Bean segurem a mão dele, mas eles não movem um dedo sequer. Na verdade, Bean está paralisada de constrangimento.

— Acho que é melhor não... — começa ela.

Lacey para de cantar, levando a mão à boca e fitando Krista com um olhar expressivo.

— Quem sabe... depois? — diz Gus, e a cantoria hesitante do papai vai morrendo aos poucos.

Meu pai pigarreia, volta os braços para a posição de antes e dá um gole na bebida, enquanto todos olham em silêncio para a sobremesa.

Ai, meus Deus. Que horror! É excruciante. Não consigo olhar para o papai; na verdade, não consigo olhar para ninguém. Estou morrendo de vergonha e nem estou sentada à mesa.

— Enfim — diz Bean, afinal, com a voz mais falsa e desesperada que já ouvi. — Parabéns pelo seu... Hum... compromisso, pai e Krista. Desculpem, eu devia ter dito antes...

— É, claro. — Gus tosse. — É... Hum. Ótimas notícias.

— Maravilha! — diz Humph. — Portugal é um lugar lindo.

— Vamos dançar! — interrompe Krista, como um rolo compressor determinado. — Anda! Por que ainda está todo mundo sentado aqui? Isso é uma festa! Vamos botar uma música!

Ela levanta, caminha até a sala de estar e grita:

— Uhuuu! Cadê aquela playlist? Está na hora da festa! — Então, volta para a mesa e começa a puxar as cadeiras. — Todo mundo para a pista de dança! Agora! Depois vocês terminam de comer a sobremesa.

É de admirar a determinação dela. Em dois minutos, tirou todo mundo das cadeiras, o DJ assumiu sua posição, as luzes coloridas estão piscando na sala de estar e "Dancing Queen" está ecoando pela casa.

A sala de jantar está vazia. Estou sozinha. Será que eu...?

Com o maior cuidado, começo a levantar a toalha de mesa, mas solto depressa ao ouvir o som de saltos se aproximando. Estão bem perto. É Krista? Ai, meu Deus. Ai, merda. Ela me viu?

A toalha é levantada de repente, e o medo percorre meu corpo. A claridade me faz piscar várias vezes. Acabou. Alguém me achou. Falhei. Eu me encolho desesperadamente nas sombras, tentando me tornar invisível... Sinto um *baque* macio, e um tecido acerta minha cara, me fazendo estremecer. Então, a toalha se abaixa novamente. Os saltos se afastam. Não tenho ideia do que está acontecendo.

Absolutamente perplexa, tiro o tecido do rosto. É elástico. É...

Ai! Eca! É a calcinha da Krista!

Ela deve ter jogado aqui para esconder. Eca. Eca. Estava bem na minha *cara*. Com um calafrio, eu a jogo no chão, o mais longe possível de mim. Preciso sair daqui. Não aguento mais este inferno. Minhas costas estão doendo, e minhas pernas parecem esmagadas. Mas como ouso pensar em sair, com Krista podendo voltar a qualquer momento para esconder outra calcinha?

Então, a tela do meu celular acende com outra mensagem. De Joe. Fito seu nome por um instante — então abro.

Tem uma sobremesa pra você na adega. Bean e eu vamos ficar de olho. Se você for agora, consegue chegar lá. Bj

ONZE

A adega fica no fim de uma escadinha de pedra, numa porta do lado da cozinha. Quando era criança, morria de medo de lá. Agora, ao descer cautelosamente os degraus e pisar no antigo chão de tijolos, vejo que o lugar não mudou nada: escuro e com mofo, com grossas teias de aranha por todo lado. As prateleiras de vinho ficam na parede de frente para a porta, mas estão bem vazias agora. Meu pai deve ter parado de comprar, antes da mudança. Pendurada num fio no teto, há uma única lâmpada fraca acesa. Embaixo disso, tem um baú de madeira virado de lado forrado com um pano de prato e, em cima dele, um prato com uma seleção das sobremesas mais deliciosas que já vi. Um mini cheesecake, uma boa colherada de pavlova, um montinho de mousse de chocolate, cinco morangos e duas fatias de queijo com biscoito.

Não consigo evitar rir de alegria. Que banquete! Tem talher, um copo de água e até um guardanapo. Deve ter sido coisa da Bean.

Sem hesitar, puxo um banquinho de metal antigo e ataco a comida. Quase desfalecendo, enfio a mousse de chocolate na boca, e então me concentro na pavlova, que está tão gostosa quanto a mousse. Tenho de tirar o chapéu para Krista: a comida está uma delícia.

Assim que dou uma mordida no morango, ouço a porta se abrindo lá em cima e fico de pé, assustada, com metade do morango ainda na mão. Ai, meu Deus. *Por favor*, não me diga que vou ser pega aqui, me empanturrando com comida de rico...

— Fica tranquila — diz a voz de Joe. — Sou só eu.

Ouço seus passos descendo os degraus de pedra, e então ele aparece, incrivelmente elegante com sua roupa de gala, segurando uma garrafa de champanhe.

— Bean queria trazer isso, mas ficou presa com a Lacey — explica ele. — Então eu disse que faria as honras.

— Ah — digo, sem jeito. — Obrigada. E obrigada também por não me entregar lá em cima — acrescento, bruscamente, enquanto ele abre o champanhe com suas mãos hábeis. — E por confirmar a história do atleta olímpico.

— Imagina — responde Joe.

Ele serve duas taças e me entrega uma. Fico observando as bolhas subindo, com a barriga doendo de nervoso. Quando ele ergue os olhos escuros para mim, inspiro e prendo a respiração. Quero saber coisas que não posso perguntar.

— O que foi? — pergunta Joe.

— Nada. — Engulo em seco. — Só pensando em... Sabe como é. Em seguir em frente.

— Sei. Claro. — Ele levanta a taça para um brinde. — A seguir em frente.

— A seguir em frente — repito, obediente, mas a frase provoca uma pontada de dor no meu peito. — Não precisa ficar aqui por minha causa — digo, depois de um gole.

— Ah, não estou com pressa. — Ele aponta com a cabeça para a mousse de chocolate e se senta num barril, perto de mim. — Come mais um pouco.

— Vou comer — digo, me sentando de novo, mas, estranhamente, acho que perdi o apetite.

Vejo os olhos de Joe baixarem brevemente para meu pescoço e se desviarem novamente e sei no que ele está pensando. O pingente de vela. O Menor Diamante do Mundo. Parecia tão precioso quando ele me deu... Um talismã mágico que nos protegeria durante os meses que passaríamos separados.

Até parece.

Neste momento, o volume da música vai às alturas, e nós dois pulamos de susto. Devem ter ligado uma caixa de som a mais, bem em cima de onde estamos, porque o batecum está reverberando aqui na adega. Ouço um gritinho ao longe e imagino Krista ou Lacey se esbaldando na pista.

Mesmo abafada pelo teto, a batida da música é contagiante. Joe dá um gole no champanhe sem tirar os olhos de mim, e viro uma boa dose, tentando manter a calma. Imaginei um monte de coisas sobre a noite de hoje. Mas estar sozinha com Joe Murran na adega, com uma garrafa gelada de champanhe e uma batida sedutora ao fundo não foi algo que passou pela minha cabeça.

Um feixe de luz ilumina seu rosto, bem na bochecha. Por que ele tinha de ser tão *bonito*?

— A última dança nessa casa — diz ele, por fim, erguendo a taça novamente.

— É. Só que não estou dançando. Nem você.

— Não.

Um silêncio paira no ar, então percebo que estamos nos movendo quase imperceptivelmente ao som das batidas. Meu corpo gira para lá e para cá, em uma mínima fração de grau, e ele está fazendo o mesmo. É uma quase dança, como se isso existisse, e, se não existe, estamos inventando agora. Fazemos isso deliberadamente. Em movimentos sincronizados. Nossos corpos sempre foram sincronizados. Caminhávamos no mesmo ritmo, nos encaixávamos perfeitamente na cama, bocejávamos ao mesmo tempo.

O volume da música aumenta, e sinto meu corpo reagindo. O olhar enigmático de Joe torna-se mais intenso, quase hipnótico. De repente, me lembro de dançar com ele num evento da escola, quando éramos adolescentes, antes de começarmos a namorar. Foi a primeira vez que senti suas mãos em mim daquele jeito. A primeira vez que olhamos um no olho do outro daquele jeito.

E agora estamos nos olhando daquele jeito de novo. Sinto um calafrio. Estou numa espécie de transe, perdida na conexão entre nós. Um estranho provavelmente veria duas pessoas em silêncio, imóveis. Mas, se isto não for uma dança, nada mais é. Todas as células do meu corpo estão se movendo com as dele. Todas as minhas células desejam as dele. A sensação de sua pele, de suas mãos, de sua boca... Eu me sinto inebriada. Quero o Joe. Desesperadamente. Muito embora saiba que muitas das coisas que quero na vida *não* são uma boa escolha.

Não tem gente que para de fumar associando cigarro a comidas horríveis? Então eu devia esquecer Joe associando ele a um coração partido. O que deveria ser fácil, porque eu já faço isso.

De alguma forma, desvio os olhos dos dele, quebrando o feitiço, e tento usar um tom de voz normal:

— Bem, foi uma noite estranha.

— Muito.

Joe concorda com a cabeça.

— Uma *cerimônia para oficializar a união.* — Torço o nariz. — Como assim?

Joe dá de ombros.

— Acho que é quando você promete... Sabe, ficar com a outra pessoa. Viver com a outra pessoa.

Ele se interrompe, e sinto um calor subindo por meu corpo até minhas bochechas. Porque houve um dia em que era isso que a gente queria.

— Enfim. — Tento mudar de assunto. — É verdade aquilo que dizem. Ninguém fala bem de você pelas suas costas.

Faço uma careta engraçada, e Joe ri.

— O que você achou que ia ouvir se fosse uma mosquinha?

— Bem, é óbvio que eu *esperava* que eles dissessem: "Vocês não acham que a Effie é superinteligente? Que ela é maravilhosa? Que é a melhor pessoa da família?" Brincadeira — acrescento, depressa. — Estou só brincando.

— Você é a melhor pessoa da família — diz Joe, muito sério.

Sei que ele também está brincando, mas, mesmo assim, sinto uma pontada de saudade dentro de mim. Eu costumava ser a pessoa preferida dele. E ele a minha.

Enfim. Tanto faz.

— Uma vez cometi o erro de ler alguns comentários sobre mim na internet — acrescenta Joe, mais descontraído. — Acho que é o equivalente a se esconder debaixo do aparador e ouvir a conversa dos outros. Não recomendo.

— Ai, meu Deus! — Levo a mão à boca. — Mas com certeza todo mundo te ama.

— Não o cara que queria que eu enfiasse meu pau arrogante... — Ele faz uma pausa. — Não lembro exatamente onde. Mas não era um lugar edificante. Pelo menos sua família não soltou uma dessa.

Não consigo deixar de rir.

— É uma visão mais otimista.

Dou um gole no champanhe, olho para o rosto de Joe e, de repente, sinto falta de sua sabedoria. Costumávamos conversar sobre tudo. Ele não é que nem Bean, não fica ansioso nem superprotetor. Ele só me ouve e dá sua opinião. Ainda estou meio abalada depois de ter ouvido as pessoas falando de mim e quero saber a opinião dele sobre isso.

— Joe, você acha que eu continuo sendo a bebezona da família? — pergunto rápido, meio envergonhada, e ele ergue os olhos, surpreso.

— Talvez — diz, depois de refletir um pouco. — Mas seria difícil não ser.

— Bean faz muitas coisas para mim — continuo, abalada de repente. — E eu deixo. Ela organiza tudo e decide todas as questões de família e se preocupa comigo. Parece uma mãezona. Ela encomenda até minhas vitaminas.

— Bem, então encomenda as vitaminas dela.

É uma resposta tão típica de Joe, que não consigo segurar o riso. Objetivo. Prático. Direto ao ponto.

— Você tem uma solução para tudo, né?

— Nem sempre. — Joe estremece ligeiramente com uma expressão estranha no rosto. — Nem sempre.

Um silêncio desconfortável paira entre nós. Joe me fita, e minha garganta parece fechar. Ele está falando de...? Do que ele está falando? Mas, então, ele desvia o olhar, e o momento passa.

— Às vezes, minha irmã Rachel passa no hospital para almoçar comigo — continua ele, mais descontraído. — E sempre que ela chega é a mesma coisa. "Joezinho! Um médico!" E aí aperta minha bochecha. Então, eu entendo. Uma vez caçula, sempre caçula.

— Ela não aperta sua bochecha! — exclamo, rindo.

— Apertou uma vez — admite Joe. — De brincadeira, segundo ela. Nunca a deixo esquecer disso. O que quero dizer é que você recebe um papel para representar, e às vezes é difícil fugir disso. Caçula. Patriarca. Não importa.

— Galã nacional — acrescento, sem conseguir resistir, e ele faz que sim, revirando os olhos com ironia.

— Galã nacional.

Observo-o em silêncio, comparando seu conhecido rosto na vida real com o que aparece na imprensa às vezes. Ainda não consigo relacionar Joe — meu Joe — ao "Dr. Joe, patrimônio nacional".

— Tem gente que nasce com um papel — continua Joe, como se estivesse lendo meus pensamentos. — Já com outras pessoas o papel é imposto a elas. Sabia que nem era para eu ter dado aquela entrevista? Substituí uma pessoa de última hora.

— Mas deve ser... divertido, não? — arrisco. — A fama? Aquele monte de gente apaixonado por você?

— No começo foi um susto — comenta ele. — Parecia ridículo. Uma loucura. Aí foi interessante por uns vinte minutos. — Ele dá de ombros. — Mas depois acabou virando um obstáculo para o que eu realmente quero.

É a minha deixa para perguntar o que ele realmente quer, mas algo me impede. Orgulho, talvez. Eu costumava saber o que Joe realmente queria. Ou, pelo menos, achava que sabia. Mas isso acabou, lembro a mim mesma, furiosa. *Acabou.*

— Você terminou com sua namorada — digo, quase bruscamente, querendo de repente determinar em que pé estamos. — Li no jornal. Sinto muito. Deve ter sido difícil.

— Obrigado.

Ele assente.

— Posso perguntar por quê? Ou é muito pessoal?

— Acho que eu a deixava irritada — diz ele, depois de pensar um pouco.

— *Irritada?*

— É.

Não há nenhum pingo de emoção em sua voz, e fico encarando-o, chocada.

— Irritada com o quê? Você não fecha a pasta de dentes? Você faz barulho quando toma chá? Porque você não é uma pessoa muito irritante. Quer dizer, você *me* irrita — acrescento —, mas é diferente. É uma coisa específica.

Joe me oferece o tipo de sorriso irônico que costumava fazer meu coração dar uma pirueta. O que ainda acontece, verdade seja dita.

— Irritada com o quê? — pergunta ele, pensativo, como se estivesse começando um tratado filosófico. — Bem. Acho que, principalmente, embora ela nunca fosse admitir, com a minha ansiedade. Com a minha "incapacidade de funcionar como um ser humano normal", como ela descreveu uma vez, tão carinhosamente. Talvez a coisa da pasta de dentes também — acrescenta, depois de um instante. — Vai saber...

Fico olhando confusa para ele. Joe? Ansiedade? Do que ele está falando?

— Você não ficou sabendo — continua ele, reparando minha expressão. — Andei mal, um tempo. Acho que ainda não me recuperei — corrige-se ele. — Mas estou levando.

Fico tão atordoada que não consigo falar. Se você tivesse me pedido para descrever Joe Murran, teria enumerado palavras com facilidade: *egoísta; bonito; talentoso; cruel; insondável.*

Mas *ansioso*? Essa eu jamais teria imaginado.

— Sinto muito — digo, por fim. — Não fazia ideia, Joe. Nenhuma.

— Está tudo bem. Coisas da vida.

Tento casar a imagem que sempre tive de Joe com a nova versão na minha frente. *Ansiedade*. Achava que ele era feito de tungstênio. O que aconteceu?

A música da festa continua ressoando no teto do cômodo abafado. É como se todos os anos desde que conheço Joe estivessem passando pela minha cabeça num vídeo. Todas as horas passadas juntos, brincando, conversando, rindo, fazendo amor... Certamente, a esta altura, eu deveria conhecê-lo. Deveria conhecer os recantos secretos e vulneráveis em seu cérebro. Não deveria? Mas ele sempre manteve uma parte de si fechada, lembro a mim mesma. Como se não pudesse confiar isso a ninguém, nem mesmo a mim.

— Você está saindo com alguém? — pergunta Joe, como se querendo tirar o foco da conversa de si. — Você estava com um cara chamado Dominic.

— Ah, o Dominic. — Estremeço ao me lembrar de quando contei para Joe como Dominic era perfeito. — Não. Ele... Enfim. Não. Não estou com ninguém.

Damos outro gole no champanhe, a música ainda tocando. Então, Joe quebra o silêncio:

— Você disse que está aqui em Greenoaks numa missão, Effie. — Ele sorri com os olhos. — Posso ajudar?

— Não — digo, com mais aspereza do que gostaria. — Obrigada.

Joe pode ter me ajudado. E ele pode ser muito mais vulnerável do que eu imaginava. Mas isso não significa que fiz as pazes com ele, ou que esteja pronta para me abrir com ele.

Ele fica ligeiramente ofendido com a rejeição, mas então inspira novamente.

— Effie...

Ele faz uma pausa, mais longa que o normal. Na verdade, demora tanto que eu o encaro.

— O quê? — pergunto, por fim. — O que foi?

— Tem... Tem uma coisa que eu preciso te contar...

Ele se interrompe de novo e solta o ar bem devagar, como se estivesse com alguma dificuldade.

— O quê? — pergunto, cautelosa.

Mais um silêncio imenso, e, quando Joe enfim ergue os olhos, sua expressão está totalmente diferente. Ele está triste e determinado, mas com medo também, como alguém prestes a escalar uma montanha.

— Você tinha razão — diz ele, depressa, como se quisesse falar logo, antes que pudesse mudar de ideia. — O que você escreveu na sua mensagem, hoje mais cedo. Eu *realmente* venho quebrando a cabeça sobre como poderia me redimir. Todo esse tempo, desde aquela noite. Eu sei que te magoei muito, sei que parti seu coração, penso nisso todos os dias. E eu ando... — Ele esfrega a testa. — Desolado.

Sinto uma onda de calor. A adrenalina está correndo por minhas veias. Nas poucas vezes em que nos vimos desde o término, fomos cautelosos e formais. Nunca falamos "disso".

Mas aqui estamos nós, falando disso. Levantando a casca da ferida nessa parte do nosso namoro que nunca chegou a cicatrizar de fato. Eu já estou blindada pela mágoa, mas estranhamente animada também, porque imaginei este momento um zilhão de vezes.

— Eu estava brincando — digo. — Na mensagem.

— Eu sei. Mas eu não. Não estou brincando. — Ele respira fundo de novo. — Effie, escuta, eu sinto...

— Não faz isso! — interrompo-o, meio insensível, e vejo o espanto em seu rosto. — Por favor — continuo, com a voz mais calma, mas ainda trêmula. — Não me diz que você sente muito, Joe. Você já falou isso um milhão de vezes. Eu sei que você sente muito. Não quero ouvir isso. Quero saber *por quê*. Por quê? Você cansou de mim? Conheceu outra pessoa? — Olho para seu rosto, tão familiar, mas tão enigmático, sentindo-me desesperada de repente. — *Por quê?*

Passamos muito tempo sem falar. Fico olhando para os olhos escuros de Joe, como sempre costumava fazer na cama. Tentando entender sua profundidade. Desejando que eles revelem seja lá o que ele está ocultando. Ele vai me deixar acessar seu eu mais íntimo? Finalmente?

— Foi... — começa Joe, hesitante, falando baixo. — Tem muita coisa que você não sabe.

Meu coração começa a bater muito rápido. Minha mente está um turbilhão. O que eu não sei? Que segredo ele escondeu de mim? Outra mulher? Outro... homem?

— Então fala — peço, por fim, praticamente sussurrando. — Me conta, Joe.

— Ei, vocês!

A voz alegre de Bean me dá um susto tão grande que derramo meu champanhe. Olho para cima, atordoada, e a vejo descendo os degraus da adega.

Joe fecha a cara na mesma hora e desvia o rosto ligeiramente.

— Bean — diz ele. — Oi. A gente estava só...

— É — digo, vagamente.

Não consigo falar direito, como se tivesse sido arrancada de um sonho.

— Como estão as sobremesas? — continua Bean, alheia à tensão. — Que jantar horrível, né? Effie, você quase me matou do *coração*. Ah, não vai embora, Joe — acrescenta ela, quando Joe se levanta.

— Melhor deixar vocês conversarem — diz ele, desconfortável. — Effie, a gente... se fala. Você vai estar aqui amanhã?

— Não sei.

— Ok. Bem. — Joe esfrega a nuca. — Eu venho para o brunch.

— Legal. — Minha voz quase não sai. — Bem. Talvez a gente se veja.

— Boa noite, Joe — diz Bean, animada. — Obrigada por ter vindo. Foi muita gentileza da sua parte.

Vejo-o subir os degraus, me sentindo muito estranha. O que ele ia contar? O quê? No meio da escada, ele para, vira e olha para mim.

— Boa sorte com sua missão, Effie. Foi bom...

Ele hesita, e frases começam a passar pela minha cabeça. *Foi bom "não dançar" com você. Foi bom sentir o calor da sua presença. Foi bom te querer tanto que fiquei sem ar, mas, ao mesmo tempo, fiquei com raiva de mim. Foi bom sentir que talvez — só talvez — quase consegui te entender.*

— Foi bom lembrar — conclui ele, afinal.

— Foi. — Tento parecer blasé. — Foi bom.

Ele levanta a mão num gesto de despedida e passa pela porta, e eu desmorono por dentro. Não aguento isso. Preciso de um namorado novo. Preciso de um cérebro novo.

— Não posso demorar — diz Bean, enfiando um pedaço de cheesecake na boca. — Disse que ia pegar água, mas tenho que voltar, ou vai parecer suspeito... Você está bem? — Ela me avalia. — Está meio pálida.

— Estou bem. — Pego minha taça e dou um gole no champanhe. — Tudo bem.

— Então o que você ainda está fazendo aqui? Achei que já tinha ido há muito tempo! Eu *falei* para você que ia procurar suas bonecas russas. Acho que devem estar no banco embutido da janela.

— Eu sei. — Ofereço um sorriso fraco a ela e dou uma mordida no cheesecake, para ganhar forças. — Acho que não consegui ir embora.

— Bem, ainda bem que você ficou. Mas não era o lugar mais confortável para passar o jantar.

Ela bufa pelo nariz, achando graça.

— Não. Também não foi muito confortável ouvir a mesa inteira falando de mim. — Faço uma careta diante da lembrança. — Obrigada por me defender.

— Ah, Effie. — Bean encolhe os ombros. — Queria que você não tivesse ouvido aquela conversa. Eles não estavam falando sério.

— Estavam, sim — respondo, seca. — Mas tudo bem, eu provavelmente precisava ouvir aquilo. E obrigada por isso aqui, Bean. — Aponto para as sobremesas, sentindo uma pontada de remorso. — Você faz muito por mim. Muito.

— Para de bobeira! — exclama Bean, surpresa. — De qualquer forma, foi ideia do Joe. — Ela aponta para os pratos. — Ele é tão fofo! E disse que vai tentar achar um especialista para o joelho do meu vizinho. Lembra que eu contei do George e do joelho dele?

— Hum... lembro — comento, embora não me lembre.

— Então, o Joe falou: "Deixa comigo." E pegou meu número. Ele não precisava fazer isso. Nem daria para desconfiar que ele é uma celebridade agora, né? Ele continua muito pé no chão. Quer dizer, ele não precisava vir a essa festa, muito menos fazer tudo isso. E ele fala *muito* de você — acrescenta ela, levantando as sobrancelhas.

— Como assim? — respondo, me empertigando.

— Só isso mesmo. Ele pensa em você. Se preocupa com você.

— Ele estava só sendo educado.

— Hum — murmura Bean, sarcástica. — Bem, você sabe o que eu acho...

— Bean, eu vi você chorando. — Interrompo-a, desesperada para mudar de assunto. — Da janela, durante a recepção. Você estava se escondendo de todo mundo. E chorando. O que aconteceu?

Ela se espanta rapidamente, desvia os olhos, e sinto uma pontada de medo. Toquei numa ferida. O que será? Mas então, no instante seguinte, ela se volta para mim com um olhar franco e aberto.

— Ah, *isso* — responde ela, obviamente tentando agir naturalmente. — Foi só... uma coisa no trabalho. Um probleminha de nada. Fiquei chateada de repente. Não é nada de mais.

— Uma coisa no trabalho? — pergunto, na dúvida. — Que coisa?

— Nada. — Ela dispensa a pergunta com um gesto. — Outro dia eu conto. É uma história sem graça.

Ela parece quase convincente — mas fico desconfiada. Bean nunca tem "probleminhas" no trabalho. Diferente de mim, ela não é uma *drama queen* e nunca se desentende com ninguém nem reclama, nem é demitida por ter chorado na sopa.

Mas está na cara que ela não vai me contar qual é o problema de verdade. Vou ter de esperar a hora certa.

— Ok, bem, tem outra coisa — digo, mudando a abordagem. — Você conversou com o Gus hoje?

— Com o Gus? Conversei. Estava com ele hoje mais cedo.

— Ele comentou alguma coisa sobre estar com problemas?

— *Problemas?* — Bean fica me encarando. — Como assim, problemas?

Na mesma hora, olho na direção da escada, embora saiba que não tem a menor chance de Gus aparecer aqui.

— Quando eu estava me escondendo no hall de entrada — digo, baixinho —, ouvi o Gus falando ao telefone com um cara chamado Josh. Sabe quem é?

— Nunca ouvi falar.

— Então, ele parecia muito preocupado e estava falando sobre alguém talvez prestar... — baixo o tom de voz para quase um sussurro — queixa.

— Queixa? — repete Bean, espantada. — Que tipo de queixa? Criminal?

— Acho que sim. — Dou de ombros. — Tem outro tipo?

— *Queixa*? — pergunta ela de novo, sem acreditar.

— Foi o que ele falou. Estava falando do "pior cenário possível". E estava falando bem baixo, como se não quisesse que ninguém ouvisse.

— Você está muito espiã hoje, hein? — Bean ainda está um pouco chocada. — O que mais ele falou?

— Só isso. Não. Peraí. Teve alguma coisa sobre vazar para a imprensa.

— Para a *imprensa*? — pergunta Bean, estarrecida. — O que está acontecendo?

— Não sei, mas a gente precisa conversar com ele. Urgente. Onde ele está agora, dançando?

— Não, ele e a Romilly já foram dormir. Ela simplesmente arrastou ele para fora da sala. Não parava de tagarelar que precisa acordar cedo amanhã.

— Nem me fala. — Reviro os olhos. — A famosa professora de violino. Também ouvi ela falando disso. Não consegue falar de mais nada. Parece que, se você estudar com essa tal professora, entra em Oxford *e* em Harvard *e* ganha um Prêmio Nobel. Tudo ao mesmo tempo.

Bean ri, torcendo o nariz.

— Ai, meu Deus, que mulher insuportável! Está sabendo que o Gus vai terminar com ela? A gente falou disso hoje, no jardim. Tivemos uma conversa muito franca. Ele cansou.

— Finalmente! — exclamo. — Mas por que ele não fez isso meses atrás? Quanto tempo ele desperdiçou com ela! Quanto tempo a gente perdeu tendo que ser educada!

— Acho que estava preocupado em magoar ela — comenta Bean, suspirando. — Mas quanto mais tempo eles ficarem juntos, pior vai ser...

— Ele não devia se preocupar. O pouco que ela o ama é por causa do que ele faz por ela, e não por quem ele é — afirmo, convicta. — Ela ama poder mandar nele.

— E o que você acha que ele ama nela? — pergunta Bean, e, por um instante, ficamos sem palavras.

— O corpo — digo, afinal. — Desculpa. Mas é verdade. E ela adora fazer pilates. Deve ser muito boa de cama. Abdome definido, essas coisas.

— Se ele a ama, então ele deve ter esquecido como que deve ser amar alguém — comenta Bean, um tanto triste. — Acho que isso acontece. Você aceita uma versão tóxica e horrível do amor, até que um dia abre os olhos e pensa: "Ah, é! Entendi! É *isso* que é amor."

— No leito de morte, quando já é tarde demais — completo, deprimida.

— Não! — protesta Bean, e eu a abraço com carinho, pois minha irmã é *muito* manteiga derretida.

— Tá, e o que vamos fazer em relação ao Gus? — pergunto, voltando ao assunto. — Não podemos não falar nada.

— Acho que temos que confrontar ele — responde Bean, decidida. — Acho melhor eu voltar para a festa, depois a gente bola um plano. Você pode dormir no meu quarto. Ninguém vai saber que você está lá.

— Obrigada. Ah, e tenho que ir ao banheiro — digo, meio sem jeito.

— Só não usa o meu — devolve ela. — Está...

— Quebrado. Eu sei. Só queria saber se você pode ficar de olho para eu usar o lavabo.

— Claro. Mas não demora!

Subimos os degraus e andamos na ponta dos pés pelo corredor dos fundos, com a música ainda mais alta que antes. Corro até o lavabo, aproveito para olhar no espelho como estou e murcho, porque todo mundo está arrumado e elegante, e eu estou longe disso. Estou com o cabelo sujo, e o rosto pálido, com marcas de fuligem. Olho minha pele sem vida e penso que devia ter passado um pouco de blush. E de batom. Se soubesse que ia ver Joe...

Não. Não pensa assim. Eu *não* teria passado blush e batom por causa de Joe. Então...

Saio do lavabo com cuidado e encontro Bean de vigia, a postos. Na outra ponta do hall de entrada, a porta da sala de estar está aberta, e por ela escapam música, luzes de discoteca e balões de gás hélio prateados — e me dá uma vontade súbita de ver a festa.

— Queria dar uma olhada — murmuro para Bean. — Pode ficar ali, perto da porta? Se alguém tentar sair, você distrai a pessoa.

Bean revira os olhos, mas obedece e vai até a porta, e eu me esgueiro atrás dela para espiar. Não que alguém tenha notado nossa presença. As únicas pessoas dançando são Krista, Lacey e meu pai — e, olhando para eles, fico ligeiramente boquiaberta. Nunca os vi dançando. Krista está agarrada ao meu pai, passando as mãos por seu peitoral. Que *vergonha*!

— Ela parece um polvo — murmuro para Bean.

— Ela exagera — Bean murmura também, resignada.

Não sei se é por causa do champanhe ou porque estou toda agitada depois de ver Joe, mas, olhando para eles, meus olhos ficam marejados de lágrimas. Eu me lembro do meu pai dançando com

Mimi nesta sala, tantas vezes. Não de forma exagerada, mas com carinho, movendo-se lentamente, sorrindo um para o outro.

E aí teve aquela vez em que tentamos fazer uma Noite de Burns em família. Todo mundo vestiu kilt e tentou dançar música escocesa, e meu pai ficou lendo versos de Robert Burns com o pior sotaque escocês da história, até todo mundo ter uma crise de riso. Por meses, bastava ele *olhar* para mim e perguntar, com aquele sotaque: "Vamos jantar *haggis* hoje, Effie, querida?", que eu caía na gargalhada. É óbvio que cantamos "Auld Lang Syne". Descontrolada e alegremente, erguendo e baixando os braços em uníssono.

Tínhamos tudo isso. Piadas, brincadeiras, amor e diversão. E agora temos Krista e a irmã dela com vestidos justos, dançando com meu pai como se estivessem num videoclipe.

— Lembra da Noite de Burns? — pergunto à Bean, sussurrando, com a voz um pouco embargada. — Lembra da Mimi com aquela fita de xadrez escocês no cabelo? Lembra do papai fazendo o discurso do *haggis*?

— Lógico.

Bean assente, mas não está com os olhos cheios de lágrimas como eu. Está mais calma. Bean sempre foi mais calma.

Com um suspiro, fito o banco embutido embaixo da janela, ainda cheio de cabos, e sinto uma pontada de saudade. É quase como se pudesse *ver* minhas bonecas russas dentro dele. Elas estão me chamando. Mas não posso fazer nada a respeito agora.

Aponto para a escada, e Bean assente. Em silêncio, alcançamos o quarto dela, então Bean fecha a porta e nós nos jogamos na cama dela.

— Ai, meu Deus! — exclamo. — O que foi *aquilo*? Dança dos famosos?

— Shh! — Bean me repreende. — A Romilly e o Gus estão no quarto aqui do lado, lembra?

Ops. Tinha esquecido. Esfrego o rosto, tentando me livrar da imagem de Krista com meu pai, e me concentro na tarefa a seguir.

— Então, como vamos falar com o Gus? Precisamos afastar ele da Romilly.

— Eu tenho que voltar para a festa — diz Bean.

— Deixa de ser boba. — Faço pouco caso de sua preocupação. — Papai está se divertindo bastante com Krista e Lacey. Eles estão praticamente fazendo um *ménage* na pista de dança. Não vão nem reparar se você está lá ou não. Vamos mandar uma mensagem para o Gus.

— Já mandei — diz Bean. — Ele não está respondendo SMS nem WhatsApp.

— Droga. — Penso por um instante. — Bem, vamos ter que dar um jeito de tirar ele do quarto. Dizer que é um assunto de família.

Fico junto da porta, ouvindo, enquanto Bean vai até o quarto de Gus e bate à porta.

— Oi! — Ouço Bean exclamando, quando a porta se abre. — Romilly! Que pijama bonito! Hum, posso dar uma palavrinha com o Gus? Assunto de família.

— Ele está no banho. — Ouço a resposta. — Não dá para esperar até amanhã?

— É...

— Preciso dormir, sabe — continua Romilly, com aquele tom presunçoso e mal-humorado. — A Molly e a Gracie têm uma aula de violino muito importante amanhã, com uma professora muito especial. Ela é superconcorrida...

— É, estou sabendo da professora de violino — interrompe Bean, depressa. — Maravilha! Mas, se puder, fala para o Gus que a gente precisa falar com ele urgente...

— *A gente?* — pergunta Romilly, seca, e eu gelo por dentro.

— Quer dizer... eu — corrige Bean. — Eu preciso falar com o Gus. Só eu. Sobre um assunto de família. Urgente.

— Eu aviso — diz Romilly, e um momento depois a porta se fecha.

Bean se volta para mim, faz um gesto de silêncio com as mãos e, quando nossa porta se fecha, solta um barulhinho de frustração.

— Que vaca!

— Aposto que não vai falar nada — prevejo. — Vai dizer que esqueceu.

— Por que ele não olha o celular? — reclama Bean, olhando para a tela do seu. — Impossível falar com ele!

— Não é, não — digo, me achando brilhante, porque, pela primeira vez na vida, me sinto como se tivesse um superpoder. — Eu posso me esgueirar até o banheiro do Gus. Sei o caminho do seu sótão até o dele. — E aponto para a porta de alçapão no teto, acima de nós. — Moleza.

Já estou abrindo a porta e baixando a escada velha de madeira. Nós sempre perambulávamos pelos sótãos de Greenoaks quando éramos crianças, mas ninguém os conhece tão bem quanto eu. A casa é cheia de beirais e alçapões, e, em dias de chuva, eu ficava explorando todos eles: rastejando por recantos empoeirados, me equilibrando em vigas, montando acampamentos secretos onde quer que houvesse espaço. Conheço cada cantinho, consigo refazer todos os caminhos.

— E você vai fazer o quê quando chegar lá? — argumenta Bean. — Você não vai poder conversar com ele no banho, com a Romilly logo ali no quarto. E, se a gente tentar conversar aqui, ela vai vir atrás.

— Vou falar para ele encontrar a gente no bar — sugiro. — Ninguém vai achar a gente lá.

O bar é o maior dos sótãos, com uma janelinha redonda que deixa entrar uma faixa cinzenta de luz. Há uma cômoda velha com gavetas lá, onde costumávamos esconder garrafas contrabandeadas, e sempre foi nosso ponto de encontro secreto.

— O bar! — Os olhos de Bean se iluminam. — Claro! Faz anos que não subo lá. A gente tem que beber alguma coisa lá. Pelos velhos tempos.

— Você pega a bebida — ordeno, já no meio da escada. — Eu vou chamar o Gus. Te encontro no bar.

Ok, os sótãos são menores do que eu me lembrava. Ou fui eu que cresci. Ou envelheci. Ou algo assim.

Eu me lembro de correr com agilidade de uma viga para a outra quando era criança, passando sem problemas por caixas d'água, me esquivando de tábuas irregulares com facilidade, e não bufando enquanto me arrasto e me espremo por passagens estreitas com um "ui!", e xingando toda vez que esbarro num prego perdido. Quando, enfim, chego à porta do Gus, minhas costas estão doendo e meus pulmões estão protestando contra toda essa poeira.

Ainda assim. Consegui.

Eu me agacho, limpo uma teia de aranha do rosto e examino o alçapão quadrado à minha frente. Todos os alçapões dos sótãos abrem de ambos os lados — foi uma medida de segurança que Mimi insistiu em instalar quando descobriu que a gente brincava aqui em cima. O banheiro de Gus está bem embaixo de mim. Posso alcançá-lo numa fração de segundo. Já fiz isso uma porção de vezes.

Mas agora me bate uma dúvida repentina. Tudo bem esgueirar por aí e assustar um ao outro quando a gente era criança — mas já somos adultos. E se Romilly estiver lá dentro? E se eles estiverem pelados? E se estiverem transando?

Encosto o ouvido no alçapão — mas não ouço nada. Decido que vou abrir só uma frestinha e espiar. Ver o que está acontecendo.

Abaixo a porta uns poucos centímetros e olho pela fresta, tentando entender o que está acontecendo lá embaixo. Lá está a banheira, cheia de água, mas Gus não está dentro dela. (Graças a

Deus. Eu realmente não queria espiar meu irmão tomando banho. Muito obrigada.)

Estico o pescoço e o vejo sentado na tampa fechada da privada, totalmente vestido. E estou prestes a chamá-lo, quando a expressão em seu rosto me detém. Ele está arrasado. Não, pior que isso, desolado. Branco como um fantasma.

Meus olhos descem para o objeto em sua mão. É um palitinho de plástico. Espera aí. É um...

Ai, meu Deus. *Não*.

Meu coração dispara. Ela não pode. Ela *não pode*.

Ele levanta e anda na minha direção, e vejo o palitinho muito nitidamente. Sem dúvida, é um teste de gravidez, e está escrito *grávida*. Enquanto olho para aquela palavra, assimilando tudo que aquilo significa, me bate uma tristeza — então não consigo nem imaginar como Gus deve estar se sentindo. Ele estava prestes a escapar. Ele teve a chance. Seu burro, seu *burro*, repreendo-o em silêncio.

— Gus! — A voz de Romilly atrás da porta faz nós dois pularmos de susto. — Já terminou?

— Quase! — responde Gus, com uma voz tensa.

Ele fita o teste de farmácia mais uma vez e joga o palitinho no lixo.

Ok, esta não é a melhor hora. Mas tenho de agir depressa, antes que ele deixe Romilly entrar no banheiro. Dou a ele três segundos para se recompor, então abro mais o alçapão, enfio a cabeça e sussurro o mais alto que posso:

— Gus!

Gus olha para cima e, assim que me vê, arregala os olhos.

— *Effie*! Que merda é essa? O que você está fazendo *aqui*?

— Shh! — Levo o indicador aos lábios. — A gente precisa conversar. É importante. Me encontra no bar, ok?

— No bar? — Ele fica me encarando. — *Agora*?

— É! Agora!

— Gus, preciso *muito* lavar o rosto — reclama Romilly rispidamente pela porta do banheiro. — E a gente ainda tem que transar. Estou muita tensa. Já te falei isso, Gus. Preciso de um orgasmo *pelo menos* dia sim, dia não, e já tem setenta e duas horas. Eu *realmente* queria que você prestasse atenção em mim quando eu falo sobre isso.

Mordo o lábio com tanta força que vou acabar me cortando. Gus e eu nos entreolhamos e ele desvia o rosto depressa.

— Faz o que você tem que fazer — digo, revirando os olhos. — Mas não demora e me encontra no bar depois. Sem falta. A Bean vai levar as bebidas.

DOZE

Rastejo pela entrada do bar e, na mesma hora, me vejo tomada pela nostalgia. Quantas horas não passei neste lugar? O cômodo tem quase a mesma altura que uma pessoa de pé, um sofá velho e esfarrapado sobre as tábuas do chão, tapetes puídos, uma cômoda com uma gaveta faltando e uma estante antiga que serve de bar. Apoiado nela, há um letreiro de neon que diz *Cocktails*, que alguém deu de presente de aniversário para Gus. Ligo o letreiro — e, para minha alegria, ele ainda funciona. Agora só precisamos de umas bebidas. Onde Bean se meteu?

Pego o celular para mandar uma mensagem para ela, mas depois ouço uma voz familiar, exclamando:

— Pelo amor de Deus!

— Você está bem?

Corro até o buraco nas tábuas do chão, olho para a escada do sótão e vejo Bean de pé no quarto de hóspedes lá embaixo, equilibrando uma garrafa e três taças.

— Como é que eu vou subir com as bebidas aí? — pergunta ela, irritada. — *Como* a gente fazia isso?

— Não sei. A gente dava um jeito. Passa pra cá. Anda, antes que alguém te veja!

Em uns dois minutos, Bean e as bebidas estão em segurança no sótão e ela está olhando ao redor, admirada.

— Faz anos que não subo aqui — diz, cutucando uma almofada com buracos de traça. — É bem caído, né?

— Não é nada caído! — exclamo, ofendida em nome do bar. — Tem personalidade.

— Bem, eu não vou sentir saudade.

— Eu vou.

— Effie, você sente saudade de *tudo* — rebate Bean, exasperada, mas com carinho. — De cada tijolo, cada teia de aranha, cada mínimo momento que vivemos aqui.

— Foram bons momentos — devolvo, na defensiva. — Claro que sinto saudade deles.

Enquanto Bean serve três taças de vinho branco, Gus aparece na escada e olha ao redor, estupefato.

— Esse lugar!

— Pois é! — concorda Bean. — Deve ter o quê, dez anos que não subo aqui? Vem beber com a gente. Temos muito que conversar.

Gus se ergue pelo buraco, fecha a porta, aceita uma taça e se senta no sofá.

— Saúde — diz ele, erguendo a taça, então dá um gole e se vira para mim. — O que você está fazendo aqui? Achei que não vinha. Você não tinha um encontro com um atleta olímpico?

— Inventei tudo — confesso. — Estou aqui desde o começo. Mas ninguém me viu. Então não conta para *ninguém*. Só você e a Bean sabem. E o Joe.

— O Joe sabe?

— Ela estava debaixo do aparador na sala de jantar, ouviu tudo o jantar inteiro — explica Bean, e Gus se engasga com o vinho.

— *Quê*?

— Foi bem divertido — comento.

— Mas *por quê*? — pergunta Gus, incrédulo. — Por que você simplesmente não veio à festa?

— Eu não queria vir à festa — explico, paciente. — Só vim para pegar minhas bonecas russas. Ia entrar e sair no mesmo pé. Mas acabei ficando.

— É por *isso* que você estava perguntando das bonecas russas. — Ele olha para Bean. — Você podia ter me avisado. A Effie quase me matou do coração quando enfiou a cabeça no banheiro!

— Era o único jeito de falar contigo! — Eu me defendo. — Você não olha o celular!

— Bem, sorte a sua que eu não estava tomando banho. Ou fazendo coisa pior, muito pior. — Ele faz uma careta horrível e engraçada. — E aí, já achou as bonecas?

— Não. Você as viu em algum lugar, Gus? — pergunto, muito embora saiba que Bean já perguntou. — Lembra como elas são?

— Lógico que eu lembro — diz ele. — Quem não conhece as bonecas russas da Effie? Mas não as vi. Faz anos que não as vejo. E não estão no banco embutido da janela, por falar nisso. Dei uma olhada antes de subir. Pedi ao DJ que tirasse o equipamento dele. Está vazio.

— Sério? — Fito meu irmão, consternada. — Tem certeza?

— Tenho. Foi mal, Effie. Mas aposto que estão em algum lugar.

— Foi o que eu falei — comenta Bean. — Tenho certeza que as vi pela casa.

"Mas onde?", penso, desesperada. "Onde?"

— Obrigada, Gus — digo, e ele assente.

Não há o menor indício de suspeita em seu rosto; acho que ele nem tem ideia de que o vi com o teste de gravidez. Mas o resultado está gravado na minha mente, e consigo detectar a tensão sob sua máscara de descontração.

— Vamos fazer um brinde decente. A quê? — Gus ergue a taça.

— A recomeços — sugere Bean, e fico apavorada que ela vai acrescentar alguma coisa sobre Gus se separar da Romilly, e que maravilha que isso vai ser, então interrompo depressa:

— A ser sincero com os nossos irmãos.

— Certo — comenta Gus, confuso. — E quem não está sendo sincero?

— Bem, depende de como você vai responder à próxima pergunta. — Fixo os olhos semicerrados nele. — O que está acontecendo, Gus? Ouvi você falar de "prestar queixa" lá embaixo, então, se você vai ser preso, é melhor avisar a gente.

— Preso? — Gus dá uma gargalhada, espantado. — Para de doideira!

— E que queixa é essa então? — pergunta Bean, ansiosa. — E por que você vai aparecer na imprensa?

— Eu, não! — exclama Gus, ofendido. — Pelo amor de Deus! Sabia que é feio bisbilhotar os outros, Effie? — Ele faz uma cara séria para mim. — A queixa não tem nada a ver comigo. Não diretamente — acrescenta ele.

— Tem a ver com o que então? — insisto. — Porque você parecia bem preocupado.

Gus dá um longo gole no vinho e expira.

— Tudo bem — diz ele, olhando de mim para minha irmã. — Isso não sai daqui. Mas a Romilly foi acusada de assédio moral por um dos funcionários dela, e parece que ela pode ser processada. Eu estava conversando com um amigo que é advogado. Mas vocês não sabem de nada, ouviram?

Romilly? *Assédio moral*? Duvido! Não a gentil e adorável Romilly. Olho de relance para Bean, então desvio o olhar novamente.

— Ai... não! — exclama Bean, numa tentativa patética de demonstrar preocupação. — Coitada da Romilly. Isso... é...

— Terrível — intercedo. — Tenho certeza de que ela não tem culpa.

— É — comenta Gus. — Bem...

Um longo e desconfortável silêncio se instaura, durante o qual todas as coisas que não podemos dizer parecem pairar no ar entre nós.

— Enfim — diz Gus, afinal —, era disso que eu estava falando. — Ele ergue a taça, num gesto irônico. — Diversão pura. — Dá um gole, então acrescenta, um pouco mais sério: — Na verdade, que bom que vocês me arrastaram aqui para cima. A gente precisava mesmo tomar uma última taça aqui, juntos.

— Papai está mais do que feliz — comento, meio tristonha. — Vocês o viram dançando com a Krista?

— Ô, se vi.

Gus revira os olhos.

— Fiquei me lembrando de quando fizemos a Noite de Burns. — Olho para Gus, revivendo a dor de antes. — Dançando música escocesa, lembra disso? E o *haggis*? A poesia?

— Foi divertido. — Gus assente, saudoso. — O *sotaque* do papai. — Ele dá uma risada. — Mas o uísque era bom. Parece que faz uma vida.

— Pois é. — Engulo em seco. — Foi em outra vida. Uma que nunca mais vamos ter de volta.

Não era minha intenção falar do meu pai nem do divórcio, nem de nada disso. Mas passei a noite remoendo a mágoa. E agora que estamos os três aqui, sozinhos, não consigo me conter.

— Ouvi o papai falando lá embaixo, hoje mais cedo, dizendo que nunca esteve tão feliz. — Olho de Gus para Bean, arrasada. — Aposto que não vê a hora de se livrar dessa casa. Na verdade, já devia estar cansado do tempo todo que passou aqui, fingindo gostar de ser uma família, com a gente e a Mimi. Vocês sabem. A nossa vida toda.

— Effie! — protesta Bean. — Não fala uma coisa dessas. Só porque o papai está feliz agora, não significa que ele não era feliz. E ainda somos uma família. Você tem que parar de falar assim. — Ela implora a Gus. — Fala para ela.

— Lembra quando a mãe do Humph falou uma vez que a gente foi construindo a nossa família aos poucos? — pergunto, ignorando Bean.

— Que mulher mais esnobe... — comenta Gus, revirando os olhos.

— Bem, de qualquer forma, ela estava errada, porque a gente não construiu nada. A gente destruiu a nossa família. Acabou.

— Destruiu! — Gus arregala os olhos. — Você não está sendo nem um pouco exagerada, Effie.

— *Você* não se sente um pouco assim? Destruído?

— Eu me sinto acabado por uma série de motivos — responde Gus, dando outro gole no vinho.

— Somos uma família que não consegue mais cantar "Auld Lang Syne" — insisto. — Nunca vi nada mais excruciante. Foi *horrível*.

— Ai, meu Deus. — Bean faz uma careta. — Estou me sentido culpada por aquilo. Coitado do papai. Mas não pareceu certo. Você não estava lá, Effie... Sei lá...

— Foi esquisito — concorda Gus. — Não foi natural. Papai perdeu o tato. Estava atuando.

— Exatamente. Aquele jantar inteiro foi pura encenação. — Encaro meus irmãos brevemente. — Aceitem, nossa família não é mais como era antes.

— A gente só precisa pensar positivo! — exclama Bean, olhando para mim com olhos perturbados. — Eu sei que as coisas estão... difíceis atualmente. Mas a gente pode consertar, a gente *vai* consertar.

— Bean, para de ser tão *otimista* o tempo todo! — exclamo, numa angústia súbita e violenta. — Aceita: as coisas nunca vão voltar a ser como eram antes. Nunca mais o papai vai dançar com a Mimi... nunca mais vamos passar um Natal aqui. — Sinto um nó na garganta. — Nunca mais vamos fazer uma fogueira no morro. Ou... Sei lá. Brincar de mímica em família. Todo mundo diz: "Pelo menos você já é adulta." Mas eu venho aqui e não me sinto adulta. Eu me sinto...

De repente, lágrimas começam a escorrer por minhas bochechas, e eu seco o rosto, e, por alguns instantes, ninguém diz nada nem se move.

— Eu sei o que você quer dizer, Effie — murmura Gus, por fim, e nós duas olhamos para ele, assustadas. — Foi difícil por um tempo, depois que eles se separaram. E a gente não pode dizer nada. Porque já é adulto. Tem que saber superar. Você fica *com vergonha* de se sentir mal. — Ele dá mais um gole. — Sabe de uma coisa? Acho que seria melhor se eles tivessem feito isso quando éramos crianças. Pelo menos o papai não teria ficado se gabando para cima de mim do apetite sexual dele, esperando que eu comemorasse com ele.

— Eca! — digo e faço uma careta.

— Não! — exclama Bean, horrorizada.

— Pois é — continua Gus, com uma cara de dor. — Quer dizer, que bom para ele e tudo mais, mas eu não preciso saber disso.

— Faz até a gente repensar o que é casamento — comenta Bean, depois de uma pausa. — E relacionamento. E tudo mais.

É tão raro ela ser qualquer coisa que não absolutamente positiva que olho para minha irmã com outros olhos.

— Também acho. — Gus assente. — Às vezes, eu fico pensando... Cara, se o papai e a Mimi não conseguiram fazer dar certo, que esperança eu tenho de conseguir?

— Justamente! — exclamo, aproveitando que finalmente meus irmãos estão concordando comigo. — Eles eram o casal feliz e perfeito, e aí... Bum, do nada, se separam.

— Eles *não* eram um casal feliz e perfeito — devolve Bean, quase rispidamente. — E não foi do nada. Efelante, você tem que parar de ser tão iludida! O papai e a Mimi eram um casal complicado e com problemas como qualquer outro. Eles só não demonstravam isso. Mas eu vi a realidade quando morei aqui. Lembra, uns anos atrás, quando estava reformando minha casa? Passei seis meses aqui, sozinha com eles, e nem tudo eram flores. Era difícil.

— O que era difícil?

Encaro Bean, porque ela nunca me contou isso.

— Só... — começa ela, desconfortável. — O clima.

— Bean... — Engulo em seco, porque isso tudo é novidade para mim. — Você acha que o papai estava tendo um caso? Foi por *isso* que eles terminaram?

A narrativa oficial da separação é que primeiro meu pai e Mimi concordaram em se separar. E depois — *bem* depois disso — meu pai conheceu Krista num bar. Mas eu sempre suspeitei de que talvez as coisas não tenham acontecido assim. E, às vezes, quando eu ficava muito mal, me perguntava: será que meu pai não estava pulando a cerca todo esse tempo? Não só com Krista, mas com outras?

— Não — responde Bean, depois de uma pausa. — Pelo menos, não que eu saiba. Mas acho que eles faziam um teatrinho sempre que a gente chegava em casa, e os problemas já existiam muito antes do que a gente pensa.

— Só digo uma coisa — comenta Gus, erguendo o rosto. — E eu fiquei sabendo disso hoje: a Krista foi atrás do papai.

— *Quê?* — Encaro meu irmão. — Como assim "foi atrás"?

— Que coisa mais macabra! — comenta Bean, rindo de nervoso.

— "Foi atrás" no sentido de que ela fez perguntas sobre ele — explica Gus. — *E* mentiu sobre como eles se conheceram. A história é que eles estavam cada um num canto, no bar do Holyhead Arms, e cruzaram o olhar de repente, então o papai comprou uma bebida para ela, e ela nem sabia quem ele era, certo? Pois então, a mais pura mentira. Ele tinha passado a frequentar o bar, e ela o viu, mas ficou na dela. E perguntou para o dono tudo sobre ele. Só aí é que entrou em ação.

— Quem te contou isso? — pergunta Bean.

— Mike Woodson.

— Se tem alguém que saberia, é ele — comento.

Mike Woodson mora em Nutworth, do lado da igreja. Ele se aposentou cedo há vários anos, e seu maior hobby é frequentar todos os pubs e bares de hotel do bairro.

— Ele me cercou na recepção e me avisou sobre ela. Acha que o papai fez uma grana esse ano e que a Krista está de olho no dinheiro dele. Para usar exatamente as mesmas palavras que ele: "Cuidado para essa namorada nova não pegar todo o dinheiro dele e sumir do mapa."

— Sério? — pergunta Bean, encarando Gus.

— Eu *sabia*. — Olho ao redor, me sentindo alerta de repente, como se fosse uma detetive. — Eu *sabia*. E vocês sabiam que a Krista quer abrir um restaurante em Portugal? E se ela estiver planejando depenar ele? Ela já arrancou aquele diamante gigante dele. Quanto vale aquilo? Alguém já verificou se ela tem passagem na polícia?

— Effie! — exclama Bean, rindo um pouco. — *Passagem na polícia?*

— Pensa só! Não é de admirar que ela o impeça de falar com a gente! Faz tudo parte do plano! Acho que um de nós precisa falar com o papai sobre isso. Não eu, claro — acrescento.

— E dizer o quê? — questiona Bean, estarrecida. — Se começarmos a lançar mão de acusações infundadas, vamos causar um dano enorme. Essa família já tem muitos problemas. Precisamos nos curar, e não encontrar novas feridas!

Reviro os olhos, porque já deveria saber que Bean reagiria assim. Eu me volto para meu irmão.

— Gus?

— Eu não vou falar nada com ninguém — diz ele, com firmeza.

— A Bean tem razão, é tudo disse me disse. Abrir um restaurante em Portugal não é contra a lei, sabia?

— E a Krista está querendo fazer uma cerimônia para oficializar a união deles — contrapõe Bean. — Por que sumiria do mapa?

Mais uma vez, fico frustrada com meus irmãos, que podem ser mais velhos, mas *não* são necessariamente mais sábios.

— E se a Krista gastar todo o dinheiro do papai e o obrigar a usar um poncho e virar garçom no restaurante dela? — pergunto a eles.

— Um *poncho*? — pergunta Gus e me encara.

— E aí ela termina com ele, e ele fica triste e sem um tostão em Portugal? O que vocês vão dizer quando *isso* acontecer?

— Eu vou dizer: "Effie, você tinha razão" — cede Bean, muito paciente.

— Eu vou dizer: "Pelo poncho eu *não* esperava" — acrescenta Gus.

— Haha — digo. — Muito engraçado.

— Mas não vai acontecer — continua Bean, tateando a superfície para procurar pela garrafa de vinho e derrubando um baú de madeira. — Sinceramente, acho que o papai consegue cuidar de si mesmo...

— Krista, querida, acho que tem rato na sua casa!

A voz distante de Lacey soa abaixo de nós, e nós três gelamos, olhando consternados de um para o outro.

— Você viu algum? — pergunta a voz igualmente distante de Krista.

— Não, mas ouvi um barulhinho bem agora. Deve ser rato.

— Rato! — A voz de Krista fica mais alta, e ouve-se um barulho de saltos se aproximando. — Era só o que faltava nessa porcaria de casa.

— Bem, agora não é mais problema seu, né?

De repente, o barulho dos saltos para, e ouço Krista comentando:

— Quer saber, Lacey, você tem razão. Não estou nem aí. Por mim, os ratos podem comer tudo.

— É desse lustre que você estava falando? — pergunta Lacey.

— Diria que custa no mínimo uns quatro mil.

— Sério?

— Sim. Com certeza. Quatro, quatro e quinhentos. E aquele espelho deve custar uns dois mil.

— Dois mil! — repete Krista, impressionada.

Bean e Gus trocam olhares arregalados, e sinto uma dor repentina bem no peito. Sempre prometi ao papai que não contaria o que aconteceu naquele dia horroroso. Mas não consigo mais guardar segredo.

— Não teria dado nem cinco libras — comenta Krista. — Pra você ver. — Ouvimos um ruído de patas no piso lá embaixo, seguido pelo latido estridente característico de Bambi. — Oi, fofinho — cantarola Krista. — Fofinho da mamãe... Ei, Lace. Vamos fazer mais vodca tônica.

— Boa — aprova Lacey, e elas se afastam.

Por um instante, ninguém se move, então expiramos devagar.

— Ai, meu *Deus* — sussurra Bean. — O que foi *isso*?

— Eu te *falei*! — exclamo, com a voz trêmula de adrenalina. — Ela só quer saber de dinheiro! E vocês querem saber de uma coisa? — Abaixo a voz. — Um tempão atrás, peguei ela tirando foto dos móveis. Quando falei para o papai, ele ficou todo na defensiva e ficou do lado da Krista. Disse que era para eu não contar para vocês, porque vocês iam ficar contra ela. Então eu não contei. Mas agora... — Faço uma pausa. — Você estão *vendo*?

— Eu não fazia ideia! — diz Bean, chocada.

— Bem. Foi o que aconteceu.

Engulo em seco, com o rosto quente. De repente, me dou conta de como foi estressante guardar o segredo esse tempo todo.

Dá para perceber que o cérebro de Bean está maquinando, e, de repente, com uma expressão confusa, ela pergunta:

— Ah, lembrei o que eu ia perguntar. Krista realmente te mandou um e-mail dizendo: "Effie, querida, você devia vir à festa, você vai se arrepender se não vier"?

— Claro que não! — Reviro os olhos. — Mais uma mentira dela.

— Bem que eu imaginei! Mas está na cara que o papai acreditou nela! — Bean me encara, consternada. — Effie, isso está muito errado. Ele tem que saber. Eu vou contar para ele.

— Não, Bean. — Seguro-a pelo braço. — Não conta. Você faz tudo por mim. Você está sempre intermediando as coisas. Sempre fica com a carga emocional. E você já está com problemas demais com... — Hesito. — Com seu trabalho. Deixa que eu resolvo.

— Eu tenho que ir embora — diz Gus, relutante, baixando a taça. — Mas isso aqui foi muito bom. De verdade.

— Você *não* pode ir embora! — exclamo. — O que a gente vai fazer com a Krista e os móveis, e tudo mais?

— Certo — diz ele. — Se alguém vir a Krista e a Lacey carregando um lustre pela porta da frente, manda uma mensagem para os outros com o código *vidraçaria*. Repetindo: *vidraçaria*. Caso não aconteça, a gente se fala amanhã?

Ele levanta a mão numa despedida e abre a porta de alçapão.

— Peraí, Gus — diz Bean, com um fervor súbito. — Antes de você ir. — Ela pega uma das mãos dele e uma das minhas e as aproxima uma da outra. — A nossa família não acabou. *Não* acabou.

Ficamos nos encarando por alguns instantes em silêncio, acima de nossas mãos entrelaçadas. Meu irmão. Minha irmã. Rostos familiares e queridos. Adultos agora... mas, na minha cabeça, ainda não crescidos. Sempre crianças, zanzando pelo sótão, tentando descobrir como tocar a vida.

— É, bem — diz Gus, por fim, quebrando o encanto. — Boa noite. Amanhã a gente se vê para mais um dia divertido de carnificina. Que coisa mais legal reunir a família, né?

TREZE

Me arrumar para dormir no quarto de Bean é como voltar no tempo. Nós sempre tínhamos de dormir juntas quando recebíamos alguma visita e brigávamos por tudo. A que horas desligar a luz. Quem estava fazendo "muito barulho" com o edredom. Quem não parava de "encher o saco da outra". (Eu, provavelmente, para ser sincera.)

Mas agora somos adultas, educadas e civilizadas. Bean até acha uma escova de dentes nova para mim, numa bolsa de viagem, e uma amostra grátis de hidratante. Ando pelo quarto com um pijama velho dela, passando a mão com carinho pelos móveis do Pedro Coelho. As duas camas de madeira com coelhos pintados à mão nas cabeceiras. O guarda-roupa decorado com trepadeiras. A penteadeira com os puxadores da gaveta em formato de cenoura.

— De onde vieram esses móveis? — pergunto, abrindo o armário com a porta de vidro para examinar a coleção de cerâmica de Bean arrumada nas prateleiras em formato de folha. — É inacreditável

— Tinha um marceneiro no bairro que fazia móveis por encomenda — explica ela, escovando o cabelo. — Ele já morreu. Aparentemente, foi ideia da mamãe colocar as cenouras nas gavetas da penteadeira.

— Nunca soube disso — comento, depois de uma pausa.

Fico com aquela sensação meio estranha de ser um peixe fora d'água sempre que as pessoas falam da Alison. (Não consigo pensar nela como minha mãe.)

— Você quer ler, ou alguma coisa assim? — pergunta Bean, com delicadeza.

— Não. Estou exausta. Vamos dormir.

Deitamos na cama, Bean desliga o abajur, e eu fico olhando para a escuridão. Eu *não* esperava passar outra noite debaixo deste teto. É surreal.

Sem pensar, estico o braço em busca das minhas bonecas russas, para me acalmar — então me lembro e me bate uma tristeza. E nem sei onde procurar por elas.

E se eu não conseguir...

Não. Nem pensa nisso. Eu *vou* encontrar minhas bonecas. Só preciso continuar procurando.

Para me distrair, conto os integrantes de nossa família, que é outra coisa que eu fazia quando era criança. Eu dava boa-noite a eles na minha cabeça, como se para me assegurar de que estava todo mundo bem. Papai... Gus... Bean... Então, quando penso em Mimi, solto um longo suspiro.

— Está tudo bem? — pergunta Bean, na escuridão.

— Só estou pensando... na vida.

— Hum. — Bean fica quieta por um instante, então diz, com carinho: — Efelante, você fica dizendo que nossa família acabou. Mas olha só para a gente. Eu estou aqui. Você está aqui. Gus está aqui.

— Eu sei. — Olho para o teto, no breu. — Mas não é a mesma coisa, né? A gente não conversa mais como antes. Papai está todo esquisito e artificial. E agora não vamos nem ter mais Greenoaks para nos encontrar. Vamos só... nos afastar.

— Não vamos, coisa nenhuma — insiste Bean, destemida. — Vamos continuar nos vendo. Só que em outro lugar.

— Krista não quer ver a gente. Ela quer arrastar o papai para Portugal.

— Bem, se ele quiser ir e for feliz lá, então a gente tem que respeitar — argumenta ela. — Quem sabe não vai ser um capítulo novo e divertido na nossa vida. Vamos poder visitar os dois. Ir à praia!

— Quem sabe — digo, embora a ideia de ir à praia com Krista me cause ânsia de vômito.

Um momento de silêncio se instaura, então Bean respira fundo.

— Effie, eu andei lendo umas coisas — diz ela. — Você sabia que é um tipo de luto? Eles chamam a gente de FADD. Filhos adultos do divórcio. Aparentemente, é bem comum, tem muita gente que se separa na terceira idade. Eu até encontrei... um grupo de apoio — acrescenta ela, hesitante. — Talvez a gente pudesse ir.

Um *grupo de apoio*, penso, com um desdém silencioso. Num salão de igreja, com biscoitos velhos. Parece superdivertido.

— Quem sabe — repito, tentando não soar muito desanimadora.

— Acho que você foi a mais afetada. — A voz de Bean preenche o quarto novamente. — Talvez por ser a mais nova. Ou porque você não conheceu a mamãe. A Mimi *é* a sua mãe.

— Sinto falta da Mimi — digo, um nó repentino se forma na garganta ao pronunciar o nome dela. — Estamos todos aqui, mas ela não.

— Eu sei. É estranho.

— A casa fica tão vazia sem ela... — Hesito, os olhos ardendo ao me lembrar de Mimi no jardim, cantarolando pela cozinha, desenhando, rindo, sempre achando um jeito de melhorar a vida.

— Ela era o coração da nossa família. Ela estava no centro de tudo. Eu só queria...

— Efelante, não. — Bean me interrompe, preocupada de repente. — Não faz isso. Para de ficar desejando isso.

— O quê?

Eu me levanto, me apoiando nos cotovelos, ligeiramente espantada.

— Você só fica dizendo que queria que o papai e a Mimi não tivessem se separado. Mas eles se separaram. E a casa foi vendida. Isso não vai mudar.

— Eu sei — digo, me sentindo ofendida. — Eu *sei*.

— Mas você fala como se ainda fosse uma opção. Como se pudéssemos voltar no tempo e magicamente impedir que isso acontecesse.

Abro a boca para contradizê-la, mas não digo nada. Porque, agora que ela falou, talvez eu fique mesmo voltando constantemente àquele dia bombástico na cozinha, repassando-o de outra maneira.

— Você só tem que aceitar — continua Bean, triste. — Eu sei que é difícil. Quando o Hal me largou, tudo que eu queria era o Hal. Queria tanto que achei que o universo tinha que dar ele para mim. *Tinha* que dar. — Sua voz falha. — Mas não aconteceu. Não era para eu ficar com ele. Era para eu ter outra coisa. Era para eu ser feliz de outro jeito. Senão, o que eu posso fazer também, chorar para o resto da vida? — Ela se senta na cama, e um feixe de luar faz seus olhos brilharem. — O que *você* vai fazer, chorar para o resto da vida?

Fico quieta, me sentindo repreendida. Não tinha pensado por este lado. E, no entanto, fico com o coração quentinho com o amor que sinto por Bean, que é tão paciente e teve tanto azar na vida.

— Bean, ouvi você conversando com o Gus hoje mais cedo — comento, meio hesitante. — Como... você está? Tipo... sua vida amorosa?

— Na verdade — responde ela, depois de uma longa pausa —, estou saindo com uma pessoa.

— Ai, meu Deus, Bean! — exclamo, animada. — Que coisa boa! *Por que* você não me contou?

— Desculpa. Faz um tempo que quero contar. Mas, depois do que aconteceu com o Hal, queria ver no que ia dar primeiro.

— Claro — digo, compreensiva. — E... como está sendo?

— Está tudo meio incerto. — Seu tom de voz é tenso. Ela desvia o rosto. — É... complicado.

Fico meio desanimada. Não quero nada "complicado" para Bean, quero "fácil e feliz".

— Ele... — Engulo em seco, nervosa. — Ele é casado?

— Não. Ele não é casado. Mas... — Ela para de repente. — Olha, a gente pode mudar de assunto? Não quero falar disso. É só... — Sua voz falha muito agora. — É só...

Eu me sinto péssima ao ouvi-la começar a chorar baixinho. Eu a fiz chorar. Era por causa *disso* que ela estava chorando no jardim.

— Bean! — exclamo, pulando da cama e dando um abraço apertado nela. — Ai, meu Deus! Desculpa. Eu não quis...

— Está tudo bem. — Ela estremece, chorando mais alto agora, depois seca o rosto. — Estou bem, de verdade. Volta para sua cama. Está muito tarde, e amanhã tenho que ir nessa porcaria de brunch.

— Mas...

— Outra hora a gente conversa. Quem sabe.

— Nossa, a gente está tirando de letra esse negócio de relacionamento, né? — digo, voltando para a cama, numa tentativa de animá-la. — Devíamos criar um podcast de autoajuda.

— É mesmo — concorda Bean, com a voz ainda trêmula. — Tiramos de letra. Você, pelo menos, tem seu atleta olímpico filantropo.

— Ah, eu não te contei? — comento, impassível. — Ele terminou comigo.

Bean começa a rir, se engasgando um pouco.

— Ah, que droga...

— Pois é, ele falou que eu não dava muita atenção para ele. Disse que tinha mais sintonia com o dardo dele — acrescento, e Bean se engasga de novo. — Falou que eu não despertava a vara dele. De salto. Disse que sair comigo era praticamente uma corrida de obstáculos.

— Eu preciso dormir — diz Bean. — Sério. Para de me fazer rir.

— Você conhece o Mário? — devolvo, na mesma hora.

— Effie!

Ainda sorrindo, olho para o teto no escuro. E, enquanto ouço a respiração de Bean se acalmar, tento imaginar o que "complicado" pode significar. Talvez ele tenha uma ex-mulher. Talvez more no exterior. Talvez esteja na cadeia por um crime que não cometeu...

— Effie? — A voz hesitante dela interrompe minha linha de raciocínio. — Tem mais uma coisa que eu preciso dizer, antes de dormir. Eu... Eu acho que não te ajudei muito. E queria pedir desculpa.

— Oi? — pergunto, surpresa. — Do que você está falando?

— Eu sempre tentei te proteger das coisas — continua ela. — Todo mundo na família. Quando você era pequena, contávamos umas mentirinhas. Papai Noel. A fada do dente. A vez em que o Gus foi pego roubando.

— O Gus, *roubando*? — repito, chocada.

— Foi por causa de uma aposta — explica Bean, meio sem paciência. — Ele foi suspenso, levou um sermão, nunca mais fez de novo, blá-blá-blá. Mas não contamos para você, porque você não teria entendido. Enfim... — Ela faz uma pausa. — A questão é que acho que nunca abandonei o hábito de querer te proteger.

— Você não precisa mais me proteger — afirmo. — Sou adulta agora.

— Justamente. Mas é um hábito difícil de largar. E você e a Mimi têm uma relação tão próxima. Não queria estragar isso.

— Aonde você está querendo chegar? — pergunto, insegura.

— Tem... umas coisas que eu não te contei — continua ela, e o clima no quarto pesa um pouco.

— Que coisas? — gaguejo.

— Sobre a Mimi. E o papai.

— O que tem a Mimi e o papai? — pergunto, baixíssimo.

— Eu amo os dois — diz ela, depois de uma pausa. — Mas, quando eu morei aqui, as coisas não estavam legais. A Mimi era muito intolerante. Crítica. Quase... cruel.

— *Cruel*? — repito, pasma. — *Cruel*? Mas a Mimi é um amor com todo mundo! O mundo inteiro fala isso — lembro a Bean. — Eles sempre falam: "A Mimi é um amor."

— Eu sei que todo mundo fala isso. Mas ela não era um amor com o papai. — Bean suspira. — No começo eu também não acreditava. A forma como ela agia era o contrário de fazer vista grossa com o papai. Era como se ela tivesse um holofote gigante apontado para o papai, seguindo-o pela casa, e não ficava satisfeita com nada. Ela reclamava de tudo. O jeito como ele comia, como se sentava, como tomava o chá... Estava tudo errado.

— Eles sempre brincaram assim um com o outro — digo, meio relutante.

— Pode até ter começado como uma brincadeira, mas não estava mais... — Bean suspira — ...saudável. Parecia que a Mimi queria que o papai sumisse. Ela queria que ele fosse diferente. Ou que não estivesse ali. E aí o papai reagiu ficando caladão e rabugento. Ele ignorava a Mimi, e ela ficava furiosa. Eu ficava furiosa também. Ficava pensando: *"Responde* a ela, pelo amor de Deus!"

— Caladão? — Fico pasma novamente. — Rabugento? O *papai*?

— Pois é. Não dá nem para imaginar. E, às vezes, eu ouvia os dois discutindo num canto lá longe no jardim, onde achavam que eu não conseguiria ouvir. Os dois pareciam... Digamos que não era a melhor versão deles. De nenhum dos dois. — Bean expira. — Eu não te contei, porque era triste demais. Mas agora acho que devia ter contado. Você não teria ficado tão surpresa quando eles se separaram.

Fico em silêncio por um tempo, digerindo a história da Bean. Por mais que eu tente, não consigo imaginar. Mimi é tão calorosa, acolhedora e cativante, e nada ríspida. E o papai é tão charmoso e carismático. Como pode ter ficado rabugento?

— O papai não é perfeito — continua Bean, como se estivesse lendo meus pensamentos. — Nem a Mimi, e eles não eram felizes o tempo todo. Tenho certeza de que só se comportavam daquele jeito porque estavam... infelizes.

A palavra "infelizes" me causa um aperto no peito.

— Então, o quê... Eles passaram esse tempo todo infelizes? — retruco. — Nunca se amaram?

Fico triste e revoltada, porque não é isso que estou falando desde o início? Que toda nossa infância foi uma farsa?

— Não! — devolve Bean na mesma hora. — Não é nisso que eu acredito. Acho que foi só recentemente que as coisas ficaram difíceis. Mas eles não queriam admitir. — Ela suspira. — Talvez devessem ter sido mais abertos conosco. Aí você não ia ficar colocando os dois nesse pedestal.

— Eu não coloco os dois num pedestal! — protesto, e Bean dá uma gargalhada.

— Ah, Effie, é óbvio que coloca. É até bonitinho. Mas isso dificulta as coisas para você. Você enxerga tudo como se fosse: "Antes, estávamos no paraíso, e agora... Puf! Foi tudo por água abaixo." Bem, não é verdade. Não era o paraíso. E não foi tudo por água abaixo — acrescenta ela, depois de uma pausa. — É só... difícil.

— Aí é eufemismo — devolvo, olhando para a escuridão.

— Eu entendo, Efelante — diz Bean, com delicadeza. — De verdade. Sinto falta da Mimi aqui, o Gus também. Fiquei muito triste no último aniversário do papai. A Krista já tinha enfeitado a árvore, lembra?

— *Lembro* — respondo, enfática, porque como eu ia esquecer?

Nós viemos no dia de enfeitar a árvore, mas a árvore já estava toda decorada com enfeites novos que Krista tinha comprado, e todo mundo teve de admirar a decoração.

— Aí ela trouxe aquele bolo chique de chocolate, com uns enfeites, lembra? — continua Bean. — E eu fiquei pensando: "Mas a Mimi sempre faz um bolo de cenoura." Foi uma coisa tão pequena, mas fiquei muito triste.

— Ficou? — Eu me viro para ela, tomada pela gratidão. — Sabia que isso faz com que eu me sinta muito melhor? Saber que não sou a única.

— Você não é a única — diz Bean. — Não mesmo.

— E, cá entre nós, aquele bolo de chocolate era *horrível*.

— *Péssimo* — concorda Bean, enfaticamente.

— Pavoroso.

— Onde será que ela arrumou aquilo? Era o pior chocolate da história. Parecia de plástico.

— É, mas não dá para sentir o gosto pelo Instagram, né?

— Lógico! — exclama Bean. — Foi por *isso* que ela comprou. Para se exibir no Instagram.

— Bean, você está falando mal da Krista! — exclamo, animada, me dando conta do fato de repente.

É tão raro ouvir Bean falar mal de alguém, até da Krista, que não consigo deixar de sorrir. Precisamos fazer isso mais vezes. Muitas vezes. (Só que não vou chamar de "falar mal". Vou chamar de "desabafar". Esse pode ser nosso grupo de apoio. Posso até comprar os biscoitos.)

— Ai, droga — murmura Bean, aflita. — Effie, me *desculpa* por eu ter sido tão...

— Diplomática — sugiro.

— Em cima do muro — ela me corrige. — Estava tentando dar à Krista o benefício da dúvida. Fazer com que a família continuasse se falando. Eu pensei: "O papai escolheu ela, e eu preciso respeitar isso." Mas agora, depois do que você contou, não confio nem um pouco nela.

— Eu *nunca* confiei nela — digo, enfaticamente, só para deixar claro que sou melhor em julgar o caráter dos outros.

Sua respiração fica mais pesada, sei que ela está pegando no sono, mas não vou conseguir dormir agora. Estou muito agitada. Fito a escuridão, de olhos bem abertos, tentando processar toda esta noite estranha e inesperada. Vim aqui atrás das minhas bonecas russas. Elas eram minha única prioridade. Era só o que eu queria desta casa. Mas não as encontrei e, em vez disso, estou me metendo em todos os problemas da minha família.

Penso em todos eles. Todos guardando segredos. Uns dos outros ou do restante do mundo. Mimi e meu pai... Krista e meu pai... Gus e Romilly... Bean... Todo mundo está escondendo alguma coisa de alguém.

E ainda tem Joe, claro. Sinto uma dor no peito quando as lembranças da noite me vêm: a cara do Joe quando me viu atrás da roseira; o jeito como olhou para mim na adega. Ele estava prestes a se explicar, tenho certeza. Prestes a dizer alguma coisa. Mas o quê? O *quê*?

Solto outro longo suspiro e viro de lado, enfiando o rosto no travesseiro, sentindo um súbito cansaço. Não consigo pensar nisso.

Preciso me concentrar no meu objetivo de novo, decido, sonolenta. Amanhã cedo, vou procurar minhas bonecas. Elas *têm* de estar em algum lugar. Num sótão? Na casa da árvore, quem sabe? Só preciso pensar...

Enfim. Pelo menos comi um pouco de cheesecake.

CATORZE

Na manhã seguinte, acordo com uma sensação estranha e desconhecida. Fico deitada por um instante, tentando entender o que é... então me dou conta. Acho que é leveza. Eu me sinto mais leve. Mais tranquila. Mais calma.

É uma sensação boa. Um alívio.

Olhando para o teto do quarto de Bean, admito para mim mesma que a vida tem sido muito ruim. Talvez Bean esteja certa: o divórcio me afetou mais do que aos outros. E talvez o papai também esteja certo: fiquei sem saída. Sem saída num lugar triste e obscuro. Mas quem sabe as coisas não estejam finalmente começando a mudar? Só um pouquinho?

Não sei de que outro jeito explicar como me sinto. Não houve nenhuma mudança concreta desde ontem à noite. Todos os problemas que eu tinha ontem continuo tendo agora. Mas, de alguma forma, eles parecem... diferentes. Mais contornáveis. E não um bicho de sete cabeças.

Mesmo quando a vívida enxurrada de lembranças do divórcio me atinge — como sempre acontece pela manhã, como um filme horroroso, começando por aquele anúncio terrível no Natal —, a sensação não é tão visceral. É como se estivesse assistindo a tudo com uma tristeza irônica, quase desapegada.

Também não fico me remoendo e me perguntando "e se?", como normalmente faço. Bean tem razão: não dá para voltar no tempo. Não posso desejar que tudo isso desapareça.

O mundo é isso aí. E tenho de seguir em frente. O que vai ser bom. Vai ser *bom*. Respiro fundo, sentindo todo meu corpo acordar. Só preciso ser eu mesma: Effie Talbot. Ou talvez uma nova e melhor versão de Effie Talbot. Não mais uma criança chorando por causa dos pais. Não a caçula. Mas talvez a que encara os desafios. Que assume responsabilidades.

Meus olhos se voltam para Bean, ainda dormindo toda encolhidinha debaixo do edredom, e, num impulso, pego meu celular. Vou encomendar umas vitaminas para ela. Isso. Já estou tomando a iniciativa.

Entro no site de uma farmácia e fico pasma com a variedade de opções. De quais vitaminas as pessoas precisam? O que é "quelato"? Qual a diferença entre citrato de magnésio e taurato de magnésio?

Vou perguntar à Bean.

Não, espera, deixa de ser burra, não posso perguntar à Bean.

Continuo descendo a lista, então escolho um suplemento chamado Super Skin Radiance. Com um nome desses, não tem erro, né? Finalizo a compra, com uma sensação de alegria, então olho o quarto à minha volta e me pergunto como mais posso ajudá-la. Quem sabe dar uma arrumada no quarto. Tem uma mala pequena no chão, que Bean deve ter trazido para o fim de semana, e algumas roupas caídas para fora dela. Vou ajeitar isso.

Saio da cama em silêncio e começo a dobrar as roupas. Decido guardá-las no armário. Passo por cima das coisas com cuidado, na ponta dos pés, mas meu pé prende na mala aberta, e eu caio em cima da cama dela.

— Ai!

Ela se vira, ainda meio dormindo.

— Foi mal! — sussurro. — Não queria te acordar. Volta a dormir.

— O que você está *fazendo*? — pergunta ela, sonolenta.

— Ajudando você. Estava arrumando suas coisas.

— Então *para* — diz ela, emburrada, e se vira, puxando o edredom por cima da cabeça.

Certo, talvez seja melhor esperar um pouco para começar a arrumação. Vou voltar ao meu plano original para hoje: encontrar minhas bonecas russas. Pego minhas roupas, mas então torço o nariz e resolvo pegar emprestada uma muda de roupa limpa de Bean. Enquanto procuro por alguma coisa em seu armário, fazendo o mínimo de barulho possível ao passar os cabides, ela abre os olhos e me encara, mal-humorada.

— O que você está fazendo?

— Vou procurar minhas bonecas — sussurro, vestindo uma calça jeans. — Shh. Vai dormir.

— E se você esbarrar com o papai ou a Krista? Ou com a Lacey? Aliás, ela está dormindo no quarto da torre.

— Imaginei. — Faço que sim com cabeça. — E não vou esbarrar com ninguém. Vou pelo sótão. Posso ter escondido as bonecas lá em cima e me esquecido.

— Tudo bem. Boa sorte. — Bean vira de lado, e eu baixo a escada para o sótão. — Não seja pega em flagrante.

Pega em flagrante? De jeito nenhum. Subo a escada, animada e determinada. Caminho por todos os sótãos, procurando dentro de caixas, em cantinhos escuros, embaixo de cadeiras velhas e quebradas. E, o tempo todo, pensando em Joe. Simplesmente não consigo pensar em outra coisa.

Noite passada foi uma surpresa. Sempre soube que Joe tinha um lado mais fechado, protegido de olhares externos. Mas nunca suspeitei que se tratava de ansiedade. Ainda estou um pouco atordoada com a notícia.

Eu me pergunto quantas versões dele existem. Quantas bonecas russas o Médico dos Corações tem trancadas dentro de si? O que ele ainda esconde? E *o que* ele estava prestes a me contar ontem à noite?

A esta altura, meus braços e minhas pernas estão começando a doer de tanto rastejar e escalar. Minha empolgação está se esvaindo. Chuto uma pilha de cartelas velhas de remédio e passo por cima de uma viga, afastando uma teia de aranha da cabeça. Neste momento, tenho certeza de que minhas bonecas não estão no sótão, mas me sinto meio esperançosa. Vou vasculhar todos eles mesmo assim, só por desencargo de consciência. Porém, agora tenho de tomar cuidado, porque estou entrando no sótão em cima do quarto do papai.

Quer dizer, do quarto do papai e da Krista. Mas isso ainda não entrou na minha cabeça. *O quarto do papai e da Krista... O futuro do papai e da Krista em Portugal, administrando um restaurante mexicano.* Nada disso parece real.

Entro com cuidado no espaço empoeirado e travo na mesma hora. A porta de alçapão para o quarto deles está aberta, então fico quieta, nervosa. Eles estão no quarto? Eu me aproximo da porta. O cômodo lá embaixo parece vazio e silencioso. Vou dar só uma olhadinha aqui, enquanto ninguém aparece...

— Ai!

Demoro a me dar conta de que tropecei num cano de metal, que parece ter surgido do nada no meu caminho. (Ou talvez eu não estivesse concentrada.) Sigo cambaleando em direção ao alçapão, completamente impotente, me sentindo, ao mesmo tempo, ofegante por causa do susto e estranhamente calma. É isso então. Minha vida termina aqui. Eu vou cair nesse buraco a três metros de altura, quebrar o pescoço e *nunca* vou saber o que Joe ia me falar...

— Graças a *Deus*!

Bufando, interrompo a queda, me agarrando à estrutura do alçapão bem a tempo. Eu me esforço para achar uma posição mais segura... mas estou presa. Meu cadarço agarrou em alguma coisa. Estou atada, agachada, perigosamente bem em cima do alçapão aberto, só com uma escada de madeira para me sustentar se eu cair. Me segurando com todas as forças, mexo o pé, tentando soltá--lo, mas então fico imóvel, pois ouço vozes.

Meu pai. Krista. *Merda*.

— Aqui estamos — anuncia meu pai, conduzindo Krista para dentro do quarto.

Estão os dois com roupão de seda e segurando taças que parecem ser de mimosas. É isso que eles normalmente tomam no café da manhã? Ou só estão no ritmo da festa de ontem?

Seja como for, preciso sair daqui. Urgentemente. Mas, antes de eu conseguir mover um dedo, meu pai se vira para Krista, com o rosto corado, e declara:

— Meu nome é Julio, sou um magnata colombiano do tráfico. — Ele sacode as sobrancelhas. — Prazer em conhecê-la, linda senhora.

Fico apavorada e não consigo me mexer. Por que meu pai está se chamando de Julio? E que sotaque *horroroso* é esse?

— Julio! — Krista dá um sorrisinho para meu pai. — Que prazer te conhecer! Meu nome é Greta. Me diz quanto dinheiro você tem — sussurra ela. — Adoro homens ricos.

Ai, meu *Deus*. Estou presa aqui em cima, e meu pai está embarcando em alguma fantasia sexual esdrúxula com a namorada lá embaixo. É um pesadelo. *Preciso* sair daqui. Em silêncio, puxo o pé de novo freneticamente — mas continuo presa.

— Tenho milhões no banco — gaba-se meu pai, caminhando na direção dela cheio de charme.

— Milhões, só?

Krista dá uma piscadinha para ele.

— Tenho... seiscentos bilhões de libras no banco — corrige-se meu pai depressa.

— Tony! — rebate Krista, saindo da personagem. — Isso é demais! Não é verossímil! Nem Jeff Bezos tem seiscentos bilhões de libras! Precisa ser *verossímil*!

Fala sério, que mulher chata! Qual é o problema com seiscentos bilhões de libras?

— Tenho 2,4 bilhões de libras no banco — arrisca meu pai, meio na dúvida. — E um iate!

— Um iate! — A voz sensual de Krista volta à ação. — E que delícia de champanhe, Julio! Eles não deixam a gente beber no convento.

No *convento*? Ela está de brincadeira?

Ai, meu Deus! Não posso rir...

— Krista! — A voz anasalada de Lacey adentra o quarto. — Emergência com uma roupa. Pode dar um pulinho aqui, querida?

Tanto meu pai quanto Krista levam um susto, e eu envio mensagens silenciosas de gratidão para Lacey.

— Puta merda! — exclama Krista com sua voz normal, se afastando do meu pai. — Isso aqui está igual a uma pensão! Já vai! — grita ela para a porta, então dá uma última reboladinha sensual para meu pai. — Me aguarde, Tone. Quer dizer, *Julio*.

Fico rezando fervorosamente para que os dois saiam do quarto, mas, para minha consternação, meu pai fica, bem embaixo de mim. Meus membros já estão começando a tremer, mas consigo ficar em silêncio, inspirando aos pouquinhos.

Olho lá para baixo, ainda tentando desesperadamente soltar o pé, e noto como o cabelo do meu pai está rareando. Ele não parece o Julio, magnata do tráfico, nem o Tony Talbot, anfitrião cordial. Ele parece cansado. O livro que dei a ele, *Um menino de Layton-on--Sea*, está apoiado na cornija da lareira, e sinto uma nostalgia ao notá-lo ali. Eu me lembro do prazer estampado no rosto do papai quando ele viu o presente. Naquele momento, senti como se *realmente* conhecesse meu pai. Que realmente o *entendia*.

Continuo lutando em silêncio para soltar o pé, e o ambiente me traz muitas lembranças. Estamos só meu pai e eu aqui. Quando foi a última vez em que estive sozinha com meu pai num quarto?

E, embora eu não seja nem um pouco supersticiosa, me pego pensando: "Ele não sente que estou aqui? Será que não sente minha presença, pairando em cima dele como um anjo maluco?"

"Sou eu, a Effie!", grito, mentalmente. "Sua filha! Estou aqui! Bem em cima de você!"

Quase como se pudesse me ouvir, ele vira a cabeça, e eu o observo, hipnotizada. Lentamente, ele tira o celular do bolso do roupão, hesita, então abre a lista de contatos. Ele desce até um nome, e meu coração dá um pulo quando vejo qual é. *Effie*. Ai, meu Deus.

De repente, meus olhos se enchem de lágrimas. Não achei...

Meu pai digita "Querida Effie", então para. Fico olhando a cena, com o coração disparado, esperando ele continuar. O que ele vai escrever? Algo neutro e impessoal? Ou uma mensagem de verdade? Sobre as coisas que importam?

Vejo seus dedos pairando sobre a tela, e uma esperança aflita toma conta de mim. Ele finalmente vai dar início à conversa pela qual estou esperando esse tempo todo? Finalmente vamos *dialogar*?

A esta altura, as lágrimas estão quase transbordando, e sinto um pânico repentino ao perceber que não posso impedi-las de cair. Ai, meu Deus. Meu pai vai ver as gotas... vai olhar para cima... *Não* chora, Effie, ordeno a mim mesma severamente. De jeito *nenhum*.

Mas já é tarde demais. Sinto uma lágrima escorrer como se estivesse em câmera lenta e a vejo cair no carpete — bem na hora em que o telefone do meu pai toca. O som o desperta do devaneio, de volta à vida. Ele fecha a mensagem sem salvar. Então, atende à chamada, mudando completamente de postura. Tony Talbot está de volta a si.

— Alô! Ah, obrigado! Pois é, achamos que foi um jeito excelente de se despedir da casa...

Ele sai do quarto, e solto o ar que estava preso em meus pulmões. Puxo o pé com tanta força que meu cadarço arrebenta, e eu caio para trás, pousando com um baque na segurança do chão do sótão. Fico deitada ali por um tempo, me sentindo um pouco entorpecida.

Depois de alguns minutos, olho o celular. Mas não chegou nada do meu pai. Nenhuma mensagem, nenhum e-mail nem WhatsApp.

Quer dizer, tanto faz. Não importa. Seria burrice imaginar que... E o que *foi* que eu imaginei? Que ele ia escrever "Effie, querida, sentimos muita saudade e queríamos que você estivesse aqui"? No mínimo ele ia reclamar do correio de novo. É nesse pé que estamos.

Por fim, eu me levanto, cambaleando de leve depois do feito atlético. Estou exausta. E, de repente, quero estar com alguém que *converse* comigo sobre coisas que importam. Minha irmã, que está triste e talvez precisando da minha ajuda, mesmo que ela ache que não. Vou encontrar Bean.

— Vamos dar uma volta — chamo, ao descer no quarto de Bean de novo. — Ainda está cedo. Não deve estar na hora do brunch.

Não vou ter essa conversa aqui. As paredes desta casa têm ouvidos. Não dá para contar segredos sem o medo de que alguém te ouça.

— Uma volta? — pergunta Bean, me olhando de debaixo do edredom, sonolenta.

— Quero me despedir do jardim — improviso. — Preciso de você para ficar de olho. E vai te ajudar a despertar. Anda!

Levo meia hora para convencer Bean a sair da cama e botar uma roupa, mas, enfim, chegamos lá fora. Não tinha ninguém por perto, então conseguimos descer e passar pela porta da frente sem problemas. Chegamos ao fim do jardim — Bean andando meio sonolenta pela grama, eu correndo de arbusto em arbusto, depois atravessando depressa o portão que se abre para o gramado lá embaixo, onde exalo, aliviada. Andamos lado a lado pela grama alta, e me sinto mais animada. O dia está quente, o céu, azul e com nuvens. Os gafanhotos já estão cantando à nossa volta, e a cor das flores silvestres estão vibrantes no mato alto.

— Bean — digo, afinal. — Sei que você acha que eu não posso ajudar, mas eu posso.

— Do que você está falando? — pergunta Bean, confusa. — Ajudar com o quê?

— Você chorou ontem. — Toco seu braço com delicadeza. — Duas vezes. E eu sei que você disse que não queria conversar sobre isso...

— É porque eu não quero — Bean me interrompe. — Eu sei que você quer ajudar, mas você não pode. Então... Obrigada, Effie, mas deixa quieto. Vamos sentar?

Desanimada, sento na grama extensa, inspirando os aromas de verão à nossa volta. Observo uma joaninha subir numa folha da relva, cair e então recomeçar do outro lado. Talvez eu devesse me inspirar nisso. Tentar outra abordagem.

— Mas, Bean, talvez você se sinta *melhor* se falar com alguém — arrisco.

— Não vou me sentir melhor — responde ela, olhando o céu.

— Mas você não vai saber se não tentar.

— Vou, sim.

Francamente! E ainda dizem que a teimosa sou eu.

— Tudo bem — digo. — Bem, estou aqui, se você mudar de ideia.

Abraço as pernas e olho para o outro lado do campo, observando um bando de pássaros levantar voo, todos em perfeita sincronia, como uma família funcional que *não* está escondendo um zilhão de segredos.

— Ei, quer ouvir outra notícia maravilhosa? Que só não era para eu ter ficado sabendo.

— Fala.

— Romilly está grávida.

— Quê? — Bean dá um pulo tão alto de susto que praticamente levita. — Ela... Como é que você sabe? Ela te contou?

— Está zoando, né? — Reviro os olhos. — Você acha que eu e a Romilly conversamos sobre coisas de mulher? Não, eu vi pelo alçapão, ontem à noite. Gus encontrou o teste na lixeira do banheiro. Ele ficou tão...

Interrompo a frase, porque a expressão no rosto de Gus vai me assombrar para sempre, mas não consigo descrever. Foi um momento muito pessoal, muito dolorido. Eu não devia ter testemunhado aquilo.

— Chocado — completo, por fim. — Ele ficou muito chocado. Não sei se ele já falou para a Romilly que sabe. — Olho para Bean em busca de uma reação, mas ela está sem palavras. — Quer dizer, eles vão dar um jeito — acrescento, com um tom tranquilizador. — Não se preocupa, Bean.

— Ele... — Ela engole, molhando os lábios secos. — Tinha... Tinha mais de um teste no lixo?

— Mais de um teste? — pergunto, confusa. — Acho que não. Dava para ver o lixo, e estava vazio. Por que, você acha que a Romilly faria uns dez testes? Tem razão. — Dou uma gargalhada. — Nossa, é *muito* a cara dela...

— Era meu — Bean me interrompe.

Por um instante, o horizonte parece balançar, e me agarro ao chão, porque...

Bean?

Bean?

— Usei o banheiro deles ontem — explica ela, baixinho, o olhar fixo ao longe. — Meu banheiro está... Sabe...

— Quebrado — completo, no automático.

— Pois é. Joguei fora o palitinho no lixo deles. Estava num estado que não conseguia nem pensar... Não *pensei*... Que burra! Devia ter enrolado num papel higiênico e jogado no lixo da cozinha...

Ela leva as mãos à cabeça, se recriminando, e de repente me dou conta.

— Bean, para! Onde você jogou fora o teste não... Bean... Ai, meu *Deus*.

Eu lhe dou um abraço apertado. Bean! Grávida! Nem sei como... ou quem... mas isso é relevante? Isso importa?

Na verdade, meio que importa.

— Como? — Levanto a cabeça. — Quer dizer, quem? É o cara de quem você estava falando?

— É... É... — gagueja ela, sem conseguir falar direito. — Ele... Ele...

Ela leva a mão à bolsa, saca o celular e abre a foto de um sujeito simpático. Cabelo escuro e cacheado, olhos castanhos meigos, casaco impermeável. Em silêncio, ela passa uma sequência de fotos dela sorrindo ao lado dele em cafés e na margem do rio. Caminhando. Um casal.

— Ele parece... legal... — digo, hesitante, porque não sei em que pé está a história.

— É. Ele... — Bean engole em seco. — Mas faz só umas semanas que estamos saindo, e agora aconteceu isso. Descobri ontem. Foi um choque total.

— Foi por isso que você estava chorando no jardim? — pergunto, e ela assente em silêncio. — Ah, Bean. — Aperto seu braço. — Qualquer decisão que você tomar...

— Ah, eu vou ter esse filho — afirma ela, decidida. — Vou ter o filho. Mas... — Ela olha para o celular.

— Ele já sabe? — pergunto, com cautela.

— Sabe. Fiquei tão assustada que não consegui esperar. Então liguei para ele...

Mais uma vez, ela não consegue falar.

— E o que ele falou? — pergunto, já pronta para dar um murro no cara se ele tiver dito a coisa errada.

— Foi sincero. — Bean enxuga o nariz. — Ele é do tipo que faz as coisas com calma. Não é que nem o Hal. Disse que vai me apoiar, qualquer que seja minha decisão, mas ele quer pensar sobre... Que, o que quer que a gente faça, ele vai se dedicar cem por cento. Ele já tem um filho — continua ela. — Então ele já... Mas ele não é casado — acrescenta, depressa. — Ele é divorciado. Ele é um cara engraçado e... sabe cozinhar — prossegue, meio aleatoriamente. — É arquiteto. E desenha! — Ela então passa para uma foto de um rascunho de uma árvore. — Foi ele que fez isso. Esse aqui também... e esse...

— Impressionante — comento, olhando não para os desenhos, e sim para o amor estampado em seus olhos.

— Mas um bebê é... — Ela não consegue terminar a frase. — É só... Não era para...

Ela para de falar, e ficamos sentadas em silêncio por um tempo, a brisa soprando pela grama comprida.

— Talvez fosse, sim — digo, baixinho.

Uma Bean bebê. Não consigo pensar em nada mais perfeito para fazer desse mundo um lugar melhor do que uma Bean bebezinha. Então algo me ocorre.

— Mas você bebeu champanhe! E vinho...

— Eu *não* bebi — devolve Bean, revirando os olhos. — Estava disfarçando. Não queria que ninguém perguntasse: "Ah, Bean, por que você não está bebendo?"

— Bem, você conseguiu me enganar — digo, impressionada. — Você é muito mais sacana do que parece, sabia?

— Desculpa ter guardado segredo, só não conseguia verbalizar isso. — Ela me oferece um sorriso gentil. — Mas estou me sentindo melhor por ter te contado, Effie. De verdade. Então, obrigada.

— Ótimo. — Dou um abraço rápido e impulsivo nela. — E, se tiver algo que eu possa fazer, *qualquer* coisa...

Já estou pensando em vitamina para gravidez. Deixa comigo.

— Você é a única pessoa para quem eu contei — diz Bean. — Ninguém mais sabe, tirando...

— Tirando o Gus — digo, lembrando, de repente. — Que acha que o filho é dele.

— Ai, meu *Deus*.

Olhamos uma para a outra, horrorizadas, e sei que estamos pensando exatamente a mesma coisa.

— Ele não vai pedir a Romilly em *casamento* nem fazer nenhuma burrice assim, vai? — sugere Bean, ligeiramente enjoada.

— Preciso contar para ele. Agora.

— Deixa que eu conto — ofereço-me depressa.

— Não, tudo bem, eu posso contar — diz Bean, já se levantando, mas pouso ambas as mãos com firmeza em seus ombros.

— Bean, para. Deixa que eu conto. Deixa que eu resolvo isso. Você precisa sentar e descansar. *Não* esquenta a cabeça com o Gus, foca em você e...

Deixo o fim da frase no ar, olhando para a barriga dela e sentindo um quentinho no coração. A bonequinha russa neném da Bean está aninhada lá dentro, e, de repente, me sinto determinada a protegê-la. As duas.

— É... tudo bem — cede ela.

— A família está mudando. — Faço uma pausa ao me dar conta disso. — Está mudando de várias maneiras. Mas isso é o mais importante. — Aponto para a barriga dela. — Então... Deixa comigo.

— Obrigada, Effie. — Bean me agradece com um sorriso. — Realmente estou exausta hoje. Acho que vou voltar com você e dormir mais um pouco.

— Qual o nome dele, a propósito?

Aponto para o celular dela, enquanto voltamos pelo gramado.

— Adam — diz ela, com a voz amolecida.

— Legal.

Sorrio para ela.

"Vê se trata minha irmã direitinho, Adam", já estou mandando mensagens telepáticas para ele. "Senão vou acabar contigo."

Voltamos para a casa, aproximando-nos cautelosamente pela lateral do caminho de cascalho que dá acesso à porta. O pessoal do bufê já está de volta, arrumando uma mesa para o brunch no gramado com uma toalha branca e pendurando bandeirinhas nos postes.

— Eles não pouparam gastos — murmuro, revirando os olhos. — O que vão servir no brunch, ganso assado?

— Vai saber... — responde Bean. — Peraí! Tem alguém chegando.

Eu me escondo depressa atrás de uma árvore, e Bean fica parada, fingindo que está mexendo no celular, então um garçom sai da casa e caminha na direção da van do bufê.

— Bom dia! — cumprimenta ela, animada, e ele assente sem mudar o passo.

Quando ele chega a uma distância segura, voltamos a caminhar pelo cascalho, na ponta dos pés, e Bean de repente começa a rir muito.

— Esse fim de semana... — comenta ela, baixinho. — Que maluquice! É a festa mais louca da história.

— Concordo.

— Não acredito que você passou esse tempo todo escondida — continua ela. — Você deve estar doida para pular e dizer: "Surpresa!"

— Não — digo.

— Nem um pouquinho?

Tento imaginar a cara da Krista se eu saísse de baixo da mesa do jantar, sacudindo dois pompons de líder de torcida, gritando: "Olha eu aqui!"

Quer dizer, ia ser engraçado. Até começarem os ataques e a carnificina.

— Olha, o Gus! — exclama Bean de repente, apontando.

Meio atordoado, ele sai da casa, segurando duas capas de violino.

— Gus! Vem cá! — chama ela, gesticulando freneticamente, mas ele faz que não com a cabeça.

— Tenho que ir — grita ele. — Emergência musical. Romilly esqueceu os violinos.

Ele ergue as caixas pequenas, como se para comprovar a sua afirmação.

— Ela esqueceu os violinos? — Bean se volta para mim, e sinto uma gargalhada surgindo. — Depois de tudo aquilo, ela *esqueceu os violinos*?

— Não tem graça — diz Gus, nervoso. — Ela está uma pilha de nervos. Vou encontrar com ela na aula, em Londres, em Clapham, e tentar voltar para o brunch. Tenho que ir.

— Fala que eu vou encontrar com ele no carro — murmuro para Bean. — Avisa que tenho uma notícia para ele. E depois sobe e vai descansar. — Aperto seu ombro com carinho. — *Relaxa*, Bean.

Bean se aproxima de Gus, e eu me esgueiro por trás da cerca viva na lateral do acesso de cascalho até o gramado que estava sendo usado de estacionamento ontem à noite. Passo por entre os poucos carros restantes até chegar ao Vauxhall de Gus. Está destrancado, então sento no banco do carona e me abaixo, até me esconder quase por completo.

Gus abre a porta, mais distraído que o normal.

— Oi — diz ele. — Bean disse que você tinha uma coisa importante para me contar?

— Romilly não está grávida — digo, e vejo seu rosto mudar de cor umas seis vezes.

— Como...? *Como* você...? — Ele engole em seco. — Peraí. — Ele olha o celular e faz uma careta. — Ela esqueceu as partituras também. Já volto.

Fico esperando por ele, impaciente, até que ele entra e deposita duas pastas fofinhas no banco detrás.

— Não estou entendendo, Effie — começa ele, perdido. — Como é que você sabe...? Como é que você pode...?

— Eu te vi no banheiro pela porta do alçapão — explico, depressa. — Você encontrou um teste positivo. Mas não era da Romilly. Era da Bean.

— *Quê?* — exclama Gus, assustado. — Da *Bean?*

— Pois é. Mas isso é outra história. A questão é que o que você viu não é o que você pensa. *Não* é o filho da Romilly. *Não* é o seu filho. E isso significa... — Nem consigo terminar meu raciocínio, porque o que quero dizer é: "Que você está livre."

Ficamos em silêncio por um instante. Então percebo que Gus está com os ombros tremendo. E com o rosto molhado.

— Gus! — exclamo, espantada.

— Como eu sou burro... — Ele leva os punhos fechados ao rosto. — Um imbecil... Estou preso num relacionamento que não quero, por causa de... Sei lá. Inércia. Procrastinação. Negação.

— Isso é bom então! — encorajo-o. — Agora você sabe como se sente! Pode fazer algo a respeito!

— É! Graças a *Deus*. Ainda não estou acreditando — comenta ele, chocado. — Effie, você não sabe a noite que eu tive...

— Imagino... — digo, com empatia.

— Mas, espera. Espera. — Ele mal consegue pronunciar as palavras. — Espera. E se aquele teste *não* for da Bean? E se a Romilly também estiver grávida? E se as duas estiverem grávidas?

Consigo sentir seu pânico. Ele teve um vislumbre da liberdade. Um momento de descoberta. E se os portões de ferro se fecharem, no fim das contas?

— Por que você não descobre? — sugiro. — Liga para ela.

— Ok. — Sem hesitar, ele liga para Romilly. — Oi — diz ele. — É, estou no carro. Escuta, estava com uma dúvida. Você está grávida?

Chego a bufar ao seu lado, incrédula. Achei que ele ia contornar o assunto de forma mais gradual. Ouço um monte de palavras sendo ditas do outro lado, e, de repente, um alívio no rosto de Gus. Ele parece uma criança que acabou de receber permissão para brincar.

— Certo! — diz ele, olhando de relance para mim. — Então você tem certeza. Não está grávida.

Comemoro ao seu lado, com um grito silencioso e um soquinho no ar. Depois, damos um high-five, e ele me puxa para um abraço, com o celular ainda colado ao ouvido.

— Não sei — continua. — Só tive uma sensação esquisita sobre isso... Enfim, bom saber que você tem tanta certeza.

Ele me solta, faz um sinal de positivo para mim e, então, uma dancinha. Eu me junto a ele, copiando seus movimentos felizes, os dois sorrindo de alegria e alívio. Enquanto isso, Romilly não parou de falar do outro lado, e agora Gus volta a participar da conversa.

— Eu sei que não falamos disso, mas estou falando agora. Não, esse *não* é meu jeito esquisito de te pedir em casamento. — Ele faz uma cara de espanto para mim, e devolvo uma expressão igualmente horrorizada. — Mas é... Acho que a gente precisa conversar. Isso, já peguei as pastas com as partituras — acrescenta ele, paciente. — Isso, já estou a caminho.

Ele baixa o telefone e solta um suspiro. Está esgotado.

— Essa foi por pouco — diz, por fim. — E que... burro que eu sou.

— Vamos entregar esses violinos — digo. — E aí você pode terminar com ela. Eu vou com você.

"Para impedir que ela te convença do contrário", acrescento mentalmente.

— É. Preciso dar um fim nisso. — Gus liga o carro. — Parece que acordei de um pesadelo — continua ele, dirigindo devagar pela grama. — Sou que nem um daqueles sapos na panela. Eles não percebem a temperatura subindo, porque é muito gradual. — Ele pega a rua principal da cidade, com o cenho franzido. — Nem sei dizer exatamente quando foi que as coisas começaram a ficar ruins. Um belo dia, você acorda e percebe que passou de feliz a infeliz. Mas você se culpa. Você pondera. Você se afunda em trabalho e acha que é claro que as coisas vão melhorar. É uma loucura.

— E a Romilly estava feliz? — pergunto, curiosa. — Ela *está* feliz?

— Não dá para saber — responde ele, com sinceridade, e não consigo conter o riso, em parte de nervoso.

— Gus, você não acha que deveria saber?

— Imagino que sim. — Ele pensa, por um instante. — Eu sei quando ela está satisfeita. Mas isso é diferente de feliz. Ela tem uma energia impressionante, a Romilly, e, por um tempo, isso impulsionava a gente. Como um fogo propulsor. Era fantástico. Estimulante. Mas aí... — Ele balança a cabeça. — Ela é muito difícil.

— Você a ama?

— *Amar*? — pergunta Gus, atordoado, o que responde muito bem à minha pergunta. Ele dá seta para entrar numa estrada de mão dupla, então franze a testa. — Ei, o cara atrás de mim está piscando o farol. Tem alguma porta aberta?

— Acho que não. — Giro no banco e olho à minha volta. — O painel avisaria, não?

— Estranho. — Gus estreita os olhos para o retrovisor. — Ele continua piscando. E está tentando dizer alguma coisa.

— E aquelas pessoas estão acenando para a gente — digo, vendo um carro nos ultrapassar. — O que está acontecendo? O carro está vazando? Será que é melhor a gente encostar?

— Estamos quase na via expressa — diz Gus, confuso. — Vou procurar um acostamento. Era tudo que a gente precisava agora — acrescenta ele, com um suspiro. — Aposto que vamos nos atrasar horrores.

— Gus, você está fazendo um favor imenso para a Romilly — relembro a ele. — Se a gente se atrasar um pouco, problema dela. Mas não deve ser nada de mais.

Quando pegamos a via expressa, no entanto, vemos um carro cheio de gente na pista ao lado, e as pessoas começam a gesticular furiosamente para nós lá de dentro do carro. Solto meu cinto de segurança, pulo para o banco detrás e boto a cara para fora da janela. A família inteira parece estar nos observando, chocada, da perua.

— O que foi? — grito, e eles abrem a janela traseira.

— No teto do carro! — Vem a resposta. — Violinos!

Fico sem reação por um instante. Violinos? *Violinos*?

— Gus — chamo, a voz trêmula ao me sentar no banco traseiro. — Você por acaso esqueceu os violinos no teto do carro?

— Quê? — Ele dá um pulo de susto. — Merda. Não! Eu... Merda! Esqueci?

— Você estava bem distraído — lembro a ele.

— Mas eu *não* posso ter esquecido... Merda! — Ele se volta para mim com os olhos arregalados. — Não!

— É por isso que está todo mundo acenando!

— Ai, droga. — Ele fica em silêncio por um momento, então olha para trás de relance. — Rápido, Effie. Você precisa pegar.

— Eu preciso fazer *o quê*?

— Sobe no teto e pega os violinos — ordena ele, quase impaciente. — Moleza.

Moleza?

— Sobe *você* no teto e pega os violinos! — retruco, olhando séria para ele. Então, contrariada, debruço para fora do carro de novo. Segurando-me pela borda da janela, me ergo e vejo uma capa de violino. Então um Mercedes passa zunindo por mim, e eu me abaixo de novo, gritando. — Eu não vou subir lá de jeito nenhum — exclamo, ofegante. — Você vai ter que parar o carro.

— Não posso! Se eu frear, eles vão voar longe!

Deixo escapar uma gargalhada.

— Não tem graça! — exclama Gus, irritado.

— Eu sei. — Cubro a boca com a mão. — Desculpa. É péssimo. Uma situação horrível. O que a gente faz?

— Certo. Preciso ir freando devagar — diz ele, olhando tenso para a frente. — Diminuir o momento linear gradualmente. Isso. Posso calcular isso. Se P é o momento linear e M é a massa...

— Gus, isso aqui não é um problema de matemática! — berro, embora, para ser sincera, isso seja exatamente um problema de matemática.

Consigo até imaginar numa prova: *Gus e Effie estão num carro com dois violinos equilibrados no teto (ver diagrama).*

— Estou só tentando raciocinar! — retruca ele, irritado.

— Bem, você esqueceu que estamos no meio de uma via expressa! Você *não* pode ir freando devagar.

— Merda. — Gus faz uma careta. — Merda! Que... Tudo bem. Vamos pensar. Acho que posso pegar a próxima saída. Com muito cuidado. Antes que aconteça alguma coisa.

— Mas quanto tempo eles vão durar lá em cima? — pergunto.

Logo em seguida, um barulho na pista responde à minha pergunta, e nós dois levamos um susto.

— Merda! Era um violino!

— Para o carro!

Enquanto Gus sinaliza freneticamente e para no acostamento, ouço outro ruído. Saio correndo do carro e noto algo preto na estrada, já vários metros atrás. Logo em seguida, um caminhão passa com a roda bem em cima, o esmaga com facilidade, e eu estremeço.

— Um violino já era! — grito.

— Isso não está acontecendo — exclama Gus, saindo do carro. — Não pode estar acontecendo. *Como* eu fui deixar isso no teto do carro? — Um instante depois, o celular dele toca, e ele estremece ao olhar para a tela. — É a Romilly. Ela falou que eu posso ficar para ouvir a aula, se eu quiser.

— Vai ser bem afinada — digo, mordendo o lábio.

— Ai, meu *Deus*. — Ele deixa escapar uma gargalhada monumental, como se estivesse liberando meses de tensão insuportável, então leva as mãos à cabeça. — Ai, meu *Deus*.

Continuamos ali, e um carro para no acostamento. Uma senhora salta, seguida de um adolescente.

— A gente viu tudo! — exclama ela. — Que angústia! — Ela dá um tapinha no ombro trêmulo de Gus, consolando-o. — Mas, por sorte, meu neto conseguiu salvar algumas partes.

— Ficou um tempo sem passar carro — explica o rapaz. — Peguei o que deu.

Ele deposita um montinho de pedaços pulverizados de madeira retorcida e cordas penduradas nos braços de Gus, que fita os destroços sem proferir uma palavra.

— Obrigado. — Ele consegue dizer, por fim. — Ajudou muito.

— Talvez dê para consertar, não? — sugere a senhora, honestamente. Ela toca uma corda, que faz um ruído assombroso. — Eles fazem de tudo hoje em dia.

— Talvez. — Gus parece prestes a explodir de novo. — Bem... a gente vai resolver. Foi muito gentil da parte de vocês.

A mulher e o rapaz entram no carro e vão embora, e nós nos sentamos na grama do acostamento. Gus solta o emaranhado de madeira quebrada e as cordas na grama e olha para o céu.

— Bem, é isso então — diz ele. — Acho que agora acabou de vez.

— Também acho. — Dou um tapinha em seu ombro, exatamente como a senhora fez. — Anda. Liga logo.

QUINZE

Meia hora depois, passamos pelo caminho de acesso a Greenoaks. Gus estaciona, e nós dois expiramos.

— Podia ter sido pior — digo, depois de um instante. — Imagina se a gente tivesse ido até Clapham. Ela podia ter *realmente* arrancado sua cabeça e dado de comer para os lobos em vez de só te ameaçar.

— Preciso de uma bebida. Ou duas. — Ele se vira para mim, meio fora do ar. — Effs, nunca mais me deixa fazer uma coisa dessas, tá legal? Nunca mais.

Não sei se ele quer dizer "embarcar num relacionamento terrível" ou "dirigir com dois violinos no teto do carro", mas faço que sim e digo:

— Pode deixar. Nunca mais.

— Parece que eu saí da prisão — diz ele, agitado. — Eu me sinto... mais leve. A vida voltou a ser boa. Está sol hoje! — acrescenta ele, como se tivesse acabado de perceber. — Olha! Que dia lindo!

Ele abre um sorriso, e é uma visão tão incomum que lhe dou um abraço, num impulso.

— Isso aí — digo. — Está lindo mesmo.

— Eu estava numa negação tão ridícula... — comenta ele, devagar. — Passei os últimos seis meses me concentrando em tudo, menos nos meus sentimentos. A parte boa é que meu trabalho está *maravilhoso* — acrescenta ele, os olhos brilhando com o senso de humor que tinha ficado para trás. — Então vou focar no lado bom.

Saímos do carro, e eu olho ao redor na mesma hora, para ver se tem alguém vendo a gente, e Gus balança a cabeça, incrédulo.

— Você não continua se escondendo de todo mundo, né? Vem para o brunch.

— Não, *obrigada* — recuso. — Tenho coisas para fazer também. Vou procurar minhas bonecas russas na casa da árvore.

— Tudo bem. — Ele assente. — Mas vê se não some, hein, Efelante! Me dá um toque antes de ir embora?

— Pode deixar. — Faço que sim e aperto seu braço. — Divirta-se no brunch.

Olho ao redor mais uma vez, para ver se estamos sendo observados, então, cuidadosamente, sigo até o fim do gramado. Vou me esgueirando por entre os carros, tentando me manter escondida, mas já não tem mais quase carro nenhum estacionado. Atrás de mim, ouço Gus cantarolando a música do *Missão impossível*. Haha. Hilário.

Assim que passo pela cerca viva e saio no gramado do outro lado, me sinto livre, exatamente como Gus. Finalmente posso caminhar tranquila. Esticar os braços sem medo de ser vista.

O dia está lindo, não tem uma nuvem no céu, e, enquanto estou andando, me ocorrem diversas lembranças de mim mesma correndo nesta grama em direção à casa na árvore. Eu ainda pequena, toda animada, doida para subir a escada de corda e balançar no trapézio. E mais velha, com Temi, rindo e carregando tapetes e garrafas de vinho que pegamos escondido.

E então, claro, aquela sombra escura e dolorida que cobre tudo.

Subo a escada de corda com facilidade, a memória muscular voltando, então paro na plataforma de madeira e olho ao redor. De repente, fico feliz de ter voltado a este lugar querido uma última vez. Feliz de estar aqui, olhando esta vista, inspirando o ar do verão. E estou prestes a subir os degraus até o segundo andar, quando ouço um ranger acima de mim. Fico imóvel e olho para cima. Tem alguém aqui? Se tiver, só pode ser a Bean. Ninguém mais viria aqui.

— Bean? — chamo, na dúvida. — É você?

— Effie? — responde a voz de Joe, e sinto um frio na barriga.

Joe?

Ele desce a escada, usando uma calça social e uma camisa de linho que anunciam "roupa de brunch".

Ficamos em silêncio por um instante.

— Oi — digo, por fim, tentando parecer descontraída. — Estava só...

— Claro. — Joe está igualmente desconcertado. — Desculpa. Não vou te atrapalhar. — Ele hesita e acrescenta: — Na verdade, estava escrevendo uma carta para você. Tentando escrever. Mas não terminei. Quer dizer, nem comecei direito.

— Uma carta? — Engulo em seco. — Dizendo o quê?

— Hum... tudo — responde Joe, devagar, escolhendo as palavras a dedo. — Tenho muito que contar. Agora que resolvi contar. Mas é difícil saber por onde começar.

Ele está mesmo perplexo, e fico um pouco impaciente. Minha vontade é dizer: "É tão difícil assim? Começa de qualquer lugar. Qualquer lugar serve."

Mas acho que soaria meio agressivo.

— Estou aqui agora — digo. — Não precisa escrever uma carta. Por que não começa com onde você estava naquela noite? Com outra mulher?

Joe faz uma cara de puro espanto.

— Ai, meu Deus. É isso que você acha? — Ele fica em silêncio por alguns momentos, olhando para o chão, então ergue o rosto. — Tudo bem, Effie, a verdade é a seguinte: eu estava em Nutworth, durante toda aquela noite.

— *Quê?*

Fico olhando para ele.

— Estava parado com o carro numa ruazinha. Quando minha mãe ligou para saber de mim, eu estava a poucos minutos de distância. Segurando o volante do carro. Eu estava... — Ele fecha os olhos brevemente. — Paralisado.

— Paralisado? — repito, impassível.

— Não conseguia me mexer. Não consegui dizer para minha mãe onde eu estava. Que dirá para você.

— Mas... por quê? — Continuo olhando para ele, sem conseguir acreditar. Então, finalmente recobro o fôlego. — Peraí. Isso tem a ver com o que você me contou ontem? Da ansiedade? — Ele assente, e sinto uma angústia súbita, porque de repente (tarde demais) estou entendendo. — Joe, o que aconteceu enquanto eu estava nos Estados Unidos? O que você não me contou? O que é que eu não sei?

Paro de falar, ofegante, subitamente desesperada para entender a história. Todos os detalhes. Porque nunca fez sentido. *Nunca* fez sentido.

— Aconteceu uma coisa no trabalho, quando você estava fora — explica ele, e vejo uma dor profunda em seus olhos. — Foi bem ruim. Passei um tempo achando que ia ser demitido. Perder meu direito de exercer a profissão. Talvez até ser processado.

— *Processado?* — repito, horrorizada. — Mas... Mas o que foi...?

— Teve um incidente no hospital — diz Joe, com um tom de voz sob controle, como se já tivesse explicado a história várias vezes. — Eu peguei um médico mais antigo do hospital... — Ele hesita. — Injetando.

— Injetando o quê? — Faço uma pergunta meio burra, então me dou conta. — Ah... entendi.

— Injetando drogas em si mesmo — explica Joe. — Antes de uma operação. Fiquei preocupado, claro, então falei com ele. Em particular.

— O que ele fez? — pergunto, nervosa, e Joe torce o nariz.

— Para mim, ele disse que tinha ficado feliz e aliviado que eu tenha falado com ele. Me levou para tomar uma cerveja. Disse que eu era um jovem responsável, me deu um tapinha nas costas. — Joe faz uma longa pausa. — Aí, duas semanas depois, me passou a perna. Me denunciou por prescrever uma medicação errada para um paciente. Ele falsificou a papelada antes que eu pudesse usá-la como prova. Encorajou a família do paciente a me processar. Ficou falando em "negligência". — Seu tom de voz fica mais contido. — Ele tentou me destruir.

Eu o encaro, sem conseguir me mover. Meu corpo inteiro está em choque. Alguém fez isso com o *Joe*?

— Eu me senti tão impotente... — continua ele, depois de uma pausa. — Entrava em pânico e não conseguia sair disso. Eu não estava pensando com clareza. Já estava exausto de trabalhar e estudar, e meu cérebro meio que entrou em estado de emergência e desligou.

— Por que você não me contou? — pergunto, com a voz embargada.

— Porque não consegui contar para ninguém. — Seus olhos escuros e honestos encontram os meus. — Não consegui, Effie. Não contei para ninguém. Era muito sério. Muito catastrófico.

— Nem para sua mãe?

— Principalmente para ela. — Ele torce o nariz de novo. — Ela tinha me ajudado a entrar na faculdade. Eu *não conseguia* dizer para ela que eu ia perder tudo. Às vezes, eu achava que ia ter que sair do país. Cheguei a pesquisar no Google onde podia morar. Quem sabe, ir para a Costa Rica.

— Costa *Rica*?

Deixo escapar uma risadinha estranha, mas, ao pensar em Joe sozinho, pesquisando lugares onde viver em desonra, sinto vontade de chorar.

— Pois é. Eu estava um caos. Não estava... com a cabeça no lugar. — Ele balança a cabeça, como se estivesse se livrando de pensamentos antigos, então olha para mim. — E aí, no meio disso tudo, você voltou de São Francisco. Você estava feliz. Sua vida estava indo bem. Eu simplesmente não suportava ter que te explicar como minha vida estava uma merda. "Oi, lembra de mim, seu namorado médico? Bem, quer ouvir uma história engraçada?" Foi por isso que fiquei sentado no carro em Nutworth, agarrado ao volante, paralisado de pânico.

— Mas eu podia ter te ajudado! — exclamo, ofegando de agitação. — Eu teria ajudado! Teria feito qualquer coisa...

— É óbvio que teria. — Ele me olha com uma ternura irônica. — Eu sabia disso. Sabia que você ia largar tudo para me ajudar, e eu não suportava isso. E se eu fosse parar no tribunal? E se eu aparecesse nos jornais e você sofresse com minha desgraça? Eu senti como se não te merecesse. Eu me senti... sujo.

— *Sujo?* — repito, consternada, e Joe se encolhe.

— Eu andei muito mal. Por muito tempo.

— Mas... Peraí — continuo, meio aparvalhada, ao me dar conta. — Você ainda tem seu emprego. Você é o Dr. Joe! O que aconteceu?

— Eu dei sorte — diz ele, com ironia. — O médico foi visto injetando de novo, por duas pessoas da equipe de enfermagem. Como eram dois, ele não pôde coagir, e a história acabou vindo à tona. Depois de várias reuniões, fui inocentado. Mas eu estava na merda. Não conseguia relaxar, não conseguia dormir... Por sorte, um colega identificou os sinais e me fez procurar ajuda. E agora...

— Ele aponta para si mesmo. — Estou novinho em folha. Praticamente. Na verdade, acho que a experiência toda me ajudou quando aconteceu o negócio da entrevista na televisão — acrescenta ele. — Eu enxergava melhor as coisas. Tinha mecanismos de defesa.

Não é de admirar que Joe estivesse na merda. Só de ouvir já me sinto na merda, e nem foi comigo que aconteceu. Sento no chão de madeira, tentando processar tudo, e, depois de um instante, ele faz o mesmo.

Eu poderia fazer muitas perguntas, mas só tem uma para a qual realmente quero saber a resposta.

— *Por que* você não me contou isso antes? — digo, tentando não parecer tão chateada quanto me sinto. — Faz quatro anos, Joe. *Por que* você não me contou?

— Eu sei. — Ele fecha os olhos por um instante. — Eu devia ter contado. Mas estava me sentindo tão mal. Tão mal. Sabia que o que eu tinha feito era imperdoável. E quanto mais eu colocava a cabeça de volta no lugar pior me sentia sobre a maneira como tinha te tratado. Eu não queria que você achasse que eu esperava que você me perdoasse. Ou que eu estava tentando voltar para a sua vida. Não queria parecer como se estivesse... implorando piedade.

Implorando piedade? Depois de toda aquela provação? Só Joe Murran poderia ser tão crítico consigo mesmo. É o segredo de seu sucesso, mas é também a chave de seus problemas.

— Eu não teria achado isso. — Encaro seu rosto, com uma vontade súbita de lhe dar um abraço demorado e apertado. — Você sabe que não.

— O problema é que quanto mais eu demorava mais difícil ficava. — Ele dá de ombros. — Se serve de consolo, tem só um mês, mais ou menos, que eu contei para minha mãe.

— Um *mês*? — Olho para ele. — Para sua *mãe*?

— Pois é. — Ele assente, envergonhado. — Ela ficou chocada. Muito chocada. Bem perturbada. E aí ela falou quase na mesma hora: "Joe, você tem que contar para a Effie." Na verdade, eu só vim para essa festa porque tinha esperança de te encontrar aqui. De ter uma chance de... esclarecer as coisas. Com quatro anos de atraso.

Eu me lembro do encontro terrível, há quatro anos, no café. Joe mal conseguia olhar nos meus olhos. Ele parecia um robô falando. Mas, em vez de considerar que podia haver algo mais, eu aceitei o que ele falou. Eu o culpei. Mas eu devia ter desconfiado. *Devia* ter desconfiado.

— *Joe*, estou me sentindo péssima — digo, com remorso. — Eu disse coisas horríveis para você.

— Não foi culpa sua — devolve ele, depressa. — Você se sentiu traída. Foi compreensível.

Ele volta os olhos momentaneamente para meu pescoço, e me lembro da minha frase terrível de despedida. "Bem, ainda bem que você me deu o menor diamante do mundo. Não me senti tão mal quando o joguei no lixo."

E então lembro a expressão devastada em seu olhar enquanto eu falava isso. Por que eu não notei? Por que não *percebi*?

— Queria que você tivesse me contado, Joe. — Sorrio, mas com lágrimas nos olhos. — Entendo por que não contou, mas, de verdade, queria *muito* que você tivesse me contado. Talvez as coisas tivessem... — Engulo em seco. — Talvez a gente não tivesse...

"Nossas vidas estariam completamente diferentes agora", quero dizer, mas parece meio dramático. Ainda que, na minha opinião, seja verdade.

— Eu sei. Mas eu andei mal por muito tempo. E, quando eu finalmente melhorei, você estava namorando outra pessoa. Estava feliz. O que eu ia fazer, destruir isso? Ligar e dizer: "Lembra quando eu parti seu coração? Adivinha! Agora eu posso explicar." Era tarde demais. Eu não podia esperar pelo seu perdão. — Nós trocamos olhares brevemente, ele tem uma expressão desolada no rosto. — Acho que, às vezes, na vida, a gente só perde a nossa chance.

— Eu não estava feliz — digo, bem baixinho. — Não estava.

Joe fica em silêncio por um instante, digerindo minhas palavras.

— Você parecia feliz. Estava saindo com o tal do Dominic. E, antes disso, estava com... — Ele hesita, como se nem acreditasse no que está falando. — Com o Humph.

— *Nem* me fala no Humph. — Escondo o rosto com a mão, morrendo de vergonha. — Por favor, não fala no Humph. Tenho *tanta* vergonha disso!

— Confesso que foi uma surpresa. Até minha mãe, que tinha ficado totalmente do seu lado, ficou receosa quando te viu com o Humph na missa de Natal. — Ele faz uma pausa. — Com aquele chapéu de pele fenomenal. Chamando ele de "querido".

Olho por entre os dedos e o vejo rindo.

— "Humph, *querido*" — diz ele, me imitando. — "Humph, você é *hilário*."

— Para! — grito, e não consigo segurar o riso.

— Claro que na época eu não achei engraçado — continua ele. — Mas agora... é hilário.

Sorrio para ele, meio tímida. A gente ainda consegue rir juntos? Se sim, parece um pequeno milagre.

— Desculpa por ter me comportado daquele jeito na missa de Natal. — Sacudo a cabeça, tristonha. — Foi tudo fachada. Queria te mostrar o que você estava perdendo. — Paro e então acrescento, meio sem jeito: — Humph e eu nunca...

— Ah, não? — pergunta Joe, depois de outra pausa.

— Não.

Preciso que ele saiba disso de alguma forma. Mas não sei se faz diferença. A expressão de Joe está impassível, seu olhar, anuviado, com pensamentos que não consigo decifrar. O clima está ficando intenso demais, então mudo de assunto.

— Engraçado a gente vir parar aqui — comento, arrastando o pé no piso de madeira. — No lugar onde tudo terminou.

Um momento de silêncio paira entre nós, e eu fico observando os flocos de poeira flutuando num raio de sol. Então, Joe responde em voz baixa:

— Eu não vejo dessa forma. Vejo como o lugar onde tudo começou.

Suas palavras me pegam de surpresa. Por anos, só pensei nesta casa na árvore como o cenário da devastação, da humilhação, do choro. Mas agora minha mente está sendo transportada a outros tempos. Uma tarde infinita, o sol entrando pelas frestas. Dois adolescentes encontrando juntos seu caminho pela primeira vez. Se eu fechar os olhos, ainda consigo sentir o tapete áspero. O piso duro de madeira. O corpo de Joe no meu, mais rígido, seguro e insistente do que jamais experimentara. Sensações que pareciam, ao mesmo tempo, novas e atemporais. Dor e êxtase.

Eu tinha esquecido. Não, eu não tinha exatamente esquecido. Tinha escolhido não lembrar. Mas agora... Volto o rosto lentamente para ele, a cabeça a mil. O ar parece ganhar vida; estou sentindo. Um clima de inquietação no ar. E meu corpo também começa a ganhar vida. Sou dominada por um desejo forte e pulsante.

É só saudade do que tínhamos na época?

Não. Não é. É um desejo pelo agora. O aqui e o agora. Um desejo de reconquistar o corpo dele, este lugar, este homem.

Agitada, me levanto, e Joe me acompanha. Olho pela janela atrás dele, para a vista que continua a mesma desde antes de nascermos. Então, lentamente, volto a fitá-lo.

— Às vezes, a vida te dá outra chance — digo, a voz quase inaudível. — Às vezes, você pode voltar atrás. Voltar exatamente para... como era quando tudo começou.

Algo no rosto de Joe muda. Ele tem os olhos fixos nos meus, escuros e ansiosos, como se estivessem me fazendo uma pergunta. A mesma pergunta que também estou fazendo mentalmente.

— Eu me lembro de cada minuto daquele dia — diz ele, a voz grave e séria me hipnotizando. — Você também? A gente se beijou bem aqui. E estávamos os dois querendo muito, mas meio nervosos, lembra? Quase deixando para depois. Aí você finalmente perguntou: "É hoje o dia?" E eu falei: "É hoje?" Porque eu não queria... — Ele se interrompe, ofegante. — E você respondeu: "É." E foi aí que a gente...

Ele dá um passo à frente, sem tirar os olhos dos meus.

— Primeiro, você fechou a persiana — digo, e Joe assente.

— Bem lembrado. Eu fechei a persiana.

Sem pressa, Joe vai até a janela. Ele fecha bem a persiana, com força, depois volta até mim, enquanto espero, trêmula.

— É hoje o dia? — pergunta ele, baixinho.

Sinto uma onda de calor. As lembranças invadem meu cérebro, misturando-se a novos devaneios.

— É hoje? — sussurro, seguindo o roteiro.

— É hoje? — Ele devolve a pergunta, e vejo estampada em seu rosto uma dúvida genuína de última hora.

Ele quer ter certeza; quer fazer direito.

Passei os últimos quatro anos vendo só arrogância e crueldade no rosto de Joe. Mas agora é como se uma cortina tivesse sido levantada, e vejo tudo que há nele de verdade. O Joe solidário, atencioso e sensível que eu amava estava ali o tempo todo.

— É. — Minha voz sai engasgada. — É.

Ficamos sem reagir por uma fração de segundo, estudando um ao outro, prolongando a agonia. Então, de repente, sua boca quente está na minha, minhas mãos estão no cabelo dele, e o clima esquenta com nossa respiração ofegante. "A gente tem que ir devagar", penso, atordoada. "Quer dizer, não. Pelo contrário.

Devagar, não. Ai, meu Deus..." Ele já está me apertando contra a parede de madeira da casa, e a estrutura toda começa a balançar, e minha calça jeans vai parar no chão, e, basicamente, a gente não está perdendo tempo.

Mas também... Temos que tirar o atraso de alguns anos.

DEZESSEIS

Depois, mal consigo falar. É como se meus sentidos tivessem ido para o espaço. Meu corpo está supersensível. Nós dois desabamos no chão de madeira, e Joe me abraça. Deito a cabeça em seu peito, e ficamos olhando o teto, do mesmo jeito que fizemos todos aqueles anos atrás. Raios minúsculos de sol atravessam as frestas da madeira, aqui e ali, me fazendo piscar.

— Isso foi... — Joe está igualmente acabado. Ele solta uma risada súbita e descrente. — Acho que foi muita tensão acumulada.

— Quatro anos de tensão.

— Quatro anos é muito tempo para acumular tensão sexual.

— Qual é a cura, doutor? — pergunto, de forma inocente, e ele ri de novo.

— Ai, meu Deus. A cura é não ser um tremendo babaca. — Ele vira e enterra o rosto em meu pescoço. — Eu devia ter te contado tudo. Eu *devia* ter te contado.

— Eu estava com saudade — digo, o que é um eufemismo gigantesco.

Joe suspira e estica os braços para cima, como se estivesse tentando pegar um feixe de luz.

— Eu também.

— Eu teria ficado do seu lado. — De repente, me bate uma tristeza. — Não aguento nem *pensar* que eu não estava lá. Que você passou por tudo isso sozinho.

— A recíproca é verdadeira. Eu teria ficado do seu lado quando seus pais se separaram. Deve ter sido... — Joe avalia meu rosto. — Como você está se sentindo em relação a isso?

— Melhor que antes — respondo, devagar. — Estou começando a ter uma visão mais ampla da coisa. Eu nunca *entendi*, sabe? A Mimi e meu pai pareciam tão perfeitos juntos. Mas, ontem à noite, a Bean me contou umas coisas sobre eles que eu não sabia. E agora estou vendo que não é tudo tão preto no branco. Fico pensando... talvez eles *não* tivessem um relacionamento perfeito. Talvez *não* tenha sido do nada.

— Não deve ter sido — comenta Joe. — Essas coisas nunca são. — Ele faz uma pausa e acrescenta: — Mas então por que você não está na festa?

A pergunta simples e direta me pega desprevenida, e levo um tempo para responder.

— Meu pai e eu não estamos nos falando. Nossa relação ficou muito estremecida. Você não tem ideia de como a Krista é.

— Tive uma palinha ontem à noite — comenta ele. — Mas você e seu pai... Que triste. Vocês eram tão próximos.

— Pois é. — Expiro devagar. — É *muito* triste. Acho... Família é uma coisa complicada.

— Verdade. — Joe assente. — Mas pelo menos vocês não saem na mão.

Sei que ele está tentando me animar e sorrio para ele, agradecida.

— Estou falando sério! — retruca ele. — Já vi parentes saindo de um quarto de hospital aos prantos porque a avó querida está doente. Eles saem de braço dado, se consolando, como se fossem a família mais unida que você já viu na vida. De fazer esse médico velho e cansado aqui ficar com os olhos cheios de lágrimas. Meio minuto depois, você encontra eles brigando no corredor. Se tem uma área na medicina que precisava de mais atenção é "pacientes que se feriram durante conflitos de família na sala de espera". Você tinha que se considerar sortuda por ninguém ter ido parar na emergência.

— Ainda — devolvo, e ele ri.

— Ainda.

— Krista vai botar meu pai na emergência, se ele não tomar cuidado — murmuro, revirando os olhos. — Com uma overdose de jogos sexuais.

— Jogos sexuais? — Ele arregala os olhos.

— Tive que assistir à fantasia deles hoje de manhã. É isso que acontece quando você espiona sua família. Você vê coisas terríveis. Krista estava fazendo papel de freira.

— De *freira*? — Joe começa a gargalhar. — Bem, pelo menos ela tem a imaginação fértil.

— Joe, Mike Woodson acha que ela está planejando rapar todo o dinheiro do meu pai — digo, mais séria, subitamente interessada na opinião dele sobre isso. — Não estou brincando. Ele avisou ao Gus na festa.

— Com que fundamento? — pergunta Joe, surpreso.

— Parece que a Krista mirou no meu pai de propósito. Fez um monte de perguntas sobre ele e depois deu o bote. Ela já arrancou um diamante dele e agora quer que eles abram um restaurante juntos. Em Portugal. Estou com medo de que ela suma com o dinheiro e dê um pé na bunda dele. — Olho para ele, ansiosa. — O que você acha?

— Hum. — Joe pensa por um instante. — E alguém *consegue* roubar seu pai? Ele não é inteligente demais para isso?

— Não sei. — Tento ponderar sobre o assunto imparcialmente. — Acho que seria possível, se a pessoa o bajulasse bastante. Ele é muito narcisista.

— Bem, a vida é dele — devolve Joe. — Mas será que não dá para alguém conversar com ele com jeitinho?

— Talvez. — Fecho a cara. — Alguém poderia tentar. Mas não eu.

— Hum — responde Joe, sem se comprometer, e então olha para o relógio. — Está com fome?

— Morrendo — admito. — Não tomei café.

— Vamos arrumar alguma coisa para você comer então. — Ele me beija. — Você vai precisar de muita energia.

— Ah, é?

Pisco para ele, e ele ri. Joe coloca a calça social e a camisa de linho, e eu coloco a camiseta e a calça jeans de Bean, então dou uma vasculhada rápida pela casa na árvore, subindo no último andar e verificando todos os cantinhos. Mas nem sinal das bonecas russas. Só umas embalagens velhas de bala e muitas lembranças.

— É... Tchau, casa na árvore — digo, ao descermos dela pela última vez.

— Acho que ela teve uma boa despedida. — Joe assente.

— Nada mal. — Sorrio para ele. — Aliás, você está muito elegante, Dr. Joe.

— Muito obrigado. — Ele coloca os óculos escuros e fica ainda mais bonito. — Quais são seus planos agora? — pergunta, enquanto caminhamos pela grama alta. — Você vai ao brunch?

— Ao *brunch*? — Eu o encaro.

— É, o brunch. — Ele dá de ombros, como se estivesse falando da coisa mais simples do mundo. — Por que não? Comer alguma coisa, beber um pouco, cumprimentar sua família...

Ele não ouviu nada do que eu falei esse tempo todo?

— Porque eu *não* estou na festa, lembra? Não fui convidada, lembra?

— Eu sei — diz Joe lentamente, como se estivesse escolhendo as palavras com todo o cuidado. — Mas eu estava pensando... Você está aqui. Está todo mundo aqui. É sua última chance de... Sei lá. Estar com sua família em Greenoaks. É agora ou nunca. — Ele para e avalia meu rosto, cauteloso. — Não sei o que aconteceu entre você e seu pai. Não sei a história toda e tenho certeza de que a situação é tóxica...

— Meu pai e eu trocamos e-mails de uma palavra — digo, olhando para o chão. — Só sobre coisas do dia a dia. É horrível.

— Não dá para acreditar. Você e seu pai sempre foram... — Ele balança a cabeça. — Mas mesmo assim... Você faz parte da família, Effie. E odeio te ver se escondendo como se fosse uma estranha. Essa casa é sua também. *Sua* casa — repete ele, com ênfase. — E quer saber o que eu acho? Acho que você devia poder entrar pela porta da frente de cabeça erguida. Com orgulho e determinação. Effie Talbot está na área.

— Effie Talbot está na área — repito lentamente, porque gostei da sonoridade.

— Effie Talbot está na área. — Ele para e me fita intensamente, como se estivesse tentando me motivar. — Você ainda pode se juntar à festa. Ainda pode participar da despedida. E, se não participar, talvez você se...

— Shh! — Eu o interrompo, em pânico. — Olha! É a Lacey!

Uma figura de cabelos ruivos deslumbrantes aparece no gramado, com um vestido rosa-claro. Ela acena, e eu fico tensa e viro o rosto para o outro lado.

— Anda para o outro lado — digo, agitada. — Rápido!

— Para ir aonde?

— Sei lá. Mas a gente tem que fugir. Ela não pode me ver.

— Ela já te viu — argumenta Joe.

Ficamos os dois observando Lacey parar para tirar uma foto da paisagem. Ela grita algo, e Joe acena, animado.

— Não acena para ela! — murmuro.

— Eu não posso ignorar ela.

Joe dá uma risada, e eu olho feio para ele.

— Você acha isso engraçado?

— Effie, você não pode se esconder para sempre — argumenta ele, paciente. — Por que não aproveita para sair das sombras?

— Assim, *não* — retruco, desesperada. Então me dou conta de uma coisa. — Espera. Lacey não sabe como é minha cara. Acho que pode dar certo. Eu não sou a Effie, sou outra pessoa. Entendeu? — Viro para ele, exasperada. — Entendeu?

— Effie. — Joe expira com força. — Isso é ridículo.

— Não tem nada de ridículo! Não vou aturar da Lacey correndo para contar para a Krista que eu estou aqui. Isso seria... — Estremeço. — *Não vou.* Eu sou uma amiga sua. Tá legal? Estamos só caminhando juntos. Batendo um papo. Nada de mais. A gente diz "oi", e você me apresenta como... Como Kate. E aí eu vou embora. — Paro de falar, ofegante. — Por favor, Joe? Por favor?

Joe me encara, incrédulo, por um momento, então suspira.

— Tudo bem. Mas é melhor colocar isso aqui. — Ele me dá seus óculos escuros. — Ou os seus olhos de Talbot vão te trair.

— *Não* me dedura — murmuro, ao nos aproximarmos da Lacey.

— Pode deixar! — devolve Joe, antes de falar mais alto: — Lacey! Que dia lindo, né?

— Maravilhoso! Estou tirando umas fotos para o Instagram. E *quem é* que nós temos aqui? — pergunta ela, com a voz mais sugestiva possível, correndo os olhos depressa pelo meu visual sem graça de calça jeans e camiseta.

— Essa é a Kate. — Joe me apresenta, obediente. — Uma amiga minha. Kate, essa é a Lacey.

— Oi — digo, erguendo a mão para cumprimentá-la, tentando manter o rosto de lado. — Melhor eu ir...

— Prazer em te conhecer, Kate! — Lacey estica o braço para apertar minha mão. Droga. Não posso me esquivar disso. Eu me aproximo dela delicadamente e aperto sua mão o mais rápido que posso. — Uma *amiga*, é, Dr. Joe?

Lacey arregala os olhos, sugestivamente. Essa mulher só pensa naquilo.

— Colega, na verdade — corrijo, um tanto ríspida. — Também sou médica. Estava de passagem e resolvi dar notícias de uma paciente.

Arrá! Um improviso genial, modéstia à parte.

— Que atenciosa você, Kate! — diz Lacey, com um tom de voz que não consigo interpretar. — É muita gentileza sua vir até aqui. E como está a paciente? — De repente, ela solta um suspiro dramático. — *Não me diga* que morreu.

Eu me sinto ofendida profissionalmente em nome de Joe. É lógico que a paciente dele não *morreu*.

— Não. Está muito melhor. Obrigada — digo, com educação. — Enfim, já conversamos, então acho que é melhor eu ir. Prazer em te conhecer, Tracey.

Erro o nome dela de propósito, outro golpe de mestre, e já estou me virando para ir embora, quando Joe de repente pergunta:

— Ah, Kate, esqueci de perguntar. Como estavam as taxas da paciente hoje de manhã?

Viro para ele, horrorizada, e o vejo olhando para mim com uma expressão inocente no rosto, meio sonso. Ele está achando isso *engraçado*?

— Estavam satisfatórias — respondo, após uma pausa. — Em termos gerais. O que é bom. Enfim, tenho que ir...

— Satisfatórias? — Ele levanta a sobrancelha, e eu o xingo mentalmente.

— Satisfatórias — repito, assentindo. — Na verdade, mandei uma mensagem para você com os números — acrescento, subitamente inspirada. — Você tem no seu celular. É só dar uma olhada.

— Acho que não vi sua mensagem. — Ele hesita por um instante, impassível. — Pode me lembrar? Só um valor aproximado.

Vou *matar* o Joe.

— Bem. — Engulo em seco. — As taxas da paciente hoje pela manhã chegaram... — Penso num número. — Chegaram a 35. Enquanto que, durante a noite, estavam mais para 21, 22.

— Tão baixo assim? — comenta Joe, muito sério.

— É. Ficamos preocupados, claro. Mas ela se recuperou. Enfim.

— Eba! — exclama Lacey, que estava acompanhando a conversa com um olhar animado e ávido. — O que isso significa para um leigo?

— Kate? — Joe inclina a cabeça na minha direção. — Você pode explicar?

Certo, agora ele está pedindo.

— Significa que a paciente vai viver — digo, impassível, e Lacey une as mãos. — Salvamos a vida dela. Os netos dela vão poder andar com a avó no parque de novo. Ela vai poder sentir o sol no rosto mais uma vez. E isso é tudo que pedimos, porque é por *isso* que somos médicos. É por *isso*. — Lanço um olhar heroico ao longe. — Por essa vida. Por esse raio de sol no rosto.

Olho para Joe, que faz uma mímica de aplausos, com um sorriso estampado no rosto.

— Ai, vocês da área da saúde são incríveis! — exclama Lacey, emocionada. — Vocês deviam ser premiados!

— Kate sem dúvida merece um prêmio — ironiza Joe. — Posso te levar até o portão, Kate?

— Claro. Tchau de novo — digo a Lacey, e começo a me afastar pela grama alta. — Muito obrigada — murmuro, assim que sei que não podemos mais ser ouvidos. — Eu adoro improvisar detalhes médicos, como foi que você adivinhou?

— Ah, foi só um palpite... Aliás, belo discurso — devolve Joe, dando um sorrisinho. — Você devia pensar em mudar de carreira.

— Talvez devesse mesmo.

O jeito como ele contorce a boca de repente faz com que eu me lembre de quando vesti um jaleco branco, um estetoscópio e não muito mais que isso, para fazer uma surpresa no aniversário dele. Era tão difícil lembrar do nosso passado que praticamente deletei todos os momentos divertidos. Mas agora as lembranças felizes estão voltando, como nervos formigando de volta à vida.

Andamos em silêncio até o portão que dá para o jardim, onde automaticamente me escondo na cerca viva de louros, olhando adiante em busca de observadores.

— E aí, o que você vai fazer? — pergunta Joe.

Por um instante, olho em silêncio para minha querida Greenoaks atrás dele. A torre tão característica. A janela de vitral. A alvenaria "feia", que ninguém além de mim gosta. *É agora ou nunca*, disse Joe, e ele estava certo. Greenoaks está saindo da minha vida. Para sempre. E acho que ainda não parei para assimilar isso direito. Não como estou fazendo agora.

— Quero me despedir de Greenoaks. — Ouço minha voz. — É isso que vou fazer. Entrar lá enquanto estiver todo mundo no brunch, andar pela casa e só... me despedir.

Vou procurar pelas minhas bonecas enquanto isso. Mas, de alguma forma, meu foco agora é outro. Minhas bonecas podem aparecer numa caixa qualquer dia. Greenoaks nunca vai aparecer numa caixa. Temi tinha razão: preciso ter o meu momento. Sentir a casa.

— Boa ideia. — Os olhos de Joe brilham com empatia. — Quer companhia? Posso ajudar?

— Não preciso de companhia, não, obrigada. — Aperto sua mão. — Mas talvez você pudesse ajudar indo ao brunch. Distraindo todo mundo lá fora. E me dando um pouco mais de tempo.

— Pode deixar. — Ele me beija. — Pode deixar.

DEZESSETE

Vou me despedir do meu jeito, nos meus termos. Contorno o caminho de cascalho, inspirando o aroma familiar de plantas, madeira e terra, e me sinto decidida. Vou entrar pela porta da frente, de cabeça erguida, com orgulho e determinação, igualzinho ao que Joe disse.

A uns seis metros da casa, encaro a porta da frente. Eu me sinto como uma ginasta se preparando para um salto difícil sobre o cavalo. Respira fundo... fica na ponta dos pés... e vai.

Discretamente, mas também com agilidade, caminho pela última vez até a porta da casa onde cresci. Preciso captar este momento. Memorizar os detalhes. A luz refletindo nas janelas. O modo como o vento toca as árvores. O...

Espera.

Há uma risadaria tão alta vindo da mesa do brunch que preciso parar. *Maldita* seja esta família. Por que eles me perturbam tanto? Do que estão rindo? Como podem estar se divertindo?

Fico ouvindo o burburinho e o barulho ocasional de talheres batendo na porcelana e me vejo tomada pela curiosidade. Eu me dou conta de que quero ver a mesa do brunch. E as roupas das pessoas. E a comida. E quem está sentado perto de quem. E, basicamente... tudo.

Vou só dar uma olhadinha bem rapidinho. *Depois* eu entro pela porta da frente, com orgulho e determinação. Isso.

Contorno a casa, então me abaixo e engatinho por entre as roseiras até conseguir ver a mesa. Está mesmo muito bonita, toda decorada de branco e prata, com bandeirinhas balançando com a brisa, quase como um casamento ao ar livre. Sempre achei que faria minha festa de casamento aqui, penso, com uma pontada de tristeza. Se um dia eu me casasse.

Enfim. Vamos em frente.

Eu me aproximo um pouco mais, passando os olhos pelos convidados. Krista está com um vestido decotado de seda estampado que exibe os peitos bronzeados como se fossem um obra exposta num pedestal de museu. Lacey está com seu vestido rosa-claro. Bean está com um vestido florido de alça e um chapéu de aba larga para proteger o rosto, está sorrindo, mas parece ansiosa. Humph está com um terno de linho preto elegante que imagino que tenha sido escolhido pela ex-namorada nutricionista. Gus está muito alegrinho, e me pergunto quantos drinques ele já tomou. Joe tem o rosto encoberto pelos óculos escuros e está bebendo uma água com gás. Meu pai está sentado à cabeceira, bem-vestido e charmoso como sempre, exibindo um de seus sorrisos inescrutáveis.

Enquanto os observo, o sol sai de trás de uma nuvem. E não sei se é a luz, ou sei lá, mas eles de repente parecem um monte de bonecas russas, alinhadas ao redor da mesa. Todos escondendo suas camadas internas. Todos protegendo seus segredos, seja com sorrisos radiantes, óculos escuros ou chapéus de palha. Ou apenas mentiras.

— Que delícia de brunch! — comenta Bean para Krista, muito educada. — A festa também estava muito linda. Muito... Hum... descontraída.

— Ah, obrigada, Bean — agradece Krista, sorrindo para ela com gentileza. — Só queria que fosse uma boa despedida. Você sabe o carinho que sinto por essa casa velha tão querida.

— Sei — devolve Bean, depois de uma longa pausa, e dá um bom gole no copo de água.

— Eu não ligo para dinheiro, sabe — confessa Lacey a Humph. — Simplesmente não tenho o *menor* interesse. Não tenho a menor ideia de quanto as coisas custam. É o que menos importa!

Ela levanta as mãos, e suas pulseiras refletem a luz do sol.

— Um jeito muito interessante de ver a vida — comenta Humph, sorrindo para ela.

— Bem, aí eu já não sei — devolve Lacey, modestamente. — Com a Lacey é assim. — Ela se vira para observar Joe, sugando um canudinho de papel de um jeito provocante. — O Dr. Joe anda muito calado. Mais alguém viu a lindinha da Kate hoje de manhã?

Kate...? Ai, meu Deus, ela está falando de mim!

— Kate? — Bean levanta a cabeça, subitamente alerta. — Quem é? Quem é Kate?

— Uma amiga — responde Joe, impassível.

— Ah, acho que era mais que amiga! — exclama Lacey. — Ela veio até aqui só para conversar sobre uma paciente. No fim de semana! E vocês *precisavam* ver o jeito como ela estava olhando para ele. Não conseguia tirar os olhos de você, Dr. Joe, perdoem a indiscrição.

Eu a encaro indignada. Que mentira! Eu fui absolutamente profissional na minha conduta. *Absolutamente* profissional.

— Você devia ter chamado ela para o brunch! — diz Krista. — Seus amigos são muito bem-vindos aqui, espero que você saiba disso, Dr. Joe.

— Eu até sugeri que ela viesse — explica Joe, depois de uma pausa. — Mas ela não quis incomodar.

Bean está vermelha e exaltada.

— Então você e essa Kate...

— Somos colegas. — Joe dá um gole na água.

— Mais que colegas, se quer saber o que *eu* acho — intromete-se Lacey.

— É mesmo? — diz Bean, abatida.

A decepção que sente por mim é tão tocante que fico dividida entre a vontade de rir e a de explicar a verdade para ela. Será que eu mando uma mensagem avisando que eu sou a Kate?

Não. Agora não. Ela vai acabar dando bandeira.

— Ah, você *tinha* que ver os dois, Bean — comenta Lacey. — Tive que olhar para o outro lado!

— Isso não é falta de profissionalismo, Joe, flertar com uma colega? — pergunta Bean, agitada. — Falta de ética?

— Foi só uma conversa a respeito de uma paciente — diz Joe, impassível.

— Qual é, Dr. Joe. — Lacey ri, lançando um olhar de flerte para ele. — Admita que tinha uma faísca entre você e essa tal de Kate.

Joe a encara por alguns instantes, como se estivesse pensando em como responder. Então faz que sim.

— Tenho de admitir que ela é atraente.

— Eu sabia! — exclama Lacey.

— Aliás, muito bonita — acrescenta Joe. — Na verdade, parando para pensar, diria que é a mulher mais bonita que eu conheço. — Ele fita os olhos de Lacey, impassível. — Mais que todas.

Meu rosto chega a arder ao ouvir isso. Sei que ele está só provocando a Lacey. Mas mesmo assim...

— Uau! — exclama Humph, com uma gargalhada. — Essa eu gostaria de conhecer!

— A mulher mais bonita que você conhece! — exalta-se Lacey.

— A gente *tem* que conhecer ela agora — observa Krista. — Lace, você não me disse que era um mulherão!

— Claramente não olhei direito. — Lacey joga o cabelo sedoso e escovado para trás e, embora continue sorrindo, dá para ver que está ofendida. — A beleza *realmente* está nos olhos de quem vê, né? — E dá uma gargalhada. — Porque eu descreveria a sua Kate como uma coisinha bem sem graça. Mas cada um com seu gosto! — Ela lança um sorriso ferino na direção de Joe. — Na verdade, eu não ligo muito para beleza. Não me interessa nem um pouco! Com a Lacey é assim. Para mim, o que importa é como as pessoas são *por dentro*. Sabe? — Ela se vira na direção de Humph, como se em busca de validação. — O coração. A alma. A pessoa.

— Acho que eu sou meio superficial — comenta Joe, dando de ombros, e mordo o lábio, tentando não cair na gargalhada.

Minhas pernas já estão doendo de ficar agachada aqui na roseira, e mudo de posição de leve. Tenho de parar de espiar. Tenho de me despedir da casa como uma mulher orgulhosa e determinada. Mas estou fascinada. Não consigo me desgrudar do espetáculo de cabaré que é a minha família toda comendo junta.

— É, infelizmente a Romilly e eu terminamos. — Gus está contando ao Joe agora. — Acabamos nos distanciando. O que é muito triste, claro.

— Muito triste — concorda Joe, cauteloso.

— Muito... muito... *muito* triste. — Gus abre um breve sorriso radiante para Joe, então cobre a boca com a mão, repreendendo-se. — Desculpa. Não queria rir. Não foi certo. Porque é muito triste. — Ele bufa, segurando o riso e mudando de expressão. — Muito... muito triste.

Ai, meu Deus, Gus está bêbado. Não que eu o culpe.

— Sinto muito por isso — comenta Joe, também segurando o riso. — Realmente, deve ser muito... triste.

— E é. — Gus vira o vinho. — É uma tristeza imensurável que eu nunca mais vou ouvi-la dizer: "Gus, seu imbecil."

— Lamentável, realmente — concorda Joe, muito sério.

— Pois é. Não sei se vou aguentar. — Gus pega a garrafa de vinho e faz um gesto na direção da taça de Joe. — Topa afogar minhas mágoas comigo?

— Claro, está na cara por que a Effie não veio esse fim de semana.

A sonoridade do meu nome atrai minha atenção para a outra ponta da mesa. Humph está contando uma história com a maior desenvoltura a uma Lacey muito entretida e tão próxima a ele que o cabelo ruivo chega a repousar no ombro dele.

— E por que ela não veio? — pergunta ela, então respira fundo. — Peraí! Acho que eu sei. Ela está te evitando!

— Ela sempre foi apaixonada por mim, tadinha — comenta Humph, e sinto uma pontada de indignação.

É *isso* que ele fala quando eu não estou por perto?

— É óbvio — concorda Lacey, assentindo.

— Quando eu terminei com ela, a Effie ficou arrasada. Implorou que eu mudasse de ideia, me encheu de cartas... — Humph faz uma pausa, com um olhar distante, como se perdido em lembranças. — Eu fiquei com pena, pois sou um ser humano piedoso. Mas quer saber no que eu acredito, Lacey?

— No quê? — devolve Lacey, ansiosa, e Humph lhe oferece um sorriso nobre e sábio, como se fosse o próprio Dalai Lama.

— Você não pode se forçar a amar alguém. A verdade é essa. Você não pode se forçar a amar alguém.

— Que *profundo*... — Lacey hesita por um instante, admirada.

— Profundo, coisa nenhuma! — intromete-se Bean, com desdém. — E, Humph, você está inventando essa história aí. Effie não estava apaixonada por você!

— Com todo respeito, Bean... — Humph lhe oferece um olhar de pena. — Acho que a Effie não te conta tudo.

— Conta, sim. — Bean olha feio para ele. — E eu sei que ela não estava apaixonada por você.

— Se você prefere acreditar nisso...

Ele faz uma cara engraçada para Lacey, que morde o lábio, dando um sorrisinho, e comenta:

— Coitadinha da Effie. Que desagradável... — acrescenta, torcendo o nariz.

— Não se atreva a chamar ela de "coitadinha"! — retruca Bean, furiosa. — Você não sabe nada do que aconteceu! Achar que ela está evitando o *Humph*, dentre todas as pessoas, é ridículo!

Para ser sincera, concluo que eu evitaria Humph em qualquer que seja a situação. Mas não porque estou perdidamente apaixonada por ele.

— E por que ela não está aqui então? — devolve Lacey, com um brilho de malícia nos olhos. — Que pessoa falta a uma festa da própria família?

— Ela tinha um encontro — responde Bean na mesma hora. — Tinha um encontro com um atleta!

— Ela podia ter trazido ele! — retruca Lacey. — Se quer saber o que eu acho, acho muito esquisito. Está todo mundo aqui, menos a Effie! Então não me diga que não tem um baita de um motivo. E todo mundo sabe o que é. Quer dizer, *quem* é.

Ela aponta para Humph como se estivesse num tribunal, apresentando uma prova de sua defesa, e ele ergue a taça, agradecido.

— Do que vocês estão falando? — pergunta meu pai, erguendo o rosto de repente, e todo mundo reage com um sobressalto.

Espantada, me dou conta de que é a primeira vez que o ouço falar. Ele parece completamente alheio à festa, sentado na ponta da mesa, olhando para o celular. Mas agora está olhando para as pessoas e se juntando à conversa; tirou até os óculos de sol.

Ele mudou ligeiramente de posição, e, de onde estou, não consigo ver bem seu rosto. Então, me esgueiro um pouco mais, continuando atrás da roseira, até conseguir enxergá-lo direito.

— Do que vocês estão falando? — repete ele, servindo-se de mais vinho.

— Da Effie — responde Bean, olhando séria para Humph.

— Ah, a Effie. — Papai faz uma careta de leve e dá um gole no vinho. Ele pousa a taça na mesa, com a mão ligeiramente trêmula, e percebo que também está meio bêbado. — Minha querida Effie — comenta, saudoso. — Ainda me lembro dela correndo nesse gramado com aquelas asinhas de fada cor-de-rosa. Vocês lembram?

— As asinhas! — A expressão no rosto de Bean se suaviza. — Nossa, como me lembro. Ela ficou, o quê? Um *ano* sem tirar aquelas asas?

— Lembra quando você as colocou na máquina de lavar sem querer, Bean? — Gus acrescenta, de repente. — E a gente teve que comprar uma nova e passou um dia inteiro fingindo que não sabia onde estava?

— Ai, meu Deus! — Bean cai na gargalhada. — Ela não parava de perguntar! "Asa da fada? Cadê a asa da fada?"

— E a gente só respondia: "Ah, Effie, não fica nervosa. Eu tenho *certeza* de que a gente vai achar."

Minhas bochechas esquentam ao escutar isso. Eu não devia ficar bisbilhotando minha família. É errado. Não é honesto. Tenho de ir embora. Agora.

Mas, de alguma forma, não consigo.

Todos os convidados voltaram-se com educação para ouvir as reminiscências do meu pai, e, quando ele abre a boca para falar de novo, um misto de silêncio e ansiedade se instaura no ar.

— Vocês se lembram da festa de circo da Effie? A cara dela!

— Aquilo foi o máximo. — Bean assente. — Foi a melhor de todas.

— Bons tempos. — Meu pai dá mais um gole no vinho. — Uma época tão, tão feliz... Acho que foi a época mais feliz da minha vida.

O quê?

O que foi que ele acabou de dizer? Fico paralisada olhando para a expressão em seu rosto, alheia à minha presença aqui. *A época mais feliz da vida dele?*

Sinto meu coração ferido e maltratado lentamente voltando a inflar.

— Bean, você tinha razão. — Ele se vira subitamente para ela. — Effie tinha que estar aqui. Tenho certeza de que ela tinha os motivos dela para não vir e sei que ela é muito teimosa, mas... — Ele faz uma pausa, uma expressão desolada no rosto. — Queria que ela mudasse de ideia. Devíamos estar todos aqui.

— Ela foi rejeitada, Tony — diz Lacey, com um ar pedante. — Não existe criatura mais determinada do que uma mulher que foi rejeitada.

— Pela última vez, não tem nada a ver com o Humph! — exclama Bean, exasperada. — É porque ela não foi convidada!

— É claro que ela foi convidada — diz meu pai, perplexo. — Não seja ridícula, Bean.

— Bem, como eu expliquei antes, teve, *sim*, uma confusãozinha — explica Krista calmamente. — Eu mandei o convite dela atrasado, eu te falei isso, Tony. Foi um erro bobo, só que ela levou para o lado pessoal. Mas aí já fazia semanas que ela não pisava nesta casa mesmo, então... não é surpresa para ninguém! — Ela solta uma risadinha. — Alguém mais quer vinho?

— Não foi só um convite atrasado! — exclama Bean, com o rosto vermelho. — Foi um desconvite passivo-agressivo. Ela não se sentiu bem-vinda. Pai, você não *viu* o tal convite que a Effie recebeu?

— Eu... — Meu pai olha, na dúvida, para Krista. — Bem, a Krista foi muito gentil de tomar conta de tudo...

— Você não viu! — Bean está incrédula. — Você não conferiu. Você não tem ideia do que está acontecendo na sua própria família! A gente não consegue mais te achar, pai! A gente não consegue falar com você! Não me admira a Effie não ter vindo! Eu quase não vim! E, Krista? — Bean se vira na direção dela. — Você é uma bela de uma mentirosa, porque você *não* escreveu para a Effie as merdas que disse ontem à noite. Você não *implorou* que ela viesse. É tudo mentira!

Há um clamor ao redor da mesa, e Lacey cobre a boca com a mão, como se estivesse assistindo a uma tourada.

— Talvez eu tenha digitado um e-mail e esquecido de mandar — responde Krista, direta. — Erro meu. Mas francamente! Que tempestade em copo d'água! Eu mandei um convite perfeitamente educado e íntimo para a Effie. Se ela quisesse estar aqui, estaria. Ela preferiu não vir. *Escolha dela.*

Krista levanta o queixo, com um ar desafiador.

— Você disse que ela *não se sentiu bem-vinda*?

Meu pai encara Bean, como se nada disso fizesse sentido para ele.

— Disse!

Um silêncio se prolonga. Meu pai está em choque, e eu o observo por entre as folhas, descrente. Como ele *esperava* que eu me sentisse? O que ele *acha* que estava acontecendo esse tempo todo? Ele não se deu *conta* de quão magoada eu estou?

Murmuro meus pensamentos em voz alta, meu coração batendo cada vez mais rápido com a indignação. E, de repente, me vejo aqui e coro de vergonha. O que está acontecendo *comigo*? O que eu estou *fazendo*? Escondida atrás de uma moita, falando sozinha, remoendo todas as minhas mágoas. Quando eu deveria estar... O quê?

"Lidando com elas", diz uma vozinha na minha cabeça. "Lidando com elas." Eu me dou conta, envergonhada, de que sou tão ruim quanto Gus foi com Romilly. Fugindo do problema, em vez de tomar uma atitude. Gus se escondia atrás do trabalho; eu estou me escondendo atrás de uma moita. Mas é a mesma coisa. Não dá para resolver nada se escondendo.

Talvez eu não entenda o lado do meu pai. E talvez ele não entenda o meu. Mas a gente nunca vai resolver isso se não conversar. Mesmo que seja desconfortável. Mesmo que seja doloroso. Mesmo que quem tenha de dar o primeiro passo seja eu.

Mas... o que eu faço? Por onde começar? Será que eu devia simplesmente sair de trás deste arbusto?

Só de pensar, empaco. Acho que vou esperar só mais um pouquinho. Além do mais, estou doida para ouvir um pouco mais dessa conversa.

— Bean, por que você nunca falou isso? — pergunta meu pai agora. — Por que não me contou?

— Eu tentei! — explode ela. — No instante em que a Effie me falou do convite, eu liguei para você. Mandei mensagem... Tentei de tudo! Mas não consegui falar com você! Essa semana, eu liguei para você uma porção de vezes, mas a Krista sempre atendia e me dispensava.

— Ele estava ocupado! — rebate Krista, na defensiva. — Tony, você me disse que estava ocupado demais para conversar com as crianças! Eu estava só seguindo ordens.

— Também não consegui falar com você direito durante a festa. Nem o Gus. — Bean balança a cabeça, descrente. — Parece que você está evitando a gente. E a Effie falou: "Não toca no assunto." Mas eu precisava tocar no assunto. — Bean para, respira fundo, então continua com mais calma: — Effie não estava sendo teimosa, pai. Ela está magoada.

Na mesma hora, meu cérebro tenta analisar o comentário com imparcialidade. Sendo absolutamente sincera, eu *estava* sendo bem teimosa. Mas também estava magoada. E acho que finalmente, *finalmente*, meu pai está entendendo isso. Dá para ver no rosto dele. Vejo-o assimilar a informação. Está com o olhar distante e torcendo o nariz diante desse pensamento. Só agora ele está entendendo o que está acontecendo? Em que planeta ele vive?

Por fim, ele volta a si, o rosto marcado pelo tempo.

— Alguém tem falado com a Effie? — pergunta. — Alguém sabe onde ela está agora?

Meio sem querer, começo a me levantar, depois me abaixo de novo, em pânico.

— *Agora*? — Bean é pega desprevenida. — Você quer dizer... neste exato momento?

— É — continua meu pai. — Alguém sabe?

Um frisson estranho percorre a mesa. Baratinada, Bean olha para Joe, e então para Gus, que também se vira para Joe, que pigarreia e acena com a cabeça para a casa, sob o pretexto de ajeitar sua cadeira.

Fala sério. Que circo! Eles acham que estão sendo sutis?

— Não sei dar *certeza* — começa Bean, com um tom inseguro. — Gus? Você sabe onde a Effie está?

— Eu... Hum... — Gus esfrega o rosto. — É difícil dizer. Ela poderia estar em qualquer lugar. Teoricamente.

— Pois é. — Bean assente. — Então é difícil... saber... onde ela está.

Ela pega a taça de água e dá um longo gole.

— Sabe, quase mandei uma mensagem para ela hoje de manhã, mas... Não tenho a menor ideia de por que acabei não mandando. — Papai respira fundo, meio atormentado. — *Quando* a gente para de errar?

Todos à mesa ficam ligeiramente estupefatos com a pergunta retórica, exceto Lacey, que responde, empolgada:

— Tenho certeza de que você não erra nunca, Tony! Um grande empresário como você!

Meu pai a fita com um olhar vazio, então pega o celular. Um instante depois, sinto uma vibração no bolso. Atrapalhada, pego meu celular. E, embora saiba quem está ligando, sinto um nó na garganta ao ler o nome. *Papai*. Aqui, na minha tela. *Papai*. Finalmente.

Movo meu polegar no automático para atender a chamada — mas então paro, aflita. Não. Deixa de ser burra. Não posso atender aqui, debaixo da roseira, onde todo mundo vai ouvir. Mas também não posso não atender. O que eu faço?

Fico agachada, sem conseguir me mexer, olhando meu celular vibrar, com os pensamentos a mil — até que, de repente, sei exatamente o que fazer. Respirando fundo e com os músculos das pernas queimando, me afasto de costas, me distanciando do brunch em direção à casa.

— Ela não está atendendo.

Ouço meu pai dizer ao me levantar e andar na ponta dos pés na direção da porta dos fundos.

Não estou atendendo agora. Mas logo, logo vou entrar em contato. E não vai ser por telefone. Vai ser pessoalmente.

Passando os cabides no armário de Bean, me sinto apreensiva, quase nervosa. Quero fazer as pazes com meu pai. De verdade. Tem coisas na nossa história que ainda não fazem sentido para mim; tem coisas que ainda parecem impossibilitar uma reconciliação. Mas, até aí, eu achava que me resolver com Joe estava fora de cogitação. Talvez nada seja impossível.

Desde que esteja com um vestido bonito. Este é o segredo. Krista e Lacey ainda estão lá embaixo, com cílios postiços e roupas impecáveis, e *não* vou aceitar que olhem para mim com pena.

Precisei só de alguns segundos para entrar pela porta dos fundos e subir a escada, e agora estou fazendo tudo correndo. Quero dar meia-volta e retornar ao brunch o mais rápido possível. Logo.

Por fim, encontro o vestido que estava procurando — o azul estampado bonito, com uma faixa — e o coloco depressa, então passo uma maquiagem rápida. Meu cabelo está um desastre, mas acho que posso colocar uma das presilhas de festa da Bean.

Acrescento um pouquinho de bronzer para criar coragem, me olho no espelho, então saio do quarto quase saltitando. Desço a escada voando e, ao fim do primeiro lance, avisto a mesa do brunch pelas portas da varandinha do segundo andar. E, embora esteja com pressa, acabo parando para observar a cena mais idílica possível: uma família reunida num jardim ensolarado, em torno de uma mesa bonita. As bandeirinhas balançando com a brisa. A luz do sol refletindo nas taças e nos pratos. Estão todos bem-vestidos e bonitos, com meu pai à cabeceira, como um nobre patriarca.

Só de pensar em surpreender a todos, meu coração dispara. Como vou fazer isso? Vou direto até meu pai. E vou dizer... O quê?

"Pai, sou eu."

Não. Que ridículo... Ele sabe que sou eu.

"Pai, quanto tempo!"

Mas, assim, parece que já estou colocando a culpa nele. Ai, meu Deus. Acho que vou ter que improvisar...

Uma súbita explosão de palmas me dá um susto, e vejo que Humph está fazendo uma espécie de pose de ioga na grama. Noto que ele está de chinelo de couro, com o terno de linho, e parece bem desconfortável, com as pernas dobradas acima da cabeça.

Ah, eu *preciso* descobrir o que está acontecendo. E, sem me dar conta do que estou fazendo, abro as portas da varanda, já com um plano novo em mente. Vou só ficar aqui até alguém olhar para cima e me ver, então vou dizer, casualmente: "Ah, oi, gente!" E observar todo mundo de queixo caído.

A voz de Humph vem do meio de suas coxas e sobe com a brisa de verão.

— Meus órgãos internos estão se alinhando neste exato momento — explica ele, ofegante. — Posso sentir o fluxo do meu *rhu*, sentir *de verdade*. Atravessando meu corpo, curando as imperfeições que encontra no caminho.

— Ele falou "posso sentir o fluxo do meu cu"? — pergunta meu pai a Joe, chocado, e Joe engasga com a bebida.

— *Rhu* — explica ele, obviamente tentando segurar o riso. — Ele falou *rhu*. É um conceito do Spinken.

— Maravilhoso! — exclama Lacey, aplaudindo. — Você devia fazer contorcionismo, Humph. Você tem talento.

— Lacey, mostra para eles sua abertura zero — pede Krista, enquanto Humph sai da posição. — Vocês precisam ver o alongamento da Lacey!

Mas Lacey torce o nariz.

— Não com esse vestido, lindinha.

Ninguém me notou ainda, então dou um passo, paro bem na ponta da varanda e me debruço sobre a velha balaustrada de madeira, com o vestido levantando na brisa, ouvindo a conversa. *Agora* eles estão me vendo, né? Assim que me pergunto se devo gritar, a voz ríspida e angustiada de Bean chama minha atenção.

— O quê? — exclama ela para Krista. — O que *foi* que você acabou de dizer?

Ela está arrasada, e sinto um frio na barriga de preocupação. O que aconteceu?

— Bean? — Meu pai a chama, mas ela o ignora.

— Eles venderam meus móveis — diz ela, com a voz embargada, virando-se para Gus. — Venderam, sem me avisar. Meus móveis do Pedro Coelho. Vão ficar com os novos proprietários.

Estou absolutamente em choque. Eles fizeram o quê? O *quê*?

— Você não pode fazer isso! — Gus exclama para meu pai, que está atônito. — Você vendeu os *móveis* da Bean?

Meu pai engole em seco, absolutamente sem reação, então pergunta:

— Krista?

— Os novos proprietários pediram para comprar algumas coisas da casa que eles gostaram — explica Krista, na defensiva. —

Resolvi tudo com o corretor. Você nunca me disse que os móveis eram especiais.

— Por que a *Krista* ficou responsável por isso? — explode Bean.

— Eu estava só ajudando seu pai — rebate Krista. — Ele tem andado muito ocupado. Vocês, crianças, deviam se dar conta disso, em vez de ficar enchendo o saco por causa de uns móveis velhos e sujos.

— Mimi saberia. — Bean encara meu pai com olhos atormentados e exaltados. — Mimi nunca teria deixado isso acontecer. Eu queria aqueles móveis na minha casa. No meu quarto de hóspedes. Eu queria para...

Ela se interrompe abruptamente e desvia o olhar, ruborizada. Para o filho dela, me dou conta, de repente, com uma pontada de angústia. Talvez no início ela quisesse os móveis para si mesma. Mas agora ela quer para seu filho. Eu a observo ansiosamente, e ela parece estar chegando ao seu limite.

— Quer saber de uma coisa? — exclama, afastando a cadeira de repente. — Effie tinha razão. Ela tinha razão o tempo todo, e eu é que não estava ouvindo. Essa família acabou. Acabou.

— Não, Bean — pondera meu pai, consternado. — Vamos dar um jeito, eu prometo.

Mas Bean não o ouve.

— Eu fiz de tudo — diz ela, com a voz trêmula. — Tentei fazer amizade, tentei perdoar, li livros, ouvi podcasts. Vim nessa merda dessa festa, com essa porcaria de penteado, e minha cabeça está doendo, e eu *cansei. Cansei.* — Com movimentos erráticos, ela tira o chapéu, então começa a arrancar os grampos do cabelo, ainda com a voz trêmula. — Effie tinha razão! Essa família acabou. Se estraçalhou. É como se tivesse caído uma bomba nela, e a gente nunca vai consertar isso. Nunca. Igualzinho a um prato quebrado. Igualzinho a esse prato aqui.

Ela pega o prato mais próximo, branco, de porcelana com filigrana.

Fico tão desconcertada com o acesso de raiva dela que me agarro à balaustrada. Isso não pode estar acontecendo. Bean era a otimista. Bean era a conciliadora. Se *Bean* está desistindo...

— Esse prato não está quebrado — argumenta Krista, encarando Bean como se ela estivesse louca.

— Ah, não? — devolve Bean, esganiçada. — Falha minha. — Com todos olhando, perplexos, ela arremessa o prato no piso de pedra da área externa, e ele se espatifa. Todo mundo reage com um sobressalto, e Lacey dá um grito. — Ops — diz Bean para Krista. — Espero que você não esteja planejando vender isso também. Você pode fingir que estragou com o tempo. Ops — acrescenta ela, pegando outro prato e jogando no chão também. — Mais estrago. É uma droga quando as pessoas estragam as coisas das quais você gosta, né, Krista?

Ela pega um terceiro prato, e Krista se levanta, com as narinas dilatadas.

— Não ouse quebrar esse prato — ameaça ela, com o peito estufado por baixo do vestido de seda. — Não faça isso.

— E por que não? — Bean solta uma gargalhada estranha. — Você já estragou tanta coisa! Pintou a cozinha da Mimi, destruiu nossa casa, derramou um drinque na Effie... e agora está reclamando de um *prato*?

Krista a avalia com um olhar gélido.

— Esse prato é do seu pai.

— Ah é? — exclama Bean, rindo. — Bem, se tem alguém que sabe, é você! Já estava de olho nele antes de vocês se conhecerem, né, Krista? Fazendo perguntas sobre ele, avaliando quanto a casa custava. Esse prato deve valer de alguma coisa então, né? Quem sabe ele não vai deixar para mim no testamento? Vai, pai?

Ela se vira e arremessa o prato no relógio de sol do gramado, e um estilhaço de porcelana voa na direção de Humph.

— Ai! — grita ele. — Você cortou meu pé!

Bean para de repente, e, por um instante, ninguém ousa mover um dedo sequer.

— Desculpa — diz ela, ofegante. — De verdade. Mas quer saber de uma coisa, Humph? Seu pé é só mais uma consequência. Que nem meus móveis. E a cozinha da Mimi. E tudo que a gente amava. — As lágrimas começam a escorrer por suas bochechas ruborizadas. — Acabou tudo. Effie tinha razão. — Ela afunda na cadeira e cai no choro. — Acabou tudo.

Não posso suportar isso. Não posso suportar isso. Não aguento ver minha irmã adorável, paciente, esperançosa e bem-intencionada chorando.

— Bean! — Saio do meu transe e me debruço desesperada sobre a balaustrada, meus olhos ardendo com as lágrimas. — Bean, por favor, não chora! A gente vai ficar bem!

— *Effie*?

Bean olha para cima com uma expressão incrédula e o rosto todo molhado.

— A gente vai ficar bem! — Eu me debruço ainda mais, querendo poder alcançar sua mão. — Eu juro! A gente vai dar um jeito. A gente...

Paro no meio da frase ao ouvir um estalo — e então, pela segunda vez hoje, me dou conta de que estou à beira da morte, pois a balaustrada de madeira cede com meu peso, despedaçando-se.

Não dá tempo nem de gritar. Não consigo me segurar em nada e estou caindo, ofegante, entorpecida pelo susto, sem conseguir raciocinar...

Bum.

— Ai!

— *Merda.*

De alguma forma, Joe me segura antes de eu atingir o chão, interceptando a queda, e caímos rolando no chão de pedra, abraçados. Rolamos umas duas vezes, e então paramos. Fico olhando para seu rosto por alguns segundos, respirando igual a um motor de pistão, sem conseguir processar o que acabou de acontecer. Então, lentamente, bem devagar, ele me solta.

Ele está pálido. Eu sinto que estou pálida também.

— Obrigada. — Engulo em seco. — Obrigada por... Obrigada.

Está tudo girando. Vou vomitar. Vou vomitar? Não, acho que não. Respiro fundo e dou uma risada estranha e trêmula, examinando meus membros.

— Nem um hematoma — digo. — Nem um arranhão. Você é bom.

— Consegue mexer tudo? — pergunta Joe.

— Hum... — Experimento sacudir os braços e as pernas. — Consigo. E você?

— Consigo. — Joe sorri para mim. — Obrigado. Agora levanta *devagar*. E me diz se tem alguma coisa doendo.

Eu obedeço, levantando e balançando os membros com cuidado.

— Estou bem. Torci um pouco o tornozelo. Mas estou bem.

— Que bom! — Ele expira. — Que bom! Acho que vai precisar consertar a balaustrada.

Enquanto isso, o restante do grupo permaneceu num silêncio mortal, nos observando, mas, enfim, Lacey aponta para mim, ao me reconhecer.

— É a Kate!

— Effie — corrige Gus. — Essa é a Effie.

— *Effie*? — Lacey semicerra os olhos, descrente. — Essa é a Effie? Eu *sabia* que você não era médica! Sabia que era tudo mentira!

— *Kate*? — Bean arregala os olhos para mim, e vejo o momento em que ela entende. — Ai, graças a Deus! *Você* é a Kate! Pelo menos com isso eu não preciso me preocupar. Então você... — Seus olhos pulam de mim para o Joe. — Vocês...?

— Não precisa mais me dar sermão sobre relacionamentos antiéticos no local de trabalho, Bean — diz Joe, pegando minha mão e beijando meus dedos. — Como você está? — acrescenta ele para mim.

— Meio nervosa — admito. — Mas... Você sabe. Tudo bem. Bean, *você* está bem? — pergunto, ansiosa.

— Na verdade, não — diz ela. — Mas vou sobreviver.

— Toma um pouco de água. — Joe serve um copo para mim e me observa, enquanto eu bebo. — E se acalma.

— Olha só os dois pombinhos — diz Lacey, ácida. — Quer dizer então que você acabou vindo à festa, hein, Effie? Não aguentou ficar de fora? Deve estar com a orelha pegando fogo!

— Eu que o diga.

Disparo um olhar mordaz para Humph, que vira o rosto depressa.

— Que bom que você resolveu dar um pulinho aqui, Effie! — Gus morre de rir da própria piada. — Entendeu? Um pulinho.

Krista ainda não disse uma palavra, e, quando me viro para encará-la, consigo sentir a animosidade de sempre faiscando entre nós. Mas não estou nem aí. Vou agir com maturidade. Calmamente, pulando a louça estilhaçada, me aproximo dela com minha expressão mais altiva.

— Obrigada pela gentileza de me convidar, Krista — digo, educada. — Depois de pensar melhor, concluí que podia aceitar.

— Bem, você é muito bem-vinda, Effie. Pode ter certeza — diz Krista, franzindo os lábios. — Sempre foi.

— Obrigada — reitero. — É muito gentil da sua parte.

— É um prazer — devolve ela, cruzando os braços.

Agora só falta meu pai. Finalmente, meu pai. Ainda não olhei para ele. Ainda não consegui. Mas agora...

Quando me viro para encará-lo, fico meio assustada, porque ele está branco como um fantasma.

— Achei que você ia morrer — diz ele. — Achei... Meu Deus... — Ele solta um gemido inarticulado, como uma caixa de música enferrujada, então solta o ar com força. — Mas você está bem. Você está bem. É só isso que importa.

— Pai... — Engulo em seco.

— Ah, Effie.

Quando seus olhos encontram os meus, são os mesmos olhos das minhas lembranças de infância. Os olhos cálidos e reluzentes do meu pai.

— Pai... — Tento de novo. Mas não sei como continuar. Por onde eu começo? — Pai...

— A-ham. Com licença.

Um homem pigarreando nos faz dar um pulo de susto. Atordoada, viro a cabeça e vejo um careca de terno, segurando uma pasta, olhando para nós, constrangido.

— Lamento interromper o... Hum. Momento em família. — Ele dá uns passos à frente, evitando cuidadosamente os cacos de louça. — Meu nome é Edwin Fullerton. Trabalho na imobiliária Blakes. Estou aqui em nome dos Van Beuren.

— Os *quem*? — pergunta Gus, franzindo a testa.

— Os Van Beuren. Os novos proprietários.

Ele aponta para a casa, e todos se entreolham, desconfortáveis.

Então os novos proprietários se chamam Van Beuren. Percebo que nunca escutei o sobrenome, e, aos meus ouvidos, ele soa sinistro. Não é à toa que andaram roubando nossas coisas.

— O que eles querem? — pergunta meu pai.

— Eles gostariam que eu verificasse o espaço para as vans do frete da mudança no caminho de acesso à casa. Posso medir? — Ele pigarreia de novo. — Mas, se não for uma boa hora, não tem problema.

Ele se esforça muito para não reparar nos pratos quebrados nem no pé sangrando de Humph, nem nas lágrimas no rosto de Bean, e, por fim, opta por fitar o céu, como se estivesse subitamente muito interessado nas nuvens.

— Claro. Por favor, pode medir. Estávamos só... — Meu pai faz uma pausa, como se não soubesse bem como descrever o espetáculo na frente dele. — Num brunch.

— Claro. — Edwin assente, com muito tato. — Tem também alguns detalhes que eu gostaria de verificar, se eu puder tomar um pouquinho do seu tempo, Sr. Talbot. Embora, sinto dizer... Hum... — Ele arrasta o pé no chão. — Eu tenha mandado uma mensagem para o senhor.

— Você e todos nós — comenta Bean, cordial. — Meu pai andou terrivelmente ocupado essa semana. Então... Zero surpresa.

Olho para ela, um pouco desconcertada. Minha irmã não parece minha irmã. Está mais cínica. Com o rosto contraído e cansado. É como se suas expectativas para a vida tivessem diminuído tanto que ela nem se importa mais em ter expectativas.

Edwin olha, nervoso, da Bean para meu pai.

— Não tem o menor problema — acrescenta ele.

— Talvez não para um corretor — concorda Bean. — Mas, para os filhos dele, tem problema, sim. Com a madrasta vendendo bens de valor sentimental, esse tipo de coisa. Mas aqui estamos. Essa é a nossa família, para o bem ou para o mal. Mas me conta — acrescenta ela, num tom amigável —, os Van Beuren pretendiam comprar esses pratos? — Ela pega um prato ainda inteiro e mostra para ele. — Porque tem uns que estão com umas *lasquinhas*. Sinto muito. — Ela aponta para o tapete de cacos de porcelana. — Estragou com o tempo.

Sem palavras, Edwin Fullerton fita os pedaços de louça, então se volta para Bean, como se não entendesse se ela estava brincando.

— Eu teria de olhar no contrato — responde ele, enfim.

— Bem, vê e fala com a gente — diz Bean. — Porque odiaríamos decepcionar os Van Beuren. Seria nosso maior pesadelo. — Ela hesita por um instante. — *Literalmente*, nosso maior pesadelo.

— Certo. — Edwin Fullerton tem dificuldade de encontrar uma resposta. — Pois bem. De fato.

— Deixa eu... — Meu pai se recompõe. — Deixa eu te levar até meu escritório.

— Nosso maior pesadelo! — grita Bean, enquanto os dois se afastam. — Só queremos que os Van Beuren fiquem felizes!

Joe e eu nos entreolhamos, e vejo como ele também está assustado com essa nova personalidade da Bean. *O que aconteceu* com ela?

— É melhor eu ir também — diz Krista para Lacey. — Ver o que eles estão falando. Toma mais vinho ou o que você quiser, querida. Você também, Humph.

Ela se afasta sem nem olhar para o restante de nós, e chego a me preparar para dizer alguma coisa, mas Humph me interrompe:

— Acho que estou sangrando muito... — diz ele, preocupado. — Preciso ir para a emergência, mas não vim de carro. Meu pai me deu uma carona. Alguém pode me levar?

— Para a emergência? — Joe dá uma gargalhada incrédula. — Qual? Para um hospital onde trabalhem com "medicina tradicional", como você diz?

— Por que você não alinha seu sei lá o quê? — sugere Gus, servindo-se de outra taça de vinho. — Seu negócio interno. Seu *rhu* vai te salvar, Humph. Confia no *rhu*.

— Muito engraçado — devolve ele, sério. — Mas você não sabe do que está falando, então acho melhor nem tentar.

— Achei que o *rhu* curava tudo com seu poder transcendental, não? — pergunta Joe. — O cuidado com a saúde começa e termina com o *rhu*, não é isso?

— Existem. Exceções — diz Humph, cuspindo as palavras.

— Ah, *exceções*. — Joe sorri para Humph, então acaba cedendo. — Bem, como uma pessoa que seguiu outra trajetória de qualificação médica, eu diria que você definitivamente precisa ir para a emergência, para alguém dar uma olhada nesse corte. Está bem feio. Termo técnico.

— Já chamei um táxi — diz Lacey, levantando-se com eficiência. — Eu te levo, Humph. Pode deixar que eu seguro sua mão. Em vez de zombar de suas crenças, como *certas* pessoas. — Ela joga o cabelo para trás e encara Joe. — As pessoas acreditam na penicilina, não acreditam? Então por que não podem acreditar no *rhu*?

Joe a encara, estupefato.

— Porque... — Ele esfrega o rosto. — Olha, não sei nem como te responder.

— Pois é! — devolve Lacey, como se tivesse ganhado a discussão. — Humph, querido, vem comigo. Eu fico com você, para ter certeza de que está bem. Depois quem sabe você não me mostra seu estúdio. — Ela pisca para ele, sedutora. — Adoraria aprender mais como funciona seu trabalho.

Aposto que adoraria. E a mansão dele. E o título de nobreza. Mas tomara que ela não esteja contando com a fortuna gorda dele, que até eu sei que não existe.

Ela dá o braço para ele se apoiar, e os dois saem andando, Humph mancando ao seu lado, enquanto ela segue estável.

— Ah — diz ele, de repente, lembrando-se de ser educado e voltando-se para nós. — Por favor, agradeça ao seu pai e à Krista pela festa maravilhosa e peça desculpas por eu não ter me despedido pessoalmente. Vou escrever para eles, claro.

— Pode deixar. E boa sorte! — digo, com um pouco de pena dele.

Não gostaria de que minha felicidade dependesse nem do *rhu* nem de Lacey.

Ficamos assistindo aos dois contornarem o acesso à casa até que, quando desaparecem de vista, nos entreolhamos.

— Sabia que alguém ia parar na emergência — comenta Joe. — Não queria dizer "eu avisei", mas eu avisei.

— Não é um brunch a menos que alguém vá parar na emergência — concordo, me sentindo meio histérica. — Todo mundo sabe disso. Nossa... — Fito os cacos no chão e na grama e começo a rir de nervoso. — Olha só esse lugar! O cara da imobiliária não deve ter entendido nada!

— Ele deve estar ligando para os Van Beuren neste minuto — comenta Gus. — Deve estar dizendo: "Rápido! Se mudem logo, antes que eles quebrem tudo! São um bando de loucos!"

— Meu Deus, é verdade. A *cara* que ele fez! — Dou outra gargalhada. — Joe, tem certeza de que você quer ser visto comigo? Porque eu vou logo te avisando: minha família tem um caráter meio duvidoso.

— Ah, já estou acostumado.

Joe sorri para mim, então olha de relance para Bean e de volta para mim, com uma cara de: "O que está acontecendo ali?"

Eu me viro para ver como ela está e sinto uma pontada no peito. Minha irmã está sentada com os pés descalços no assento da cadeira, abraçando os joelhos, com um olhar distante e sem ouvir nada do que estamos falando.

— Está tudo bem, Bean? — pergunto, preocupada. — Você parece bem... estressada.

— Não estou estressada — nega ela, sem titubear.

— Bean. — Mordo o lábio. — Seja sincera.

— É sério, não estou. — Ela se volta para mim. — Não estou sentindo nada. Não estou nem aí. Pra mim já deu. Não ligo para a casa... não ligo para a família... não ligo para nada. É bem libertador, na verdade!

Ela dá uma risadinha estranha, que nunca a vi fazendo. Faço uma cara de preocupação para Joe, que franze o cenho.

— Bean, escuta. — Tento de novo. — Eu vou conversar com o papai sobre os móveis...

— Não se dê ao trabalho.

— Mas...

— Não importa mais! — Bean me interrompe, decidida. — Estou falando sério, não importa mais. Parece que eu sou um elástico que esticaram muito, muitas vezes, e sabe de uma coisa? O elástico ficou frouxo. Eu desisto. Vou para um pub comer batata chips. — Ela se levanta da cadeira, calça a sandália e pega a bolsa. — Todas as batatas chips que eles tiverem.

— Pub! — exclama Gus. Ele vira a taça de vinho, fica de pé e cambaleia tanto que tem de se apoiar na cadeira. — Pub. Que ideia genial! A gente devia ter ido direto para um pub. Por que a gente não foi para um pub? — Ele gesticula, animado, como se estivesse dando uma palestra para milhares de pessoas. — É sempre um erro não ir a um pub. A gente *nunca aprende.*

— Vamos então — chama Bean. — Eu pago a primeira rodada.

— Você pode tomar conta deles? — murmuro depressa para Joe. — Bean está meio esquisita, e Gus está completamente bêbado.

— Pode deixar — murmura ele. — Mas e você? Você não vem?

— Daqui a pouco. Tenho só... que fazer uma coisa.

— Tudo bem. — Ele assente e aperta meu braço brevemente. — Deixa comigo.

— Effie... — Bean se aproxima e me dá um abraço inesperado. — Queria só pedir desculpa. Você tinha razão. Você estava certa sobre tudo. Você enxergou tudinho, e fui eu que fiquei me iludindo. — Ela balança a cabeça. — Não somos mais uma família. Acabou tudo. Está tudo arruinado. Acabou.

— Bean, não fala isso.

Fico olhando para ela, consternada.

— Foi você mesma que falou! — responde ela, com mais uma risada estranha. — E é verdade!

Ela me dá outro abraço, então sai, passando o braço no de Gus, e fico olhando para os dois, me sentindo confusa. Sei que eu falei isso. Sei que acreditei nisso. Mas, de alguma forma, quando Bean fala, parece errado. Minha vontade é de agarrá-la e gritar: "A nossa família não acabou! Não é tarde demais! Ainda dá para dar um jeito!"

Mas será que dá?

Devagar, olho para a casa silenciosa sob o sol da tarde. Só há um jeito de descobrir.

DEZOITO

Estou de frente para Greenoaks de novo, encarando-a, como uma ginasta pronta para sua segunda tentativa, e me sinto decidida. Desta vez, não vou me distrair com nada.

Discretamente, mas também com agilidade, ando pela última vez até a porta da casa onde cresci. Preciso captar este momento. Memorizar os detalhes. A alvenaria intricada (e que *não* é feia). As chaminés tão características. A janela de vitral. O jeito como...

Espera, o quê?

Humph?

Não acredito. Humph aparece na porta e para na soleira, apoiando-se no batente como se fosse desmaiar. De todas as pessoas que podiam aparecer agora. Achei que já estaria no hospital a esta altura. Ou sendo seduzido por Lacey. Ou os dois.

— Oi — diz ele, melancólico, quando me aproximo. — Lacey está só pegando as coisas dela. E aí a gente vai para o hospital.

— Ok. Espero que cuidem bem de você. Bean não queria te machucar — acrescento, com uma pontada de culpa. — Foi um acidente.

— Ah, eu sei — diz Humph. — Bean não machucaria nem uma mosca. Ela parecia meio... — Ele franze a testa. — Estressada?

— É — concordo. — É só... Sabe como é. Tudo.

— Sei como é. — Humph assente, e sua empatia parece sincera.

— Você sabe se o cara da imobiliária ainda está falando com meu pai?

— Não, faz uns minutos que ele já foi embora — responde Humph, apontando vagamente para a esquerda da casa. — Não sei aonde ele foi.

— Ok, obrigada.

Sorrio, com educação, e estou prestes a passar por ele e entrar na casa, quando ele me chama:

— Peraí. Posso te perguntar uma coisa, Effie? Por quanto tempo você ficou naquela varanda, antes de cair?

Olho para ele, curiosa, sem entender por que ele está me perguntando isso. Então, vejo a expressão envergonhada em seu rosto e compreendo na mesma hora.

— Você quer saber se te ouvi dizendo que sempre fui loucamente apaixonada por você e que te enchi de cartas de amor?

Olho para ele fixamente. Humph fica vermelho e, de repente, se parece bem mais com o sujeito desajeitado que saiu comigo do que com o galanteador profissional de medicina Spinken.

— Eu sei que você nunca se apaixonou por mim — murmura ele, cabisbaixo. — Desculpa.

— Tudo bem — digo.

— Eu também ando meio estressado — comenta ele, triste. — Acho que meus pais estão se separando. — Ele ergue o rosto para me encarar. — Está um inferno lá em casa, um caos.

— Sério? — Faço uma careta. — É uma coisa caótica mesmo.

— Pois é...

A máscara pedante que ele estava usando caiu. Vejo uma expressão preocupada e familiar em seu rosto e sinto um pouco de empatia por ele. De afeição, até.

— Quer saber? — Eu me ouço dizendo. — Vai dar tudo certo. *Você* vai ficar bem. Se quiser conversar, pode me ligar. Como amigo.

— Obrigado — diz Humph. — De verdade.

— Você vai ter seus altos e baixos, mas aguenta firme, porque vai passar. Você vai encontrar uma saída.

Estou dizendo palavras que não reconheço. Palavras nas quais jamais pensei.

Estou encontrando uma saída? Finalmente?

— É bom saber. — Humph está realmente prestando atenção ao que estou dizendo. — É inspirador. Você é sempre tão centrada, Effie!

Deixo escapar uma gargalhada.

— Centrada? Eu? *Centrada*? Você não estava no Festival Vamos Falar Mal da Effie, no jantar de ontem?

— Mas você não estava no jantar! — exclama Humph, assustado. — Como você sabe disso?

— Eu estava embaixo do aparador — explico. — Ouvi tudinho.

— Ah. — Humph esfrega o nariz, e consigo ver que ele está tentando organizar seus pensamentos. — Entendi. Bem, se serve de consolo, acho que você foi injustiçada. Sempre te achei uma pessoa do tipo centrada. É por isso que sempre te admirei.

— Humph, você não me *admirava* — digo, revirando os olhos.

— Admirava, sim — insiste ele. — Sempre admirei. — Uma expressão estranha passa por seu rosto, e ele acrescenta: — Quer dizer que você e o Joe voltaram?

— Sim. — Não consigo parar de sorrir. — Voltamos.

— Hum. — Ele assente várias vezes. — Quer dizer... é. Faz sentido. Totalmente.

— E você está... com a Lacey? — arrisco.

— Ah, eu não tenho dinheiro para os luxos da Lacey — diz ele, com franqueza. — Logo, logo, ela descobre, mas espero que dê tempo de ela me deixar no hospital.

Tinha esquecido como Humph pode ser engraçado e crítico de si mesmo. Acabei criando uma imagem muito negativa dele ao longo dos anos, mas não é bem assim. Talvez tenha feito isso só para não me sentir tão mal pela forma como o tratei.

— Desculpa — digo, num impulso.

— Pelo quê?

— Humph, eu te tratei tão mal... Naquela época.

— Eu também tenho que pedir desculpa — diz ele, dando de ombros. — Agora eu sei como eu beijava mal. Mas eu melhorei.

Não consigo não rir mais uma vez, e ele sorri para mim, e decido que um dia vou convidá-lo para tomar uma cerveja.

— Bem, até a próxima — digo e toco seu braço desajeitadamente.

— Até a próxima. — Ele olha para a casa. — Foi divertido.

Faço que sim.

— Foi.

Um silêncio se instaura — então ergo o queixo, determinada, e entro em Greenoaks. Effie Talbot está na área.

Ao cruzar o hall de entrada silencioso, fico muito ansiosa. Não sei o que vou dizer ao meu pai. Meus pensamentos parecem carros de Fórmula 1, girando constantemente em meu cérebro.

Então, a porta do escritório do meu pai se abre. Ele me vê, e nós dois ficamos sem reação.

— Effie — diz ele, afinal, tão cauteloso quanto eu.

— Pai — respondo, com a voz embargada. — Achei que... Será que a gente pode conversar?

— Entra.

Ele me convida para entrar no escritório como se eu estivesse aqui para uma entrevista de emprego, e, me sentindo meio atônita, eu obedeço. O cômodo está do jeito de que eu me lembro: a escrivaninha antiga, os monitores do computador, o tabuleiro de xadrez perto da lareira. Eu me lembro, com uma dorzinha no coração, de que meu pai e eu costumávamos jogar xadrez. Depois que Bean e Gus foram para a faculdade e eu fiquei sozinha em casa. Eu fazia meu dever de casa aqui. E meu pai tomava um gim-tônica. A gente fazia algumas jogadas e continuava a partida num outro dia.

Ergo o rosto e vejo que ele está me fitando, pesaroso.

— Achei que você não vinha à festa — diz ele. — Mas fico feliz que tenha mudado de ideia, Effie. Mesmo sua entrada sendo um pouco exagerada. *Por favor*, querida, vê se não chega de paraquedas em mais nenhuma festa, senão quem vai parar na emergência sou eu, com um ataque cardíaco.

Ele está tentando me fazer rir, e arrisco um sorriso, mas não dá muito certo. Tem muita mágoa pairando entre nós neste cômodo. Ou sou só eu que estou sentindo?

— Pai... — Paro, avaliando a melhor forma de introduzir o assunto. "Fiquei tão chateada..." "Eu me senti tão rejeitada..." "Por que você ignorou as minhas mensagens?" Mas, em vez disso, me ouço dizendo: — Pai, estamos preocupados com você.

— Preocupados? — Meu pai me encara, como se estivesse confuso. — *Preocupados?*

— Todo mundo. Eu, o Gus, a Bean... — Dou um passo à frente, subitamente com vontade de expressar meus receios. — Pai, você conhece a Krista direito? O passado dela? Porque ela está planejando alguma coisa, de verdade. Ela fica estimando às escondidas o preço dos móveis com a Lacey. A gente ouviu. E você sabia que ela já estava de olho em você antes de vocês se conhecerem? Mike Woodson contou para o Gus.

— Mike Woodson? — Meu pai fica chocado. — Mike Woodson andou *falando* de mim?

— Está todo mundo preocupado! — Minhas palavras saem rápido, de forma fervorosa. — As pessoas só querem o seu bem.

— Obrigado, mas elas não precisam se preocupar — começa ele, com severidade, mas não vou engolir isso de novo.

— *Por favor*, me escuta — imploro. — *Por favor*. A Krista estava perguntando para as pessoas no Holyhead Arms sobre você, aí ela fingiu que te conheceu por acaso. Ela mentiu, pai! Ela só quer seu dinheiro! Ela já arrancou um diamante gigante de você. Você nunca comprou nada parecido para a Mimi. E ela quer investir todo seu dinheiro num restaurante em Portugal, e a gente acha... Estamos preocupados... — Eu me interrompo, ao ouvir o toc-toc dos saltos da Krista se aproximando.

Ai, meu Deus. Meu coração dispara. Será que ela me ouviu? O que exatamente ela ouviu? De certa forma, é melhor que tenha ouvido. Isso precisa ser dito, de um jeito ou de outro.

Krista entra na sala, acompanhada do Bambi — e, pelo olhar de frieza em seu rosto, está na cara que ela ouviu.

— Você não desiste, né? — exclama ela, com desprezo. — Eu sei que você acha que eu sou uma interesseira. Que piada! Esta casa não tem nada que me interesse, nada de valor. — Ela caminha na minha direção e me encara, sem piscar os olhos pétreos. — Eu não sou uma oportunista. Eu tenho minha própria empresa. Eu pago minhas contas. Isto aqui não é um diamante. Você acha que eu sou burra? — Ela sacode a pedra na minha cara com tanta agressividade que chego a estremecer. — É zircônia. Se eu quisesse gastar dinheiro numa coisa cara, comprava ações num fundo da Nasdaq. *Né*, Bambi? — acrescenta ela, e Bambi responde com um ganido.

Zircônia?

Fito, sem entender, o pingente, que continua reluzindo em contraste com sua pele bronzeada.

— *Não* é um diamante? Mas eu tenho certeza de que você e meu pai falaram...

— Talvez a gente tenha dito que era um diamante — interrompe-me Krista, impaciente. — Que diferença faz? A gente morria de rir disso. Eu falei para seu pai: "Seus filhos acham que eu sou interesseira", e era engraçado. Mas você não desiste, né? Toda vez que ele queria se divertir um pouco, vocês estavam lá, atrapalhando. Principalmente você, mocinha. — Ela enfia o indicador no meu peito. — Nossa! Eu fico louca. Ah, e já que você está fazendo fofoca, acho que vai gostar de saber que minha irmã está fazendo um *favor* a vocês. O ex dela vende antiguidades. Então ela sabe das coisas e tem contatos. Seu pai está mal de dinheiro. É com *isso* que vocês tinham que se preocupar, e não com meu diamantezinho.

— Mal de dinheiro? — repito, sem entender.

— Krista! — intervém meu pai, aflito.

— Está na hora de eles saberem! — exclama Krista, virando-se para meu pai. — Conta para ela, Tone!

— Effie... — Meu pai esfrega a testa, cedendo. — Acho que você entendeu tudo errado.

— Como assim, mal de dinheiro? — pergunto e fico olhando para ele.

— Isso é um exagero — diz ele, as mãos apertando com força a beirada da escrivaninha. — Mas... andei tendo dificuldades financeiras. E elas me distraíram por um tempo.

— Por que você não falou *nada*?

Olho para ele, me sentindo ofendida.

— Porque eu não queria te deixar preocupada, querida — responde meu pai, e Krista solta um suspiro alto de impaciência.

— Dai-me forças! Você só fica falando de não "preocupar as crianças". Eles são adultos! Deixa eles se preocuparem! Eles *deviam* se preocupar! E se eu ouvir mais uma palavra sobre aquela *maldita* cozinha...

Ela parece prestes a explodir de raiva, e me viro para ela, com meu sangue fervendo. Não *acredito* que ela tem a audácia de falar da cozinha.

— A cozinha da Mimi era uma obra de arte. — Minha voz treme de raiva. — Era uma coisa mágica. Não era só a gente que adorava aquela cozinha... Todo mundo na cidade também gostava. E se você não consegue reconhecer isso...

— Aquela cozinha era um peso! — interrompe-me Krista, com desdém. — Todos os corretores falaram a mesma coisa. A casa é ótima. Quer dizer, esquisita e feia. — Ela dá de ombros. — Mas até que dá pra vender. Desde que vocês façam alguma coisa com aquela monstruosidade daquela cozinha. Pinta. Se livra daquele monte de esquilo, rato e aquela merda toda.

Olho para ela, hesitando por um instante, sem conseguir responder de tão chocada que estou. Aquele monte de esquilo, rato e aquela merda toda?

— Não tinha nenhum desenho de *rato* — digo, enfim encontrando minha voz. — Não tinha *nenhum* rato.

— Pra mim era tudo rato — devolve Krista, impassível. — Então eu falei: "Tudo bem, eu mesma pinto." Sou muito habilidosa com um rolo de pintura. Mas seu pai começou a resmungar sobre a Mimi e todas as lembranças incríveis, e que as crianças iam matar ele. Então eu falei: "Bota a culpa em mim. Diz que a ideia foi minha. Não me importo com o que seus filhos pensam de mim." Aí você aparece, a cozinha está linda de morrer e adivinha só? Já tinha muito mais gente visitando a casa. Mas alguém me agradeceu? Não, claro que não. Eu sabia que você ia ficar louca — acrescenta ela, olhando fixamente para mim. — Eu falei: "Vai ser a Effie, ela vai surtar." E foi batata. Exatamente do jeito que eu previ.

Minha cara está queimando. Nunca me ocorreu... Nunca tinha imaginado.

— Por que você não me *falou*, pai? — Viro para ele, agitada de repente. — Você *devia* ter me falado. Podia ter explicado sobre os corretores, contado tudo. A gente teria entendido...

— E você não acha que seu pai já está sobrecarregado demais? — Krista me encara. — Ele está estressado pra canário, desculpa o linguajar. Acha que ele tinha tempo de ligar para vocês e ficar conversando sobre *armário*? Eu falei: "Não discute isso com eles, Tone. Deixa que a gente dá um jeito. Resolvido. Pronto."

— Estressado com o quê? — pergunto, confusa, e Krista explode:

— Com o que você acha? Eu já disse! *Dinheiro*. Foi o que eu falei, não tem nada de valor nesta casa.

— Mas eu não estou entendendo — digo, me sentindo como se estivesse enlouquecendo. — Não dá para entender. Ontem à noite, você falou que foi um ano excelente para os investimentos do meu pai! Você disse que ele estava nadando em lucro! — De repente, eu me dou conta de que me entreguei. — Eu estava escondida embaixo do aparador — acrescento, sem graça. — Na verdade... Eu meio que estava na festa o tempo todo.

— *O quê?* — Meu pai me encara boquiaberto, então dá uma bufada súbita, que parece uma risada. — Ah, Effie.

— Você estava embaixo do aparador? — exclama Krista, bruscamente.

— E antes do jantar também — acrescento. — Quando você estava... arrumando a mesa.

"E se despindo", acrescento mentalmente. E, pelo seu olhar, sei que ela entendeu.

— Devia ter imaginado que você ia dar um jeito de entrar escondido — diz ela, seca. — Devia processar aquele segurança. Era trabalho dele não deixar nenhum penetra entrar.

— Bem, ele não conseguiu barrar a *minha* entrada. E eu ouvi você falando no jantar como o ano do meu pai foi maravilhoso. Como ele fez uma fortuna. Não foi, pai? — intercedo a ele.

— Krista sempre tenta me botar pra cima — diz meu pai, torcendo o nariz. — A intenção dela é boa, mas...

— E o que as pessoas têm a ver com isso? — contesta Krista. — Sempre achei que você tem que exibir o seu melhor. Fazer uma graça. Por que não fazer os outros pensarem que seu pai está numa fase ótima? Melhor do que dizer a verdade e estragar a noite de todo mundo.

— Então... qual é a verdade? — pergunto, olhando de um para o outro.

— Desde o divórcio, as coisas estão meio complicadas — explica meu pai, devagar. — E a Krista... A Krista está tentando ajudar.

— E é isso que eu ganho em troca. — Ela cruza os braços. — Nem um obrigada.

Eu me sinto zonza e confusa. Fico olhando de Krista — enérgica, exuberante, faiscando de indignação — para meu pai, que, em comparação, está meio pálido e abatido.

Será que tive a impressão errada de Krista? Será que todos nós tivemos? Mas não. *Não*. Meus pensamentos se rebelam. Ela não me convidou para a festa, lembra? Ela jogou uma taça de bebida em mim, lembra?

— Effie — diz meu pai, com uma voz grave. — Você realmente se recusou a vir à festa só porque não aprovava minha escolha de companheira?

— Não! — exclamo, ofendida. — Não, claro que não! Tudo bem, a Krista e eu não nos damos bem. Mas eu não deixaria de vir a uma festa por causa disso. Foi o convite. O desconvite.

Meu pai solta um suspiro.

— Querida, a Krista explicou que ela cometeu um erro. Todo mundo erra...

— *Não* foi um erro — protesto, me sentindo ofendida novamente. — Foi de propósito. E... E eu presumi que vinha de você também — acrescento, baixinho. — Achei que você não queria que eu viesse.

— *O quê*? — Meu pai fica horrorizado. — Como você pôde achar uma coisa dessas?

Eu o encaro quase explodindo de frustração.

— *Qual é*, pai? Faz semanas que você está me ignorando. Um dia depois da briga na cozinha, eu deixei aquele recado na sua caixa postal, mas você nem respondeu. E aí você me mandou um e-mail horroroso sobre as minhas correspondências ainda estarem chegando aqui. Eu fiquei... Tá. Entendi. Meu pai não quer falar comigo. Tudo bem. Então a gente não vai se falar.

— Mas eu te convidei para almoçar! — devolve meu pai, com o cenho franzido de consternação. — Eu te convidei para almoçar, Effie. E você não respondeu.

— O quê? — Eu o encaro, boquiaberta.

— Eu sugeri que a gente almoçasse. Quando eu mandei aquela cesta pra você. E não recebi mais nenhum recado na minha caixa postal.

Continuo encarando-o, horrorizada. Ele acha que eu estou *mentindo*?

— Eu deixei um recado no dia seguinte — insisto, ofegante. — No dia seguinte. E de que cesta você está falando? Não recebi nenhuma cesta.

— Uma cesta com produtos da Fortnum & Mason. — Meu pai está confuso. — Como uma bandeira branca. Effie, você *deve* ter recebido.

— Pai, acho que eu saberia se tivesse recebido uma cesta da Fortnum & Mason — digo, trêmula. — Acho que eu teria notado.

— Mas a gente mandou! Pelo menos a Krista mandou — corrige-se ele. — Eu fiquei muito preocupado, e ela insistiu em encomendar, para me poupar o trabalho. — Ele se vira para Krista, e, ao ver sua expressão descarada e defensiva, seu olhar muda da descrença para o horror. — Krista? — pergunta ele, com uma voz baixa e sombria.

— Eu esqueci, tá legal? — exclama ela. — Eu tenho mais o que fazer! Aliás, uma cesta da Fortnum & Mason, Tone? Que absurdo! Você não tinha dinheiro para uma cesta da Fortnum & Mason!

Ela esqueceu? Ou nem se deu ao trabalho?

— E o meu recado na caixa postal? — pergunto, suspeitando de repente, e Krista dá de ombros.

— Seu pai recebe muitos recados.

— E é você que os administra?

Eu a encaro, e ela empina o queixo.

— Eu o protejo dos recados. Eu sou tipo uma assistente. Meu trabalho é filtrar as porcarias que ele recebe.

Nem sei o que dizer. Porcarias?

— Você não passa nada para ele, né? — pergunto, de repente me dando conta. — O que é que você faz, *apaga* as mensagens? Você estava isolando meu pai de propósito? É assim com a Bean e o Gus também — acrescento para meu pai. — Ninguém consegue falar com você, pai. Tudo mundo tenta, todo mundo quer falar com você, mas é impossível.

— Krista? — Meu pai se volta para ela, uma veia pulsando em sua testa. — Krista, o que você andou fazendo?

— Você me mandou usar o bom senso — justifica-se ela, nem um pouco arrependida. — Bem, para mim, você faz muita coisa por essas crianças. Meu Deus! Eles não são crianças, são *adultos*. Se quer saber o que eu acho, eles precisam crescer, todos eles.

Olho para meu pai e sinto uma pontada de nervosismo, pois ele está pálido e trêmulo.

— Pode até ser — diz ele, com dificuldade de controlar a voz. — Mas quem decide isso sou eu. Sou *eu* que tenho que decidir como fica minha relação com meus filhos. — Ele a encara em silêncio por uns instantes, então acrescenta, meio que para si mesmo: — Eu sabia que a gente tinha prioridades diferentes, mas... — Mais uma vez ele fica em silêncio, então respira fundo. — Effie, você pode me deixar um minuto sozinho com a Krista?

Sinto uma pontinha de esperança. Ai, meu Deus...

— Hum, claro — murmuro.

Com o coração acelerado, me afasto e saio da sala. Fecho a porta e dou alguns passos pelo corredor — então paro. Consigo ouvir a voz deles no escritório. Vozes exaltadas, irritadas.

Continuo ali, ainda meio atordoada, acompanhando o vaivém da conversa acalorada à distância, me perguntando o que está sendo dito. Se devo sair discretamente. Mas, de alguma forma, não consigo. Parece que estou grudada ao chão. O que está *acontecendo*?

Então, a porta se abre de supetão, e Krista sai marchando, com os olhos lacrimejando e ofegando de raiva.

Merda. Devia ter fugido enquanto podia. Ela chega bem perto de mim, com o queixo contraído, e chego a sentir medo. Então, joga os cabelos loiros para trás e me avalia, com desprezo.

— Bem, você ganhou, mocinha. Eu e seu pai... Acabou.

— Não é uma questão de ganhar — respondo, baixinho.

— Pouco importa.

Ela corre os olhos por mim de novo, então pega um maço de cigarros na bolsa.

— Interesseira. O descaramento. É verdade, eu estava de olho no seu pai. Mas você quer saber por quê? Por que tive *pena* dele. Ele estava um farrapo. Não queria descobrir que me envolvi com um maluco, então perguntei para as pessoas. Mas é lógico que era só a mesma história de sempre. Um belo dia, a mulher acorda, decide que quer o divórcio, rapa o dinheiro do marido. O sujeito vai parar no bar, e quem junta os caquinhos é a Krista aqui. Não sei por que me dou ao trabalho, acho que tenho complexo de salvadora.

— A Mimi não rapou o dinheiro do meu pai!

Eu a encaro, na dúvida. Krista dá de ombros e coloca um cigarro na boca.

— Digamos que ela ficou muito bem de vida.

— Ela tem um apartamento em Hammersmith! — exclamo. — Não é como se fosse o Ritz.

Krista me avalia por um momento, então começa a rir, realmente se divertindo.

— Você não tem a menor ideia, né? — Ela tira um isqueiro dourado da bolsa e tenta acender. — A Mimi saiu dessa com muito mais do que um apartamento em Hammersmith. Você precisa ver a conta bancária dela. Quer dizer, que bom para ela. Mas não foi tão bom para o seu pai. Ouvi falar muito sobre sua querida Mimi — acrescenta ela, finalmente conseguindo acender o cigarro. — As pessoas falam dela. Sei que ela é gentil e um amor de pessoa. Com os desenhos bonitinhos. Os vestidinhos de linho. As cestas. A coisa toda. — Ela dá uma tragada longa e profunda, então acrescenta, com um tom de voz frio: — Mas, se quer saber a minha opinião, dá para ser gentil e um amor de pessoa, e um osso duro de roer quando quer.

Mimi? Osso duro de roer?

Não consigo nem imaginar. Mas talvez eu não tenha visto a coisa como um todo, admito com relutância. Da mesma forma como não consegui imaginá-la tratando meu pai de mau humor. Nunca vi Mimi negociando. E acho que o processo de um divórcio é como se fosse um negócio.

— Anda, Bambi! Vamos sair daqui!

Krista já está dando meia-volta para sair, quando, de repente, me dou conta. Ela sabe coisas sobre meu pai que ninguém mais sabe, e esta vai ser minha única chance de perguntar.

— Krista, o que *realmente* aconteceu? — pergunto, depressa. — Com o dinheiro do meu pai?

Ela me olha, e, por um instante, não sei se vai me responder. Mas então dá de ombros.

— Ele começou a fazer investimentos mais arriscados, né? Passava o dia inteiro olhando para aquela porcaria daquela tela de computador. — Ela expira a fumaça do cigarro. — Meu pai era agenciador de apostas. Sei reconhecer o medo nos olhos das pessoas. Foi por isso que eu intervim, comecei a atender às chamadas dele, tentei ajudar um pouco. Pode achar o que quiser de mim. — Krista me fita nos olhos através da nuvem de fumaça. — Mas eu estava do lado dele. Bem, deu no que deu. Acabou. É um homem legal, o Tone. Gosto dele. Mas a *bagagem*. Deus me livre! — Ela me olha de cima a baixo de novo com desprezo, e engulo em seco. Nunca pensei em mim como bagagem de alguém. — Aí está *você*, Bambi, querido — acrescenta ela, quando o cachorro se aproxima. — Vamos.

— Espera! — chamo. — Só mais uma coisa. Você admite que jogou o Kir Royale no meu vestido de propósito?

— Talvez eu tenha jogado — comenta ela, sem o menor arrependimento. — Me processa então. Você me chamou de interesseira!

— E você não me convidou para a festa. — Minha mágoa volta. — A última festa da família em Greenoaks. Você me cortou de propósito e não contou a verdade para meu pai.

Krista respira fundo, semicerrando os olhos.

— Talvez eu devesse ter te mandado um convite. — Ela dá de ombros, como se estivesse tendo um breve momento de autorreflexão. — Mas você me *encheu* o saco. Me deixou morrendo de raiva. Não posso dizer mais que isso. Senti antipatia por você.

— Ok — digo, com uma vontade repentina de rir. — Bem, obrigada pela sinceridade.

— Acho que deve ser porque vi que você tem peito — acrescenta ela, pensativa. — Mais do que sua irmã. Tadinha. Mas vocês duas são muito diferentes. Contigo, vale a pena comprar a briga.

— Ah — murmuro, sem saber se é um elogio ou não. — Hum... obrigada?

— De nada — devolve ela.

Encaro, fascinada, seu rosto perfeito e coberto de maquiagem. Estou com a sensação estranhíssima de que queria ter conhecido Krista. Esta é a mulher com quem estou em pé de guerra. Que destruiu minha relação com meu pai sem nem pestanejar. Ela causou tantos danos à nossa família que quase nos separou para sempre. Mas também consigo perceber agora que ela e meu pai se divertiam, que ela animava a vida dele e ajudava com coisas práticas. Ela pode ser totalmente imoral, mas é forte, enérgica e tem mais camadas do que eu imaginava.

— De todo mundo aqui, você é a que mais se parece com uma boneca russa — comento, sem pensar, e Krista faz uma cara de indignação.

— Boneca russa? — devolve, irritada. — Você está me chamando de boneca russa? Eu não sou russa, coisa nenhuma. E não sou uma boneca de plástico. Isso aqui é tudo de verdade! — Ela gesticula para o corpo escultural. — Tirando meus seios. Mas é uma questão de educação, botar peito. É o mínimo. — Com uma baforada ofendida, ela apaga o cigarro num prato ornamental próximo. — Anda, Bambs. Vamos.

— Você vai ficar... bem? — Eu me ouço perguntando.

— Se eu vou ficar bem? — Krista dá uma risada zombeteira e se vira para me encarar. — Eu construí minha própria empresa, tive que desligar os aparelhos que mantinham minha mãe viva e já dei um soco na cara de um tubarão. Acho que consigo lidar com isso.

Ela joga o cabelo para trás e sobe a escada, e, enquanto a observo se afastar, me sinto um pouco ofegante. Então, ouço a voz do meu pai me chamando:

— Effie? Effie, querida, você ainda está aí?

E corro até ele.

— Estou — respondo. — Estou. Ainda estou aqui.

Quando entro no escritório, meu pai está sentado numa das poltronas perto da lareira, com o tabuleiro de xadrez à sua frente, e, por um instante, é como se tivéssemos voltado no tempo.

— Servi uma bebida para a gente — diz ele, apontando com a cabeça para os copos de uísque do lado do tabuleiro.

— Obrigada — digo, me sentando diante dele.

Meu pai ergue o copo num brinde, e eu sorrio, hesitante, antes de darmos um gole.

— Ah, Effie. — Ele expira e pousa o copo na mesa. — Me desculpa.

— Bem, eu também tenho que te pedir desculpa. Foi... — Procuro as palavras certas. — Acho que tivemos uma falha de comunicação.

— É um jeito bem diplomático de descrever — murmura ele, com ironia. — Ainda não acredito que a Krista...

Ele para e fecha os olhos.

— Pai — digo. — Deixa.

Não acho que falar da Krista vai nos ajudar. (Além do mais, vou falar dela com a Bean depois.)

Meu pai abre os olhos e me estuda, incrédulo.

— Você estava mesmo na festa o tempo todo?

— O tempo todo. — Faço que sim. — Me escondendo aqui e ali.

— Mas *por quê*? Não era só para evitar a Krista, era?

— Não! — Não consigo deixar de rir. — Estava procurando minhas bonecas russas. Você não as viu por aí, viu?

— Suas bonecas russas? — Meu pai franze a testa, pensativo. — Eu *vi*... Mas não tenho a menor ideia de onde.

— Foi o que a Bean falou. — Suspiro. — Acho que o pessoal da mudança vai acabar achando.

— Elas não vão ficar para trás. — Meu pai me consola. Então, ele dá uma risada. — Não acredito que você se escondeu debaixo do aparador. Você se lembra do Natal em que se escondeu lá, quando era pequena?

— Também me lembrei disso. — Assinto. — Você veio e se escondeu comigo. E aí me deixou carregar a sobremesa de Natal.

295

— Tivemos momentos legais aqui — comenta meu pai, e sua expressão se anuvia, enquanto ele pega o copo novamente.

Agora que estou perto dele de verdade, vejo como está com mais rugas no rosto. Mais velho. Mais preocupado. Nem um pouco parecido com alguém que *nunca esteve mais feliz*.

Meu pai é um ator. É capaz de enganar os convidados e até a própria família. Mas estou vendo que a vida é difícil. Mais difícil do que ele tem deixado transparecer.

E sinto uma onda súbita de vergonha. Alguma vez perguntei como ele estava? Já o enxerguei como uma pessoa? Ou só como meu pai, que tinha de ser sobre-humano e não se divorciar e não vender a casa e basicamente não errar nunca?

— Pai, queria que a gente tivesse sido avisado de que você estava tão estressado por causa de dinheiro — arrisco, hesitante.

— Ah, querida. — Na mesma hora, a fachada de descontração encobre seu rosto. — Não se preocupa com isso.

Ele me oferece um sorriso confiante de Tony Talbot, e eu levo a mão à testa.

— Pai. Para. Não sou mais criança. Me *fala*. Se você tivesse me contado a verdade no dia em que eu peguei a Krista tirando foto da escrivaninha em vez de ter me dado uma bronca...

Ao repassar a cena mentalmente, vejo-a de maneira tão diferente agora. Meu pai estava na defensiva. Com vergonha. Ele não suportava admitir a verdade — que estava com problemas financeiros —, então partiu para o ataque.

Ele me encara em silêncio por alguns segundos, então sua expressão muda, e ele esfrega a bochecha.

— Tem razão, Effie. Eu me comportei muito mal naquele dia. E peço desculpa. É verdade, eu esqueço que vocês são adultos. Bem, tudo bem. — Ele dá um gole no uísque e me olha com franqueza. — A situação ficou muito feia. Tudo culpa minha. Quando a Mimi e eu nos separamos, era óbvio que os bens teriam que ser divididos e que íamos precisar vender Greenoaks.

— Eu nem *cogitei*... — Paro, envergonhada. — Acordos financeiros.

— E por que cogitaria? — Meu pai me fita com um olhar súbito e penetrante. — Querida, por favor, preciso que você entenda que não teve ressentimento. A Mimi recebeu uma parte justa. Nós dois ficamos satisfeitos. Mas... isso mudou a dinâmica das coisas. É óbvio que mudou. Meu planejamento financeiro não incluía um divórcio.

Ele faz uma pausa para dar outro gole, e me pego me perguntando quem ele tinha para conversar sobre essas coisas.

— E quanto mais eu pensava em vender Greenoaks... mais difícil a ideia ficava. — Ele solta um suspiro longo e olha ao redor. — Esta casa é mais do que uma casa. Entende o que quero dizer?

Faço que sim em silêncio.

— Então resolvi tentar uma última cartada para ficar com a casa. Foi aí que eu errei, feio. — Ele fita o próprio copo. — Fiz investimentos de alto risco. Quebrei todas as minhas regras. Se fosse um cliente meu... — Ele balança a cabeça. — Mas não tinha ninguém para me segurar. E eu tinha um certo grau de arrogância — acrescenta ele, com sinceridade. — Achei que era melhor no jogo do que realmente sou.

— E o que aconteceu? — pergunto, temerosa.

— Ah, fui punido, claro. Foi uma catástrofe. — Meu pai fala com descontração, mas seus olhos estão sérios. — Teve umas semanas infernais em que achei que não só perderia Greenoaks, como ficaria sem nenhuma casa. Foi aí que entreguei as rédeas da vida familiar para a Krista. Não conseguia pensar em mais nada a não ser na minha operação desesperada de resgate. — Ele faz uma pausa, como se estivesse repassando os eventos na cabeça. — O problema é que nunca retomei as rédeas. Era tão mais fácil deixar a Krista tocar as coisas. Eu confiava nela.

— Mas... as coisas estão bem agora?

Quase não tenho coragem de fazer a pergunta.

— Ah, eu vou sobreviver. — Ele nota minha cara e se aproxima para tocar meu ombro num gesto tranquilizador. — Eu vou ficar bem, Effie. É sério. Talvez não num lugar grandioso como este, mas vida que segue. Vou sentir saudade de Greenoaks, mas o que podemos fazer?

Ele se serve de um pouco mais de uísque e me oferece a garrafa, mas eu nego com a cabeça.

— Eu entendo, pai — digo. — Entendo por que você tentou salvar Greenoaks.

— Fiquei tão orgulhoso quando nos mudamos para cá, sabe? — comenta ele, melancólico. — Um menino de Layton-on-Sea, nesta casa. Não me esqueço de quando meu avô veio me visitar uma vez. Lembra dele?

— Hum... mais ou menos — respondo.

— Bem, ele veio a Greenoaks e ainda consigo visualizar a cara dele quando olhou para a casa. Eu me lembro dele dizendo: "Até que você está bem de vida, hein, Tony?" — Seu rosto se ilumina com a lembrança. Então ele acrescenta, mais pesaroso: — Ele era um salafrário, claro. Já te contei de quando decidimos abrir um negócio juntos? A gente fazia todo tipo de esquema para ficar rico depressa. Nada funcionava, óbvio.

— Não — comento, rindo. — Por que não almoçamos juntos um dia e você me conta?

— Obrigado, querida. Eu adoraria.

Visualizo nós dois num pub aconchegante, talvez diante de uma lareira, meu pai me contando histórias engraçadas do passado. Só a imagem faz com que eu sinta esperança e um quentinho no coração.

— Mas não era só isso — continua meu pai, lentamente, girando o copo na mão. — Não era só um símbolo de status. Greenoaks foi um lugar tão querido para nós! Tão primordial para a nossa vida familiar! Eu fiquei preocupado com como ficaríamos sem a casa. Se ainda... nos sentiríamos como uma família.

— Nós vamos — digo, com uma convicção que me surpreende. — A gente não precisa de Greenoaks, pai. Vamos continuar nos encontrando, vamos continuar unidos, vamos continuar sendo uma família. Vai ser só... diferente.

De onde estão vindo essas palavras? Nem sei dizer. Mas, ao dizê-las, percebo que há uma nova decisão dentro de mim. Vou torná-las uma realidade.

— Você é muito inteligente, Effie — comenta meu pai, com os olhos brilhando. — Devia ter pedido seu conselho desde o início.

"Ah, tá", respondo mentalmente, mas não quero estragar o momento.

— Tenho que conversar com a Bean — acrescenta ele, mais preocupado. — Tenho que consertar as coisas com ela.

— Pai, você *não* pode vender os móveis da Bean — digo. — Vai partir o coração dela. Não dá para tirar da venda?

— Ai, Effie. — Ele balança a cabeça. — Sinto muito. Os novos proprietários já deram muito trabalho, inventaram um monte de exigências aqui e ali. Não quero correr o risco de perder tudo.

— Mas...

— Effie, não vamos perder essa venda. — Ele expira, e vejo um fundo de preocupação em sua declaração. — Vou ter que recompensar a Bean de outro jeito.

Ficamos os dois em silêncio por um tempo. Não adianta insistir agora, penso, revoltada. Mas não está certo.

Um raio de sol surge por trás de uma nuvem e desaparece novamente; fito meu pai, que parece perdido em lembranças. Nesta quietude, sinto como se pudesse dizer qualquer coisa.

Com uma sensação de que estou pisando em ovos, respiro fundo e digo baixinho:

— Passei muito tempo sem acreditar que você e a Mimi tinham se separado. Eu simplesmente não conseguia lidar com isso. Eu ficava olhando as fotos antigas de vocês o tempo todo. Que nem essa aqui, lembra?

Num impulso, pego o celular e abro minha foto de pé no cavalo de balanço. Viro o telefone para ele, e ficamos os dois olhando para a tela. Meu pai. Mimi. Eu, de tutu, com os cachinhos desgrenhados. Os três sorrindo, radiantes.

— Vocês parecem felizes — digo.

— Nós *éramos* felizes — afirma meu pai, assentindo.

— Era de verdade. — De repente, me dou conta de que estou fazendo uma pergunta a ele. — Não era... Vocês não estavam... fingindo?

Uma lágrima escorre do meu olho e desce por meu rosto, e a expressão do meu pai se altera.

— Ah, Effie — murmura ele, consternado. — Minha querida. Era isso que você estava achando?

Olho para o celular, com o nariz coçando. Eu sei que o ouvi falando para todo mundo lá fora que foi uma época feliz. Mas e se isso também tiver sido um teatro?

— O problema é que... vocês pareciam felizes até o dia em que anunciaram o divórcio — digo, ainda concentrada na foto. — Então, agora eu fico olhando para trás, para a época em que eu era criança, e para todas essas lembranças maravilhosas, e fico pensando... E aí, era verdade?

— Effie, olha para mim. — Meu pai pede e fica esperando até que, relutante, eu levanto meu olhar. — Me escuta, por favor. A Mimi e eu fomos felizes de verdade, durante toda sua infância. E até muito depois de todos vocês saírem de casa. E, mesmo depois, não chegamos a ser *in*felizes. Nós só... não fazíamos mais bem um para o outro. Mas nossa felicidade até ali foi de verdade. Você *tem* que acreditar nisso. — Ele se inclina para a frente, com o olhar sério. — Não foi nada planejado. O amor que a Mimi e eu sentimos ao longo do casamento foi real. — Ele faz uma pausa, como se estivesse pensando em como continuar. — Mas as dificuldades pelas quais passamos também foram reais. E o futuro, seja como for, vai ser real do jeito que tiver que ser. Um relacionamento não é uma foto. — Ele aponta para o telefone. — É uma jornada.

— Você acha que podem voltar um dia? — pergunto, porque é a dúvida que está martelando em minha cabeça desde o fatídico dia. Ao pronunciar as palavras, no entanto, já sei a resposta. — Não precisa responder — acrescento, depressa. — Eu sei.

— Ah, Effie. — Meu pai me olha, com os olhos cheios de lágrimas. — Vem aqui.

No momento seguinte, estamos nos abraçando, eu ainda segurando o celular, e ele me dando um abraço apertado. Faz tanto tempo que não abraço meu pai. Achei que talvez nunca mais o abraçaria.

— Hum... com licença? — Nós dois erguemos o rosto e vemos Edwin Fullerton espiando da porta, surpreso. — Sinto muito interromper o... Hum... momento — diz ele, olhando sem jeito para os sapatos. — Mas tenho mais umas perguntas.

— *Sério?* — murmura meu pai, mas já estou me afastando.

— Tudo bem, pai, não tem problema. Você tem mais o que fazer. Eu também.

DEZENOVE

Saio da casa para o dia quente de verão, me sentindo um pouco atordoada com tudo. É bom, digo a mim mesma. É tudo positivo. Krista está indo embora. Eu voltei a falar com meu pai. Voltei com Joe. São coisas resolvidas.

Então, por que não me sinto resolvida? Eu me sinto inquieta, como se precisasse *fazer* alguma coisa, mas não sei bem o quê.

"Encontrar as bonecas russas", uma vozinha me lembra, e expiro devagar. Sei que vim aqui para isso; sei que esse era meu objetivo. Mas não é minha família de bonecas que está fazendo minha barriga doer de nervoso. É a minha família de verdade.

Ao contornar a casa e chegar ao jardim, me deparo com os pratos quebrados ainda no chão e os observo, consternada. Essa vai ser mesmo nossa última imagem de Greenoaks? Gritando e chorando e quebrando pratos?

Neste momento, meu celular vibra. Pego, distraída, e vejo que é uma mensagem da Bean.

Cadê você?? Eles estão servindo drinques! Peço um mojito pra você?

Hesito por um instante, então escrevo:

Você não vai voltar a Greenoaks?

Sua resposta é quase imediata:

Voltar?? Cê tá louca?? Tô pedindo um mojito pra você.

Fico olhando a mensagem, inquieta, então digito:

E a banheira de passarinho? E as coisas que você queria guardar? As lembranças?

Mais uma vez, sua resposta aparece quase na mesma hora:

Estou pouco me fodendo. Não quero lembrança nenhuma. Vem beber com a gente.

Mando um emoji de mãozinha de positivo para ganhar tempo, mas não é assim que me sinto. Não era para ser assim.

Num impulso, ligo para Temi, porque, se tem uma pessoa que pode me dar um sábio conselho, é ela.

— Effie! — Sua voz animada me cumprimenta. — Até que enfim! Pegou as bonecas?

— Não — admito. — Na verdade, não estou procurando as bonecas.

— Você *não* está procurando as bonecas?

— Eu cheguei a procurar. Mas acabei me distraindo. Com coisas de família.

— Sei — comenta Temi. — Que coisas de família?

Sento por cima das pernas, me sentindo um pouco saturada.

— Temi, minha família está um caos. Foi tudo pelos ares.

— É — diz ela, depois de uma pausa. — Eu sei, amiga. Faz um tempo já que você está me contando isso.

— Não, agora é diferente. Está pior. A Bean abandonou o brunch, pê da vida, dizendo que nossa família acabou e que não tem mais jeito.

— A *Bean* fez isso? — pergunta Temi, sem acreditar.

— Pois é. Foi horrível. Ela começou a jogar pratos no chão.

— Jogar *pratos*? — interrompe-me Temi, gargalhando. — Desculpa. Desculpa. Eu sei que você está estressada. Mas a Bean? Jogando *pratos*?

— Ela acertou o Humph. Que foi parar na emergência. — Começo a rir, apesar da situação. — Mas o lado bom é que meu pai e a Krista terminaram.

— Tá de brincadeira! — Temi leva um susto. — Está tudo acontecendo ao mesmo tempo, hein? Da próxima vez que você der uma festa, Effie, me coloca na lista, tá?

— Ai, meu Deus, Temi, você *tinha* que estar na festa — digo, arrependida. — Aposto que metade das pessoas aqui nunca nem tinha entrado em Greenoaks na vida. *Você* é que devia ter vindo, para se despedir. É *essa* festa que a gente devia...

Eu paro de falar no meio da frase, o cérebro pegando no tranco. É isso. Claro. É *isso*. Era a festa errada desde o início. Uma festa ridícula, falsa e pretensiosa, e não uma despedida de verdade.

Eu me levanto, de repente cheia de energia, convicta, sabendo exatamente o que preciso fazer.

— Temi, você pode pegar um trem e vir pra cá? — pergunto, abruptamente.

— Se eu posso fazer o quê?

— Vou dar uma festa. Uma despedida para Greenoaks. Hoje à noite.

— *Outra* festa? — pergunta ela, espantada.

— É, só que diferente. Sem sofisticação. A festa que a gente *devia* ter feito. Uma fogueira no morro... umas bebidas... uma festa da família Talbot.

— Beleza, estou dentro. — Ouço o sorriso dela na voz. — Vou pegar o trem o mais rápido possível. Você não vai fazer uma fogueira sem mim!

Desligo o telefone, sorrindo também. Quero dar a festa que a gente devia ter feito desde o início. Com as pessoas certas. Não com Humph. Nem Lacey. Nem com um milhão de estranhos que só veio por causa da bebida.

Num impulso, abro o bloco de notas e digito um convite:

Me encontrem, por favor, no morro, para comemorar nossa última noite em Greenoaks, às 20h. Bebida. Comida. Fogueira. Com amor, Effie. Não precisa confirmar presença. Vejo vocês lá.

Copio o texto, penso por um instante, então crio um grupo novo de WhatsApp com meu pai, Bean, Gus, Joe e Temi.

Nomeio o grupo "O último adeus da Effie". Então, colo o texto do convite. Em seguida, antes que eu possa mudar de ideia, envio a mensagem.

VINTE

A noite continua quente, e Gus coloca mais galhos na fogueira, seguindo seu método provado e comprovado de botar lenha na fogueira.

— Onde você quer as toalhas? — pergunta meu pai, chegando ofegante ao topo do morro.

— Ali. — Aponto para a grama atrás de Gus. — Onde a gente sempre fica.

É o local com a melhor vista. De um lado, você vê a casa lá embaixo e o acesso de cascalhos, então dá para saber quem está chegando; e, se você virar para o outro lado, tem uma vista linda do campo. Nunca apreciei de verdade a vista do alto do morro antes da vida adulta.

— Bebidas! — anuncia Bean, também bufando ao chegar ao topo, trazendo duas garrafas de vinho. — Nossa, estou muito fora de forma.

— Muito bem, Bean — diz meu pai, e ela dá um sorrisinho ressabiado para ele.

Estamos todos ainda meio rabugentos. Pelo menos, Bean está. Gus continua bêbado, mesmo que negue. Joe está sendo diplomático. E eu estou no comando.

Gosto de estar no comando. Eu me dou conta disso enquanto oriento Bean onde colocar as bebidas. Tenho de encontrar algo para fazer na vida em que eu esteja no comando.

— Pronto! — Temi chega ao topo do morro, trazendo as bandeirinhas que foi buscar no gramado lá embaixo. — Festa tem que ter bandeirinhas.

Olho para o gramado silencioso e arrumado atrás dela. Agora que ela tirou as bandeirinhas e catamos a louça quebrada, nem daria para dizer que teve uma festa lá embaixo. Ou uma briga de família. Aquela festa acabou. A festa agora é *aqui*.

Temi enfia um graveto de bambu no chão e começa a prender as bandeiras — então exclama, frustrada, quando o graveto cai no chão.

— Deixa que eu ajudo — diz Gus, se aproximando. — Você precisa fortalecer esses músculos.

— Eu sou forte! — exclama Temi, indignada. — Ganharia de você na queda de braço aqui mesmo, Gus.

— Balões! — Joe chega, parecendo um animador de festa infantil, com um monte de balões de gás hélio pairando acima de sua cabeça. — Peguei na sala de estar. — E os enfeites de mesa de Versalhes? — pergunta ele, impassível. — Será que eu trago também?

— Acho que vamos ficar bem sem eles — respondo, também impassível. Enquanto digo isso, Bean se aproxima, e eu a toco no braço, porque quero falar com ela. — Escuta, Bean — murmuro em seu ouvido. — Acho que a gente devia tentar conversar de novo com o papai sobre seus móveis. Convencer ele.

— Não — murmura ela.

— Mas eu tenho certeza de que a gente consegue fazer com que ele mude de ideia...

— Sério, já superei. — Ela me interrompe, um tanto ríspida. — Não quero mais. Não ligo.

Observo-a descer o morro, me sentindo dividida. Acho que ela liga, sim. Mas não vou insistir agora. As coisas já estão muito delicadas.

— Acho que já dá para acender a fogueira — digo para Gus, e o vejo se aproximando dela com ar de profissional.

Ali perto, meu pai está abrindo o vinho.

— Ah, Effie — diz ele. — Acabei de lembrar, eu *vi*, sim, suas bonecas russas.

— Oi? — Levanto o rosto, em alerta.

— É, estavam com a Krista.

Por alguns segundos, não consigo falar. Meu rosto parece feito de pedra. Krista estava com minhas bonecas?

— Ela estava arrumando o banco embutido da janela e me perguntou o que fazer com elas. Falei para guardar, claro — acrescenta ele, depressa, ao notar minha aflição. — Ela me disse que ia botar em algum lugar seguro. Então elas estão na casa. Se não encontrarmos, eu pergunto a ela.

Minha vontade é de dar uma gargalhada enlouquecida. Krista? Um lugar seguro?

Mas esta noite é de reconciliação. Então, de alguma forma, engulo meu desânimo e abro um sorriso.

— Obrigada, pai — digo. — Aposto que vamos achar.

Depois de uns instantes, Bean volta com algumas almofadas, e eu a ajudo a arrumá-las no chão. Estamos todos em nossa zona de conforto agora. Todos sabemos o que fazer.

Em pouco tempo, a fogueira está estalando, e estamos com taças na mão, e Joe chegou com um tabuleiro de linguiça. Ele está sendo nota dez hoje, se ofereceu para comprar comida no mercado e ainda foi buscar Temi numa estação distante, porque o trem dela quebrou no meio do caminho.

— Sei que ravióli de lagosta tem seu valor — comenta Gus, olhando para o tabuleiro, esfomeado. — Mas linguiça é linguiça.

Assim que ele termina de falar, o fogo pega de repente, e ficamos todos observando as chamas. Quantas vezes nos sentamos aqui e ficamos só olhando as chamas bruxuleantes? Parece natural, reunir-se em torno de uma fogueira. Não é forçado. É uma despedida adequada.

Talvez nossa família tenha mudado. Talvez as coisas não sejam exatamente como eram. E talvez mudem ainda mais no futuro. Mas, o que quer que aconteça, vamos continuar sendo nós.

— Bem, um brinde a vocês, Talbots — anuncia Temi, olhando ao redor. — E obrigada por me receberem.

— Você é muito bem-vinda — diz Bean, com carinho. — Praticamente cresceu aqui.

— Ótimas lembranças. — Temi olha em volta, observando a casa, o jardim, a casa na árvore mais ao longe. — Tantos momentos felizes. Mas vamos criar mais momentos felizes.

— Vamos — concorda Bean, decidida. — Esse é o plano.

— Com certeza. — Sorrio para ela.

— Você não pode se apegar às coisas só por causa das lembranças — continua Temi, pensativa. — Senão ninguém nunca mudaria de casa. Nem de país.

— Verdade. — Bean assente. — Nem largaria um péssimo namorado. Todo péssimo namorado tem pelo menos *uma* lembrança boa associada a ele. Mas você tem que dizer adeus. Senão é só: "Ah, mas teve aquele dia maravilhoso em que a gente caminhou pisando nas folhas, no outono."

— Niall! — exclamo na mesma hora, e Bean assente, pesarosa, porque ela ficou com o namorado do tempo de faculdade, o Niall, por muito mais tempo do que deveria, e já concordamos sobre isso várias vezes.

— Ainda me lembro de quando a gente foi embora da nossa casa, na França — comenta Temi, saudosa. — Foi um dia difícil. Eu era tão feliz lá! Era um lugar ensolarado... A gente morava perto da praia... Eu podia andar descalça... — Ela balança a cabeça, incrédula. — Aí, de repente, eu estava em Londres, não sabia falar a língua, chovia o tempo todo, todo mundo parecia tão mal-humorado... e eu dizia: "Minha vida *acabou*! *Acabou*!" — Ela sorri para mim. — Mas, no fim das contas, deu tudo certo.

Sinto um movimento do meu lado, me viro e vejo Joe, sentando-se junto a mim na toalha.

— Parabéns — murmura ele, baixinho. — Você contornou a situação.

— Ah, sei lá — digo, hesitante.

— Não, contornou. Está tudo ótimo. — Ele me abraça de lado. — Está perfeito. Mesmo sem lagosta e DJ.

— *Quê?* — exclamo, fingindo espanto. — Você está falando mal da festa da Krista?

— Tem gente que se casa com a mesma mulher várias vezes — comenta ele, olhando pensativo para meu pai. — Você conhece a segunda esposa, e é uma cópia da primeira, só muda o nome. — Ele para. — Seu pai *com certeza* não fez isso, né?

— Não. — Não consigo segurar o riso. — Não mesmo. Aliás, obrigada pelas compras — acrescento. — *E* por ter buscado a Temi. Quase não te vi hoje.

— Eu sei. — Joe assente. — Na verdade, estava querendo te perguntar uma coisa. Sua missão deu certo? O que era, afinal? Vai me contar agora? — acrescenta ele, com os olhos brilhando. — Confia em mim?

— Tá, *tudo bem* — digo, como se estivesse fazendo uma grande concessão. — Eu vim aqui por causa das minhas bonecas russas. É um conjunto de bonecas pintadas em madeira, que encaixam uma dentro da outra. Eu tenho essas bonecas desde sempre. Minha ideia era pegar e ir embora. Mas aí... — Olho para o morro à minha volta. — Acho que outras coisas acabaram virando prioridade.

— Eu me lembro das suas bonecas russas. — Joe olha para mim. — Foi por isso que você veio?

— Elas são muito importantes para mim, e eu fiquei preocupada, achando que iam acabar se perdendo, que é exatamente o que parece ter acontecido. — Solto um suspiro tempestuoso. — Meu pai falou que a última pessoa que viu foi a Krista. Aparentemente, ela guardou "num lugar seguro", que, no mínimo, foi a lixeira. Mas a esperança é a última que morre. Não vou desistir.

— Então você não achou?

Ele me olha com uma expressão estranha.

— Ainda não. Sei que deve estar achando meio bobo...

— Não. Nem um pouco. — Ele dá uma risada repentina e incrédula. — Era isso mesmo que você estava procurando esse tempo todo?

— Era! — exclamo, ofendida por ele estar se divertindo com a situação. — Por quê?

— Porque eu sei onde elas estão.

— O quê?

Encaro Joe, estupefata.

— Estão no hall de entrada. Perto da porta da frente, no parapeito da janela.

— No *hall*? — Não consigo digerir a informação. — No *hall*? Não pode ser.

— Peraí.

Antes que eu consiga responder, ele se levanta e desce o morro correndo, então atravessa o gramado às pressas. Eu o observo, confusa. Como *Joe* sabe onde minhas bonecas russas estão?

Não é possível. Ele se enganou. Ele não sabe quais bonecas russas são. Ou então *eram* elas, mas não estão mais lá... Melhor eu não me empolgar. Aguardo, ofegante de tanta tensão, com as mãos entrelaçadas, sem ousar...

Mas então, com o coração quase saindo pela boca, eu o avisto. Está voltando pelo gramado, subindo o morro, com algo vermelho na mão. Minhas bonecas. Minhas *bonecas*. Eu as encaro, com os olhos marejados de lágrimas.

— Aqui.

Joe me entrega as bonecas, e eu solto o ar assim que toco os contornos lisos e amados, tão familiares aos meus dedos.

— Obrigada — digo, engasgando. A palavra não parece fazer jus ao momento. — Muito obrigada. Achei que nunca mais fosse vê-las.

— Eu me lembro dessas bonecas — comenta ele, sentando-se na toalha. — Você sempre as teve.

— Sim.

— Elas são... interessantes — continua ele, tentando obviamente achar algo legal para dizer. — Imagino que podem ser consideradas uma antiguidade.

— Talvez.

Assinto. Eu me sinto meio esgotada. Toda essa busca, e elas estavam no hall de entrada o tempo todo. Krista realmente as colocou num lugar seguro. Nem acredito.

— Mas eu passei no hall de entrada! — exclamo, levantando a cabeça de repente. — Como que eu não vi?

— Estavam meio escondidas pela cortina — explica Joe. — Eu mesmo não teria visto, só que fiquei um tempo na entrada da casa. Essa aqui estava me encarando o tempo todo. — Ele toca a boneca maior. — Ela é meio esquisita. Na minha opinião — acrescenta depressa, e olho com uma cara séria para ele.

Como eu não notei? Fico pensando, incrédula. Acho que não estava muito atenta quando entrei no hall e corri para o armário de casacos. Mas se eu tivesse parado e olhado ao redor...

Joe está obviamente pensando nisso também.

— Se, quando estava na roseira, você tivesse dito: "Estou atrás das minhas bonecas russas", eu teria respondido: "Quais, aquelas ali?", e teria buscado para você.

— E eu teria pegado as bonecas — digo, lentamente — e dito: "Obrigada." E teria ido embora na mesma hora. *Eu teria pegado o próximo trem para Londres.*

Eu me sinto ligeiramente desorientada ao me dar conta disso. Se tivesse contado ao Joe das bonecas, não estaria aqui com ele agora. Nós não teríamos tido a conversa no porão. Nem na casa da árvore. Nada. Estremeço ao pensar nos possíveis desdobramentos.

— Foi por pouco — conclui Joe, erguendo a sobrancelha para mim. — A gente podia não...

— É. Eu sei. — E, de repente, olhando para o homem que quase perdi, fico desesperada para não dobrar numa curva errada de novo e ir parar em outro universo. — Joe, eu sei que a gente... — Engulo em seco, sentindo o rosto esquentar. — Mas será que... Você quer...? Em que pé estamos?

Ai, meu Deus, estou gaguejando. Mas eu não sei o que ele pensa da gente; disto. E, de repente, percebo que não posso ficar nem mais um minuto sem saber o pior. Ou o melhor. O que *foi* aquilo, hoje de manhã? Dois ex-namorados tendo um último encontro, um "tchau, muito obrigado"? Ou foi...?

Vejo um lampejo de surpresa no rosto de Joe — então, enquanto ele examina o meu, seus olhos brilham.

— Ah, Effie — diz ele. — Meu amor. Você tem mesmo que perguntar?

Sinto um nó na garganta ao ouvir a palavra "amor", mas insisto. Não posso deixar sua expressão de ternura me influenciar.

— Tenho. — Fito seu rosto, decidida. — Se a vida me ensinou uma coisa, é nunca presumir nada. Tire as suas dúvidas. Esclareça tudo. Porque, do contrário... — Procuro as palavras certas e, de repente, num acesso de loucura, me lembro daquela escultura ridícula de ioga. — Do contrário, você pode achar que a montagem está *inclusa* no frete. E aí eles dizem que *não* está inclusa. E isso só leva a... Sabe como é. Tragédia.

— Tragédia. — Joe arregala os olhos.

— É. — Levanto o queixo. — Tragédia. Então eu tenho que perguntar. E gostaria que você fosse, sabe... Sincero. — Minha voz treme traiçoeiramente. — Seja sincero.

Eu me obrigo a manter os olhos fixos nele. Joe me encara muito sério, então respira fundo.

— A montagem está inclusa — diz ele. — Por mim, a montagem está inclusa. Se você estiver interessada nessa opção...

Algo dentro de mim relaxa. Acho que é um músculo que estava terrivelmente tenso havia quatro anos e que, enfim, relaxou.

— Ótimo. — Esfrego o nariz, tentando esconder as emoções. — É. Acho que vou querer essa opção.

— A opção que eu queria *mesmo* — continua ele, com naturalidade — era construir uma vida com você. Uma vida forte e bem montada. Sei que você monta móveis muito bem, e coisas assim, provavelmente melhor que eu, na verdade. Então talvez pudesse ser... um projeto em conjunto?

— Sou muito habilidosa com a chave-inglesa.

Tento rir, mas não funciona.

— Eu diria até... — Joe hesita, seu olhar ainda mais intenso. — Eu diria até que eu não sou capaz de montar a vida que eu quero sem você. Nada encaixa direito.

— Vida é uma coisa complicada — digo. — Talvez você devesse ter começado com uma estante.

Joe dá uma gargalhada rápida, então me puxa para seus braços, e, quando ele me beija, é com uma determinação nova e forte.

— Somos nós — murmura ele no meu ouvido. — Nós somos nós de novo.

Assinto, feliz, com o rosto em seu peito, segurando com força minhas bonecas russas, o outro braço envolvendo Joe. Nunca mais vou deixar nenhum deles escapar.

Quando nos separamos de novo, parece que várias horas se passaram. Com Joe me observando e sorrindo, tiro as bonecas uma de dentro da outra, confiro cada uma, alinhando-as na grama, da maior para a menor. Elas sorriem para mim, com suas expressões fixas e felizes, como se nunca tivessem se perdido. Nunca sumiram. Nada jamais esteve errado.

Ao chegar à menor de todas, olho para Joe, girando a bonequinha de madeira na mão.

— Sempre teve um Joe que nunca consegui acessar — digo. — Escondido debaixo de todas as camadas. Bem lá dentro.

— Eu sei. — Ele expira. — Eu sei. Eu me fecho. Eu me isolo do mundo. Eu não me ajudo.

Olho por uns minutos para minha querida e minúscula bonequinha, então de novo para Joe.

— Deixa eu entrar, Joe — peço, baixinho. — Deixa eu entrar. Quero acessar lá no fundo do seu coração.

Ele assente, com os olhos muito sérios.

— Vou tentar. Eu também quero. E também quero acessar lá no fundo do seu coração.

— Você já está lá — sussurro, soltando a massinha adesiva colada na base da boneca.

Quando puxo, uma luz reflete no sulco da madeira. Uma correntinha prateada. O brilho do Menor Diamante do Mundo.

— Não. — Joe está branco como um fantasma. — *Não*.

— Continuou queimando o tempo inteiro — digo, erguendo a pequena vela.

Joe a examina em silêncio, então segura o cordão e, após me perguntar com os olhos, o passa em volta do meu pescoço. A sensação é calorosa, como se o tivesse tirado por apenas cinco minutos.

— Effie...

De repente, o olhar dele é de angústia, mas interrompo o que quer que ele estivesse prestes a dizer, balançando a cabeça.

— Nada de andar para trás — digo. — Só para a frente. Só para a frente.

— Suas bonecas! — Bean se senta ao meu lado e pega uma. — Você achou!

— Foi o Joe que achou — explico. — Ele sabia onde elas estavam esse tempo todo.

— É *claro* que ele sabia. — Bean revira os olhos para mim, fazendo graça. — Confia no Joe. Você devia ter perguntado para ele logo de cara.

— Não! — exclamo. — É exatamente o contrário. Eu *não* devia ter perguntado para o Joe logo de cara.

E estou prestes a explicar que, se eu tivesse feito isso, nenhum de nós estaria sentado aqui agora, quando, por cima do ombro de Joe, avisto meu pai. Ele se afastou silenciosamente do grupo e foi para a lateral do morro. Está sozinho agora, olhando para o jardim de Greenoaks. Está imóvel, com a expressão mais triste que já vi.

Cutuco Bean, que se vira e cobre a boca com a mão, ansiosa. Então, olho para Gus, que interrompe a conversa com Temi, e os dois se aproximam, em silêncio.

— Pai? — chamo, sem saber o que vou dizer. Ele se vira, e, ao ver sua expressão desolada, me bate uma tristeza. — A gente... precisa de música! — termino, parecendo só um pouco tensa. — Vamos lá, galera, vamos cantar!

Corro até meu pai e o puxo, encorajando-o a se levantar. Então, seguro sua mão, entrelaçando nossos dedos, e começo a cantar, meio sem jeito:

— *Should auld acquaintance be forgot...*

Por alguns segundos, ninguém mais se mexe. Minha voz oscila, solitária, no ar da noite, e fico levemente apavorada. Ninguém vai cantar comigo? Foi uma ideia horrível?

Mas então, de repente, ouço a voz do meu pai acompanhando a minha. Ele aperta meus dedos, e eu aperto os dele. Bean corre para pegar a outra mão do papai, sua voz trêmula de soprano cantando desafinada.

— Muito bem. — Ouço a voz de Joe de repente no meu ouvido, sua mão na minha. — Muito bem, Effie.

Agora ele está de mão dada com Temi, que já está cantando toda animada, e Gus se aproxima, berrando como se estivesse numa partida de rúgbi. E, em poucos instantes, estamos todos de mãos dadas. Lado a lado, levantamos e abaixamos os braços meio fora de ritmo. Com os rostos iluminados pela chama bruxuleante, e todos cantando, desafinados e desajeitados, rindo, sem graça, quando esquecemos a letra, sacudindo as mãos uns dos outros, mas, ainda assim, no mesmo ritmo. Uma família ainda unida.

VINTE E UM

À meia-noite, o vinho já acabou. E todo o vinho reserva. E a sidra, a linguiça e o bolo de chocolate. Papai foi embora, dizendo que estava velho demais para dormir no morro. A fogueira já se apagou, e estou aninhada com Bean, Gus, Joe e Temi, em sacos de dormir, com as almofadas e todos os lençóis que encontramos.

— *Que* desconfortável! — reclama Bean de novo. — Como é que a gente dormiu tantas vezes aqui assim?

— A gente estava bêbado — sugere Joe.

— A gente era jovem — completa Temi. — Eu dormia em qualquer lugar nas festas. No chão, num tapete, teve uma vez que dormi numa banheira... — Ela se contorce e dá um soco no travesseiro. — Effie, você não tem um colchão inflável que a gente possa usar?

— Ou um colchão de verdade — sugere Gus. — A gente pode trazer um.

— Ou uma cama de dossel? — retruco. — Fala sério! Vocês são uns frescos. É nossa última noite em Greenoaks. *Temos* que dormir no morro.

Não vou admitir que também não estou nem pouco confortável. Essa não é a questão. A questão é que estamos todos aqui, exatamente como a gente fazia antigamente. Muito embora as pedras estejam de fato furando nossas costas e Temi não tenha um espelho para passar seus cinco zilhões de sérums vitais e essenciais.

Por fim, caio num sono agitado, acordando algumas vezes para me cobrir ou me aconchegar mais ao Joe. Em algum momento da madrugada, me pego olhando para as estrelas, vendo desenhos mágicos na escuridão, ouvindo Bean falar enquanto dorme. Então, pego no sono de novo. E assim eu sigo pela noite, acordando, dormindo e cochilando — até que, de repente, são sete da manhã, e o céu está claro, e estão todos dormindo ainda, menos eu, que me sinto bem acordada. Típico.

Estou morrendo de frio, o que pode ser porque, de alguma forma, saí do meu saco de dormir durante a noite. E meus membros estão doloridos. Neste momento, me sinto uma idosa de 93 anos. Mas, olhando pelo lado bom, é um novo dia, o ar está puro e fresco, e não há nada entre meu rosto e o céu. Sem paredes, janela, nada. Respiro fundo, com uma enorme sensação de satisfação que supera a dor leve nos ombros. Estamos todos aqui. Conseguimos.

Eu me apoio em meus cotovelos, contemplando o caminho de acesso à casa vazio, me perguntando se tenho energia para fazer chá para todo mundo ou se devo acordar Gus "sem querer querendo" e dar um jeito de colocá-lo para fazer isso. E então, enquanto olho para a entrada da casa, chega um carro. Um Volvo que não reconheço. O carro para e desliga o motor, e, por um momento, nada acontece. Então, a porta do motorista se abre, e uma mulher salta. Ela parece ter uns trinta e tantos anos e está com calça jeans, mocassim e uma camisa listrada. O cabelo loiro esvoaçante parece limpo e está muito bonito.

Fico observando-a, hipnotizada, enquanto ela dá alguns passos em direção à casa e simplesmente olha para ela. A mulher espia ao redor, dá mais um passo à frente, então dá um pulinho infantil de alegria. Enfim, olha para o morro, me vê observando-a e cobre a boca com a mão.

Ela tem um rosto tão cativante e amigável que me pego me levantando e indo em direção a ela.

— Oi — diz, educada, enquanto me aproximo. — Desculpa aparecer assim tão cedo... Meu nome é Libby Van Beuren.

— Van Beuren?

Eu a encaro, surpresa.

Ela não parece sinistra. Ela não parece nem um pouco com como imaginei que os Van Beuren seriam. (Que agora percebo que, na minha imaginação, era uma família de agentes carrancudos do FBI, todos de terno preto.)

— O rapaz da imobiliária disse que achava que vocês não se importariam se eu desse um pulinho aqui. — Os olhos de Libby Van Beuren brilham. — Sei que a casa só vai ser nossa na quarta-feira, mas estava passando por aqui e não resisti. Você é... da família Talbot?

— Eu sou a Effie — digo e estendo o braço. — A gente estava só... — Aponto para os outros, que estão aparecendo aos poucos agora, esfregando os olhos e nos observando. — A gente estava só dando uma festa de despedida com uma fogueira ontem. Dormimos aqui fora.

— Vocês dormiram aqui fora! — repete Libby Van Beuren, com o rosto iluminado. — Uma festa com fogueira! Que maravilha! Este lugar é mágico. *Mágico*. A casa na árvore. A torre. Eu tenho tantos planos... — Ela para de falar ao ver uma van entrando lentamente, com a logomarca da empresa de frete na lateral. — Ah! O pessoal da mudança. Boa sorte! — Ela faz uma careta engraçada. — Mudança é uma aporrinhação, né? Meu marido está em negação. Enfim, eu só precisava dar uma olhadinha. Estou tão animada! Vocês foram felizes aqui?

— Fomos. — Simplesmente assinto. — Fomos felizes aqui.

— Eu me apaixonei pela casa assim que a vi. É tão *excêntrica*. O vitral. E a alvenaria.

— Nem todo mundo é fã da alvenaria. — Eu me sinto obrigada a ressaltar, e Libby Van Beuren olha para cima.

— Não estou nem aí para o que os outros pensam. Eu amo. É tão diferente! É única!

— Foi o que eu sempre pensei. — Sorrio para ela, sentindo uma conexão instantânea. — É uma casa única. Quem vem aqui nunca esquece.

— Não, eu imagino. — Dá para ver que ela está prestando atenção em todas as palavras que eu digo. — A família de vocês é grande? — Ela olha para os outros no morro. — Você cresceu aqui? É um bom lugar para criar minhas filhas?

— É. Meus pais, na verdade... Eles se separaram. Mas estão bem. Está tudo bem. Estamos todos... Sabe como é... Bem resolvidos.

Um dos homens do frete tocou a campainha, e agora meu pai aparece na porta, segurando uma caneca de chá. Ele olha para mim e para Libby Van Beuren, surpreso, e aceno para ele.

— Bem, olha, não vou mais atrapalhar vocês — diz Libby Van Beuren. — Mas foi um prazer conhecer...

— Espera aí — digo, aproveitando a oportunidade. — Tenho uma perguntinha rápida. Eu sei que você comprou os móveis do Pedro Coelho que estão num dos quartos. Mas meu pai meio que vendeu aquilo sem... Ele não sabia... — Faço uma pausa, tentando pôr as palavras na ordem certa. — Eles são da minha irmã. E ela adora aqueles móveis. E ficou muito triste. Posso comprá-los de volta?

— Ai, meu Deus! — Libby Van Beuren leva a mão à boca, surpresa. — Claro. É claro que pode! E não se preocupa em comprar de volta. Meu marido é assim. O Dan sempre tem que fechar um bom negócio. Ele ficou andando pela casa, procurando coisas para incluir na compra, só por força do hábito. Sabe? Quer dizer, nós gostamos dos móveis, mas se sua irmã realmente é muito apegada a eles...

— Obrigada. Ela é, sim. Muito obrigada.

— Eu resolvo com o Dan, não se preocupa. — Ela baixa o tom de voz. — A verdade é que ele não vai nem perceber.

Outra van estaciona atrás de nós, e ela faz uma cara de sem graça.

— Estou atrapalhando. Desculpa. Já estou indo.

— Não! — digo, na mesma hora. — Por favor, não. Não tem a menor pressa.

— Bem, se você não se importa mesmo... — Ela dá uma olhadinha para o carro. — Será que tudo bem se eu deixar as crianças darem uma olhada?

— As crianças? — Hesito por um instante. — É lógico!

— Tenho que deixar as meninas na colônia de férias, mas seria tão bom se elas pudessem dar uma olhada...

Observo enquanto ela anda até o carro, abre a porta detrás e, depois de remexer um pouco lá dentro, ajuda duas menininhas. Estão de calça jeans e tênis, com presilhas nos cabelos sedosos. Uma está segurando um coelho velho de pelúcia, e a outra está chupando o dedo.

Elas dão uns passos, de mãos dadas, fitando a casa com os olhos arregalados.

— Essa é a nossa casa nova! — anuncia Libby Van Beuren, animada. — É aqui que a gente vai morar, meus amores!

— Dá medo — diz uma das meninas, virando o rosto como se estivesse prestes a chorar. — Eu gosto da casa da vovó.

— É a casa da minha mãe — explica Libby Van Beuren para mim. — Estamos morando lá por um tempo. Ei, mas a gente também vai gostar daqui! — diz ela com gentileza para a filha. — Quando a gente se acostumar. Essa aqui é a Effie! — Ela aponta para mim. — Ela morava aqui quando era criança. Effie, essa é a Laura, e essa é a Eleanor.

Eu me agacho para ficar da altura das menininhas, e fito seus rostos sérios e desconfiados.

— Vocês vão amar essa casa — digo, muito séria. — Tem um monte de sótãos para escalar. E muita grama para correr. E uma casa na árvore. E, olha, dá para se equilibrar nessas pedras — digo, lembrando-me na hora de uma brincadeira que fazia com a Bean.

Mostro a elas as pedras antigas formando um caminho no gramado que vai até o morro, e, depois de um tempo, elas estão brincando de "seu mestre mandou", pulando de uma pedra para a outra, exatamente como fazíamos.

— Obrigada — agradece Libby Van Beuren, enquanto olhamos as duas. — Mudança é sempre difícil. Casa nova, escola nova... Você estudou na escola daqui?

— Estudei. — Assinto. — E a diretora do meu tempo ainda trabalha lá. Ela é ótima.

— Ah, que bom! — Libby Van Beuren expira. — Imagino que seja difícil para vocês também — acrescenta ela, como se tivesse acabado de se dar conta. — Ir embora de um lugar como este, depois de tantos anos.

— Ah, estamos bem — digo, após uma pausa. — Estamos bem.

— Bem, espero que a gente faça jus à casa — diz ela. — Parece uma responsabilidade e tanto, sabe? Ocupar um lugar desses.

— Tenho certeza de que vocês vão dar conta. — Fito seus olhos animados e ansiosos e sinto uma paz interior. Eu sei que ela vai amar Greenoaks, sei que vai tomar conta da casa. — Espero que vocês se divirtam. E pode ficar o tempo que quiser. — Aponto para as meninas. — Deixa elas se acostumarem com a casa. Foi um prazer conhecer você. E boa sorte!

— Você também! Ah, e pode voltar quando quiser — acrescenta ela, com avidez. — Quando quiser. Vai ser um prazer receber vocês.

— Obrigada — digo, depois de pensar um pouco. — Pode ser.

Subo o morro de novo e encontro Gus ainda dormindo, Bean sentada no saco de dormir, Temi mexendo no celular e Joe esperando por mim, descabelado.

— Quem era?

— A nova dona de Greenoaks.

— Ah. — Joe olha para mim, me avaliando. — Você está bem?

— Estou ótima — digo, depressa. — Está tudo bem.

— Tenho que voltar pra Londres — diz Temi, bocejando. — Já é *segunda*.

— Eu também — digo, lembrando. — Tenho um trabalho de garçonete hoje.

— Estava pensando em pegar o trem das 8h20. — Gus semicerra os olhos para o relógio de pulso. — Dá tempo de comer um ovo mexido com bacon?

— Ah, olha que gracinha! — diz Temi, com uma expressão boba no rosto, e sigo seu olhar até encontrar as duas meninas brincando, correndo em volta das roseiras.

— Acho que vão gostar de morar aqui — digo, observando as duas também. — Espero que gostem.

Tudo dentro de mim mudou. Estou mais forte. Não só sou capaz de me despedir, como estou feliz de fazer isso. Estou focada no futuro. E prestes a perguntar a Bean se posso pegar o blazer azul-marinho dela emprestado para usar no caminho de volta para casa, quando vejo um homem caminhando na direção do morro, e ele não parece ser alguém da equipe do frete nem um Van Beuren. Ele tem um rosto gentil e o cabelo grosso encaracolado, e, à medida que se aproxima, o frio na minha barriga aumenta, porque, de repente, o reconheço. Ai, meu Deus, ai, meu Deus...

— Meu nome é Adam — diz ele, subindo o morro com seu coturno, o tom de voz cauteloso, mas decidido, os olhos correndo de um para o outro. — Adam Solomon. Estou procurando a Bean.

— Estou aqui — diz Bean, baixinho, apreensiva. — Aqui, Adam. Oi.

Ela sai de onde estava se escondendo, atrás de Gus, e vejo a tensão crescendo em seu rosto.

— Oi — diz ele.

— Oi — repete ela.

Ao meu lado, Joe acompanha tudo, nervoso. Temi está com os olhos arregalados, e vejo Gus mudando de posição, para ver melhor.

— Eu queria... — Adam engole em seco, a brisa soprando suavemente em seu cabelo. — Você quer... tomar café da manhã comigo?

— Tudo bem — responde Bean, cautelosa.

— E... almoçar também?

— Tudo bem — repete ela.

— E jantar? E depois tomar café de novo? E, quem sabe... — Ele hesita. — Todas as refeições depois disso?

Ela, de repente, entende o que ele está dizendo, e sua expressão muda. Como se tivesse sido iluminada por um raio de sol. E só então me dou conta da noite longa que ela teve.

— Tudo bem — diz ela, com a voz trêmula, os lábios se abrindo em um sorriso. — É, acho que ia ser bom.

— Que bom! — Adam solta o ar. — Muito... bom.

Ele estende o braço para ela, num movimento instintivo e amoroso, e então, como se tivesse notado de repente o pequeno, mas ávido, público, limita-se a pegar as mãos de Bean e segurá-las com força. Expiro, com os olhos cheios de lágrimas. Pela maneira como ele olha para ela, com firmeza e de um jeito protetor, acho que ele passa raspando no teste "bom o bastante para minha irmã".

— Deixa eu... Eu vou passar um café, e aí te apresento a todo mundo direito.

Bean finalmente quebra o silêncio, um pouco atordoada, e é a deixa para todos se mexerem.

— Preciso de um banho — anuncia Temi.

— A gente *precisa* de bacon — diz Gus. — Posso fazer uns sanduíches de bacon?

— Eu ajudo — se oferece Joe, então toca meu ombro com carinho. — Você vem?

— Já vou — digo, e ele assente.

Sento na grama e fico observando Bean e Adam descerem o morro, Adam ainda segurando a mão dela com força. Atrás deles, numa espécie de cortejo, vão Joe, Gus e Temi, arrastando sacos de dormir e cobertores, descabelados e com as roupas desgrenhadas. Assim como nos velhos tempos.

Eles cruzam o caminho de acesso à casa e passam pela porta da frente. E, só por um instante, uma quietude absoluta se instaura. Ninguém do frete em frente à casa. Libby Van Beuren sumiu, e não consigo ver as duas meninas. Somos só eu e Greenoaks.

Num impulso, pego minhas bonecas russas e as enfileiro na grama, depois tiro uma foto delas com Greenoaks ao fundo. Seus cinco rostos familiares me encaram, sorrindo fixamente. Sempre conectadas, sempre uma família, sempre parte uma da outra, mesmo separadas.

Tiro mais algumas fotos, brincando com os filtros, depois guardo o celular. Abraço os joelhos e expiro, correndo os olhos uma última vez pela torre, pelo vitral, pela alvenaria estranha. Querida Greenoaks. Minha amada casa velha e feia.

Acho que não vou voltar, me pego pensando. Não vou voltar. Não preciso voltar.

EPÍLOGO

Um ano depois

Estou absolutamente decidida a ter Skye como dama de honra no meu casamento com Joe. Ela é muito avançada para a idade dela, e tenho certeza de que daqui a pouco vai estar andando.

— Eu li sobre um neném que aprendeu a andar com oito meses — digo como quem não quer nada para Bean. — E de um outro que aprendeu com sete. Está no YouTube. Acontece.

— Eu não vou forçar minha filha a andar antes da hora só para entrar tropeçando no seu casamento. — Bean me lança um olhar ferino de mãe protetora. — Então nem vem com essas suas ideias.

Nós duas olhamos para Skye, que sorri do jeitinho feliz e fofinho dela. Está deitada no tapete de pele de carneiro em seu quarto com móveis do Pedro Coelho, aparentemente fascinada pelas próprias mãos. Para ser sincera, também estou muito fascinada por elas. Na verdade, estou fascinada por ela todinha e passo a maior parte do meu tempo livre aqui, na casa da Bean e do Adam, ajudando no que posso.

— E se ela engatinhar? — sugiro. — Ela poderia ser uma dama de honra engatinhando?
— Uma dama de honra engatinhando?
— Ela podia ter o próprio véu branco.
— Ia ficar parecendo uma lagarta — diz Bean, com carinho. — Ou uma lesminha branca, subindo o altar.
— Não ia, nada! — retruco. — Não ia, né, Skye?

Enfio o rosto na barriguinha dela, só para ouvir sua gargalhada deliciosa. O sol de fim de verão entra pelas cortinas de musselina, e ouço um estalo lá embaixo, o que significa que os Aperol Spritzes estão quase prontos. Parece uma comemoração. Todo encontro da família hoje em dia parece uma comemoração. Teve o noivado e o casamento de Bean, depois a chegada de Skye, depois eu e Joe... Giro a aliança de noivado no dedo, ainda desacostumada com a sensação.

— Que coelho fofo! — digo, notando um coelho azul de crochê novo, na cadeira de balanço, e o rosto de Bean se ilumina.
— Foi a Mimi que fez.
— É claro que foi ela que fez.

Mimi *nasceu* para ser avó. Ela vem quase todos os dias, desde que Bean saiu do hospital, para lavar roupa ou dar uma volta com Skye no quarteirão. Como ela mesma diz com bastante frequência, ela nunca deu à luz ou cuidou de um recém-nascido, então é uma nova aventura para ela também. Para todos nós.

Hoje em dia, me sinto diferente na família. Mais igual aos meus irmãos. Quando Adam teve de fazer uma viagem a trabalho e não pôde ir a uma das ultrassonografias de Bean, fui eu que segurei a mão dela. E continuo comprando vitaminas para ela. O que virou uma piada interna.

Bean continua fazendo coisa demais. É o jeito dela. Mas agora Gus e eu estamos tentando fazer primeiro que ela. Então, no Natal, eu organizei todos os presentes. Fiz até uma festa para a família no aniversário do papai, e enfeitamos minha arvorezinha minúscula.

Todos assumimos um novo posto na família no dia em que Adam ligou para dar a notícia sobre Skye. Eu virei tia. Meu pai, avô... Todos subimos uma geração. Gus foi o que explicou da melhor forma, quando o vi no hospital, no dia seguinte. Ele me lançou um de seus olhares irônicos e cômicos e disse:

— Agora não somos mais as crianças, né, Effie? É melhor crescermos logo ou algo assim.

Ele tem saído com outras mulheres desde que terminou com Romilly, mas ainda não teve nenhum relacionamento sério. E meu pai também está saindo com outras mulheres. Demorou um pouco para a poeira baixar depois da festa, mas, alguns meses depois, ele avisou num dos nossos novos almoços de sempre que ia comprar um apartamento modesto em Chichester.

É uma cidade que combina com meu pai, Chichester. Ele começou a velejar e é vizinho de um velho amigo da época da faculdade. Ultimamente, tem falado de uma "amiga muito especial" que vai nos apresentar, mas ele está sendo discreto, por enquanto. Desta vez, nada de fotos no Instagram. Nós sempre o visitamos, e, na última visita, enquanto caminhávamos à beira-mar, me vi comentando com Joe:

— Não é bacana que meu pai tenha se mudado para cá?

Bean está muito satisfeita em sua casinha, com Adam e a pequena Skye balbuciando no seu quarto de bebê. Eu estou *amando* meu noivado com Joe. (Tirando aquela foto horrorosa minha que apareceu no *Daily Mail*, com a legenda: "Namoradinha de infância do Médico dos Corações exibe aliança de noivado numa cafeteria." Eu estava só *comprando um café*.)

Já recebi tantas mensagens de antigos colegas da escola, falando coisas como "eu sabia que vocês iam se casar!" e "por que demorou tanto?!" Humph mandou um cartão muito gentil e prometeu, como presente de casamento, um cobertor de lã de alpaca, de uma de suas setenta alpacas novas. (Ele abandonou o método Spinken e agora se descreve como "fazendeiro".)

E eu arrumei um emprego. Finalmente. *Finalmente.* Continuei mandando currículo. Todos os dias. Sem desistir nunca. Até que, enfim, deu certo, com uma empresa para a qual já tinha mandado currículo, mas que abrira uma vaga nova. Acabei de começar, mas, por enquanto, está tudo bem.

Gus também está prosperando. Desde que se livrou da Romilly, é outra pessoa. Está se atolando menos de trabalho e engajando mais com o mundo real. Talvez porque o mundo real pareça mais atraente agora.

Nossa família parece um daqueles joguinhos em que você sacode uma caixa de plástico e depois tenta colocar todas as bolinhas prateadas nos buraquinhos. Às vezes, parece impossível. Mas, se você tiver paciência, acaba conseguindo; todo mundo se acha em algum momento.

No caminho do quarto de Skye até a cozinha, escuto meu pai conversando com Adam sobre massa de pão e mordo o lábio para não rir. Uma coisa que aprendemos sobre Adam desde que ele se juntou à família é que ele é obcecado por fazer pão. Ele já obrigou meu pai a levar dois potes de fermento natural para casa, e, em ambas as vezes, o fermento estragou, porque meu pai não cuidou direito. Mas parece que ele está tentando uma terceira vez.

— É, a porcentagem de glúten... — Ouço meu pai comentando, ao entrar na cozinha de Bean. — Pode deixar. Vou tomar cuidado.

— Está ouvindo esse barulho? É esse barulho que você tem que ouvir... — Adam desvia o olhar do pão assim que apareço. — Tudo bem?

— Ela está mais linda que na semana passada — digo, suspirando.

— Principalmente às três da manhã — comenta Bean, colocando Skye no bebê-conforto, que ela comprou usado e cobriu o estofado com um tecido vintage, porque é de Bean que estamos falando, e ela não aceita usar "um bebê-conforto qualquer".

— Aperol Spritz? — oferece Adam, colocando o pão que acabou de sair do forno numa bandeja furadinha de metal para esfriar.

— Só se for agora! — digo.

— Sempre. — Bean sorri para ele. — Eu pego o hummus.

Seguimos para o quintal da casa da Bean, levando bebidas, pão, pastinhas e Skye, que é colocada, ainda no bebê-conforto, na sombra, perto da antiga banheira de passarinhos de Greenoaks. Ficou perfeita no jardinzinho de Bean. Na verdade, ficou melhor que antes, porque aqui você realmente repara nela.

— Olá, olá! — A voz de Joe interrompe a conversa, e ele aparece no jardim pela entrada lateral. — Imaginei que encontraria vocês aqui.

Ele se aproxima para me beijar, e, quando sua mão aperta meu ombro, sinto uma vertigem que às vezes me vem, de quem não acredita no que está acontecendo. *Estou com Joe.* Para sempre. Deu tudo certo. Quase deu errado. Mas deu certo.

Depois que Joe cumprimenta todo mundo e se serve de uma bebida, ele volta para junto de mim e me entrega o celular.

— Então... achei uma casa.

— Oi?

Olho para ele, subitamente alerta, porque estamos procurando uma casa para morar, mas não é possível que ele tenha achado uma. Casas estão em extinção. Ou custam uma fortuna, ou... Não, é isso. O preço é o único problema. Uma casa custa um zilhão de libras. A menos que você more no meio do mato, que nem Bean, mas Joe trabalha no Hospital St. Thomas, e eu, no Soho, então estamos procurando uma coisa que seja mais ou menos em Londres. Até Temi já morde o lábio quando pergunto se ela encontrou alguma coisa para a gente, porque ela se considera nossa consultora imobiliária.

— Uma casa — repete ele. — E que cabe no nosso orçamento.

— Uma casa? — Franzo o cenho. — Não. Você quis dizer um apartamento.

— Uma casa.

— Uma *casa*?

— É... diferente. O corretor falou assim: "*Até* tem uma casa, mas é tão feia que ninguém visita."

— Feia?

Eu me aprumo, interessada, e Joe ri.

— Foi o que ele falou. Ele também usou a palavra "excêntrica". Achei que você ia querer dar uma olhada.

Ele me entrega o celular, e vejo uma foto da casa mais estranha que já vi. Parece revestida de uns quatro acabamentos diferentes, de tijolo a pedra falsa, passando por seixos e uma espécie de tábua. Tem uma empena torta, a varanda da frente está caindo aos pedaços e há uma árvore velha encostada nela. Mas ela está falando comigo. Tem bondade em seus traços. Está dizendo: "Me dá uma chance. Vou cuidar de você."

Passo as fotos e vejo uma sala de estar horrorosa, um banheiro verde, uma cozinha marrom decrépita, três quartos, e então de volta às fotos do lado de fora. Meu coração já está se enchendo de amor.

— Minha nossa — exclama meu pai, olhando por cima do meu ombro. — Que casa *mais feia*!

— Não é feia! — digo, na defensiva. — Pelo menos é feia de um jeito bom. Uma casa *tem* que ter um quê de feia. Traz personalidade.

— Sempre achei isso. — Joe me olha, e sei que ele me entende.

— Quer dizer, quem quer morar num palácio perfeito?

— Eu é que não quero — concorda Joe, decidido. — Nunca.

— Effie! — exclama Bean, olhando por cima do meu ombro, horrorizada. — Você não pode estar falando sério.

— Eu amei — retruco, teimosa. — É a *nossa* cara.

— Mas e essa parede de chapisco?!

— Amei a parede de chapisco.

— Mas e as *janelas*? — Ela está realmente indignada. — Vai ser uma fortuna trocar isso.

— Amei as janelas — devolvo, em tom de desafio. — São a melhor parte.

— Certo, as coxas de frango estão prontas — interrompe Adam, saindo da cozinha com uma assadeira, e todos se voltam para a comida.

Com todos sentados à mesa de madeira, equilibrando pratos, coxas de frango, guardanapos e copos, ouço por cima a conversa sobre a marinada de ervas, assentindo e sorrindo. Mas, ao mesmo tempo, não paro de olhar as fotos da casa, e minha mente está cheia de imagens. Visões do futuro. Eu. Joe. Um lugar querido e feio para deixarmos com a nossa cara.

E todas as imagens que vejo são boas.

AGRADECIMENTOS

Gostaria de agradecer aos meus sábios editores — Frankie Gray, Kara Cesare, Whitney Frick e Clio Seraphim — e a todos da Transworld.

Um imenso obrigada também, como sempre, a Araminta Whitley, Marina de Pass, Nicki Kennedy e a todos da Soho Agency e da ILA.

Este livro foi composto na tipologia Palatino LT Std,
em corpo 11/16, e impresso em papel off-white,
no Sistema Cameron da Divisão Gráfica
da Distribuidora Record.